몸짓 명상

그대 몸짓 속의 그대

책머리에

이 소설은 삼십여 년 전에 쓰여졌다.

명상을 통해 무의식 깊은 곳에 잠재되어 있는 에너지를 현재 의식에 끌어올려 현실 속에서 어떻게 풀어써야 하는가를 몇 명의 등장인물을 통해 풀어 본 소설이다.

필자의 개인적인 체험을 바탕으로 한 내용이지만, 육체라는 매개체를 통해 자신의 실체를 파악해가는 과정은 누구나 비슷할 것이라는 생각으로 글을 쓰게 된 셈이다.

우리의 무의식 안에는 무한한 정보가 들어 있다.

나라고 생각하는 겉의 의식으로는 감지될 수 없는 본질적인 나를 형성하고 있는 수많은 정보가 숨겨져 있는 곳이 무의식의 세계다.

불교의 유식 사상에서는 이 무의식의 세계를 아뢰야식이라고 부른다.

다섯 가지 감각 기관(안, 이, 비, 설, 신)을 통해 들어온 정보를 가지고 생각하고 판단해서 내려진 정보들이 저장되는 곳이 아뢰야식이다.

한 사람의 아뢰야식에는 수없는 생을 윤회하면서 축적되어 온 모든 정보가 저장되어 있다고 해서 장식(藏識)이라고도 하고, 이 정보는 절대 없어지지 않는다 해서 무몰식(無沒識)이라고도 한다.

그러니까 한 사람의 아뢰야식에는 모든 우주적 정보가 담겨져 있다고 보는 것이 유식 사상이다.

명상을 한다거나 수행을 한다는 것은 일차적으로 고도의 집중된 의식을 통해 자신의 아뢰야식에 기록되어 있는 정보를 보는 행위이며 접속된 정보를 통해 자신의 실체를 알아가는 것에 다름 아닐 것이다. 그리하여 궁극적으로는 자신 안에 내재되어 있는 불성 또는 신성과 하나 되어 초월된 의식을 성취하려는 것이다. 그것이 깨달음이고, 신과 하나가 되는 체험이라고 말할 수도 있을 게다.

이 소설에 등장하는 인물들은 예술가들이다.

예술가란 일반인들보다는 섬세한 의식의 촉수를 가지고 있는 사람들이다.

당시 젊은 예술가의 한 사람으로서 본질적인 문제들을 자신의 작품 세계에 어떻게 풀어갈 수 있는가를 고민하면서 명상을 생활 속에 접목시켜 살아가던 시절이었다.

그렇기에 주위의 동병상련인 동료들에게 작은 체험을 공유하고 싶은 욕심으로 쓴 소설이다 보니 등장인물들이 예술가들로 설정되었다.

이 소설에 등장하는 인물들이 몸짓 명상이라는 행위를 통해 자신의 잠재되어 있는 정보들을 각자의 예술세계에 풀어가는 과정들은 자신의 근원적 본질을 보기 위한 첫 관문이라고도 볼 수 있을 것이다.

모든 예술가들은 각자의 시선에서 시대정신을 담아 자신의 생각을 드러내는 것이 예술가로서의 몫이겠지만, 그 드러내는 세계가 존재적 본질에 닿아 있는 문제와 연결되어 풀어나갈 때, 읽고 보는 이들에게 진정한 감동으로 전해질 것이다.

　그렇기에 억지로 생각의 조각들을 짜 맞춰 어떤 세계를 그려내기 보다는 현재 의식이 무의식의 통로를 열어 연결된 상태에서 예술 행위를 해 나간다면 겉의 의식에서 의도하지 못한 자신의 예술세계가 펼쳐질 수 있음을 알리고 싶었던 것이 이 소설을 쓰게 된 이유이기도 하다.

　본래 존재의 근원적 문제를 해결하기 위해 하는 것이 명상의 목적이지만, 요가나 명상 또는 종교적 수행의 방법까지도 건강 차원의 방편으로 이용되는 이 시대에 예술가들이 몸짓 명상을 통해 자신의 예술세계를 극대화시켜 보는 것은 나름 큰 의미가 있으리라는 것이 필자의 생각이다.

　삼십 년 전에 쓴 소설을 새삼 이 시대에 다시 드러내 보이는 것은 더욱 복잡해진 물질적 문화적 현상 속에서, 또는 온갖 가치관이 혼재되어 어떤 것이 진실에 닿아 있는 메시지인지 가늠하기 힘든 시대에 이 소설에 등장하는 인물들의 궤적이 진실에 다가가는 한 방편이 될 수도 있다는 생각을 해서이다.

　특히 이 시대의 젊은 예술가들에게 자신의 예술 행위를 순수하게 드러내는 한 방편으로 몸짓 명상을 권해 보는 의도이기도 하다.

2022년 8월 초암에서

글을 시작하며

지난 겨울 불현듯 글을 써야겠다는 충동이 일었다. 오랫동안 쓰는 작업을 잊고 있었던 터라, 긴 글을 쓰는 일이 부담스럽긴 했지만 일단 시작을 해보기로 했다.

한 삶을 그럴 듯하게 살 수는 없을까 모색해왔고, 비로소 확신을 가지고 내 삶의 틀을 바꾼 지도 여러 해 되었다.

세속적인 인연을 이만큼에서 바라보면서 나름대로 성찰하는 마음을 잡고 살 수 있었던 것은 몸짓 명상이라는 수련을 통한 생활을 할 수 있었기 때문이었다. 살아가는 몸짓이요, 우주의 큰 생명의 기운과 연결시킨 기공(氣功)의 몸짓이요, 지혜를 일구어 나 자신의 실체를 들여다보는 성찰의 몸짓이다.

이 수련을 통한 생활 속에서 돌이켜보면 참으로 소중한 삶의 에너지를 쌓아왔다는 감사의 마음이 생긴다.

글을 써야겠다는 욕심을 일으킨 것은 이 에너지들을 인연 닿는 사람들과 함께하고 싶은 생각에서였다. 어쩌면 이 욕심 자체가 부대끼며 살아야 사는 것 같은 습기의 한 자락인지도 모르는 일이지만.

이 소설의 등장인물이나 소설의 전체적인 구성은 픽션이다. 그러나 소설 속에 풀어져 있는 내용들은 필자가 수련을 통해 체험한 내용들을 몇 명의 예술가들의 궤적을 통해 전달해보려고 한 것이다.

거대해진 현대의 종교들이 참된 종교로서의 면모가 흐려지고 물질화되어버려, 실제로 사람들을 영적으로 이끄는 영혼의 안내자 역할을 제대로 하지 못하고 있다는 것이 필자의 소견이다. 신도 수 늘리기와 조직의 확대에 골몰하는 것만큼 한 인간의 영혼에 눈 돌리고 그 영격(靈格)과 영질(靈質)을 높여갈 수 있는 방법을 일깨우는 데는 등한하다는 것이다. 이런 생각이 필자로 하여금 이 소설을 감히 쓰게 한 또 하나의 동기였으리라.

어쩌면 이 시대가 이런 대로 유지되고 있는 것은 자신을 세상에 드러내지 않고 우주의 큰 생명의 에너지와 하나가 되어 살아가는 참된 수도자들과 도인(道人)들의 에너지가 있기 때문이 아닐까 생각한다.

이 척박한 시대에 영혼의 갈증을 달래줄 한 움큼의 샘물은 거대한 종교 조직 속에서가 아니라, 자신의 육체 속에 있는 우주적 생명 에너지에서 찾아야 할지 모른다. 자신의 육체에 깃든 그 우주적 생명 에너지와 만났을 때, 우리는 저마다의 가슴 속에 큰 생명의 샘이 있음을 알 수 있을 것이다.

1994년 봄 장암리에서

차례

1. 육체 속에 깃든 생명의 노래를 그대는 듣지 못하네
욕망과 열정으로 귀를 기울이지만 그대가 들을 수 있는 건 빈 수레바퀴 소리.

물속에서도 모래밭은 하얗게 빛났다. 군데군데 새알처럼 고운 자갈이 깔려 있기도 하고. 모래밭이 끝나는 곳에는 산호 숲과 수초 무리를 뚫고 기암절벽이 보기 좋게 위로 솟구치고 있었다.

기암절벽 중간쯤에 동굴이 뚫려 있고 그 동굴 속으로부터 물방울이 끊임없이 솟아오른다. 물방울들은 이 투명하고 고요한 물속 세계를 흔들어보려는 듯 거칠게 용솟음치지만, 밑에서부터 길게 자라오른 수초들의 무리만 머리를 살레 살레 풀어 올릴 뿐 물속의 고요는 여간만 흩어질 것 같지 않다.

한 떼의 얼룩무늬 열대어들이 유유자적한 몸짓으로 절벽 밑을 지나간다.

모래밭 한쪽 끝에서 또 다른 무리의 열대어 떼가 모래밭 중심을 향해 방향을 바꾼다.

손톱 크기만 한 놈들의 떼거리는 수십이 넘을 듯하다. 몸은 비닐처럼 투명해서 몸속의 핏줄이 빨갛게 내비치고 있다. 놈들이 수초를 헤치며 물방울이 솟아오르는 뒤쪽으로 사라지자 또 다른 종류의 떼거리가 산호 숲에서 밀려나온다.

아주 자잘한 종류의 은빛 떼거리다.

규정지어진 한 발 길이의 수족관 안에서 놈들은 어엿한 몸짓으로 유영하고 있는 것이다.

본시 열대 지방의 어느 바다나 강이 놈들의 고향이겠지만, 놈들은 한 발 길이의 수족관 안에서 이렇게 만족해하고 있다. 여러 대를 거쳐 길들여지는 동안 고향의 기억은 까맣게 지워지고 유리벽으로 갇힌 세계에 순응되도록 체질이 바뀌었을 것이다. 그러나 이렇게 깜찍스럽게 여유를 보이며 유유자적하는 놈들의 떼거리가 조금은 밉살스럽다.

물방울이 솟아오르는 바위 밑에 언제부터인지 분홍빛 열대어 한 마리가 죽은 듯이 가라앉아 있다. 몸의 반이 수초에 가려 보이지 않지만, 여느 열대어보다 몸집이 큰 것이 유별나 보인다.

가끔 주둥이를 뻐끔거리는 것으로 보아 죽은 것은 아닌데 꼼짝 않고 바위 밑에 도사리고 있다. 다른 놈들처럼 같은 종류의 무리도 없는 것 같다.

잠을 자는 것일까, 아니면 쉬는 것일까? 혼자 바위 밑에 이따금 입만 뻐끔거리는 모습이 신경이 쓰이게 한다.

도민욱은 시계를 들여다보았다. 일곱 시 십오 분, 나문희는 약속 시간에서 십오 분을 넘기고 있는 것이다.

창으로 비친 하늘은 어느새 어둠 속으로 가라앉고 저 멀리 빌딩의 불빛들이 환하게 살아나고 있다. 민욱은 담배 한 개비를 입술 끝에 물고 성냥불을 붙였다. 후 하고 길게 연기를 내뿜었다.

그녀의 엽서는 뜻밖이었다. 더욱이 시골 작업실의 주소를 알아내어 엽서를 띄우기까지는 여러 사람에게 수소문했을 터였다.

편지의 내용은 간단했다.

보름 전에 귀국을 했다. 직접 시골로 찾아갈까 했으나 옛날에 자주 만났던 곳에서 해후를 갖는 것이 좋겠다. 며칠 저녁 몇 시에 어디서 보자는 식의 내용이었다.

5년 만에 귀국한 그녀였다.

어느 날 갑자기 파리로 떠나겠노라고 하곤 훌쩍 떠나버린 그녀였다. 5년 동안 편지 한 장도 없었다. 애당초 특이한 인연으로 이루어진 그녀와의 관계였지만, 민욱에겐 아직도 그녀는 불가사의한 여자였다.

민욱은 꽁초를 짓눌러 끄고 새 담배를 피워 문다. 그리곤 다시 수족관에다 시선을 옮겼다.

바위 밑 수초 사이에 꼼짝 않고 있던 분홍빛 열대어가 보이질 않았다. 민욱은 이마를 유리벽에 바짝 붙이고 수족관 안을 두리번거렸다.

그것은 산호 숲을 돌아 부드러운 지느러미를 너울거리며 수족관 중앙의 모래밭 위를 헤엄치고 있었다. 수초 사이에 있을 때보다 훨씬 더 커 보인다. 길게 늘어뜨린 지느러미는 무용수의 옷자락처럼 부드럽다. 다른 떼거리들과는 떨어져 혼자 움직이는 그것은 이제 바다를 지배하는 여왕처럼 의젓하다.

수초 사이에 드리워졌던 무력감은 어느새 생명력 넘치는 너울거림으로 바뀌어 있다. 수족관은 어느새 분홍빛 아름다운 몸짓으로 가득하다.

분홍빛 열대어의 너울거리는 몸짓에 시선을 두고 있던 민욱은 그것의 아랫배 쪽에 점이 하나 있는 것을 발견했다. 엷은 분홍빛 몸뚱이에 까만 점은 유난히 도드라져 보인다.

민욱은 이제 아랫배에 있는 까만 점을 따라 수족관 속을 헤엄치기 시작했다.

그녀의 배꼽 아래에도 점이 하나 있었다. 그 점은 까맣다기보다는 짙은 갈색이었는데 꼭 까마종이 열매 크기만 했다. 배꼽 아래 단전이라 할 수 있는 부분에 아주 견고하게 자리를 잡고 있어서 그녀의 나신을 대할 땐 언제나 맨 처음 시선이 그 점에 머무르게 마련이었다.

그 점은 그녀의 배꼽 밑에서 당당하고 확고해 보였다. 그래서 그 점은 또 하나 그녀의 분신을 보고 있다는 기분이 들게 하곤 했다.

민욱이 그녀를 처음 알게 된 것은 제대 후 복학을 한 가을 학기 때였다.

민욱은 학교 게시판을 무심히 들여다보고 있었다. 각종 써클의 안내문이며 연극 포스터며, 그룹전, 개인전, 동문전 같은 전시회 포스터들이 큼직큼직한 활자들을 튕겨내며 게시판을 잔뜩 메우고 있었다. 어지러운 게시판을 두리번거리던 민욱은 '나문희의 몸짓'이라는 고딕체 활자 위에서 시선을 멈추었다.

흑백의 단색조로 된 포스터에 여인의 나상이 클로즈업되어 있었다. 나상은 실제 모델의 사진을 확대해서 수많은 망점으로 처리해놓았기 때문에 새벽의 어둠 속에 은근히 드러나 있는 모습이었다.

두 팔을 치켜든 모습이지만 팔목께와 무릎 아래쪽은 토르소처럼 화면에서 단절되어 있었다. 전체적으로 균형이 잡힌 몸매였다.

민욱은 무엇을 하는 포즈일까를 생각했다. 몸짓이라… 나문희의 몸짓… 벌거벗고 어쩌겠다는 겐가?

그 무렵에 젊은 작가들 사이에선 이벤트(event)니 해프닝(happening)이니 하고 전위 예술 행위가 번지고 있었다.

그 젊은 작가들의 영향은 대학 안으로도 들어와 심심찮은 화제 거리를 제공하고, 그야말로 해프닝으로도 발전하곤 했다.

민욱은 포스터를 보며 이것도 그런 종류의 발표회일 것이라고 생각했다. 그런데 포스터 속의 옷 벗은 여인의 얼굴이 그냥 낯설지 않고 왠지 눈에 익은 얼굴 같았다. 거친 망점으로 이루어져 있어 윤곽 말고는 확실한 모습을 그려낼 수는 없었지만 얼굴이 갖고 있는 분위기가 분명히 알고 있는 여자였다.

"야, 어디다 눈알을 박고 있는 거야?"

등 뒤에서 누군가가 어깨를 치는 바람에 민욱은 화들짝 놀랐다.

"삼삼해 보인다 이거지?"

같이 복학한 허탄이 이죽거렸다.

허탄은 다른 대학을 다니는 문학도였지만 미술에도 관심이 많아 한 써클에서 사귀게 된 친구였다. 민욱과는 죽이 맞아 군대도 같이 갔다가 복학도 같이 했을 정도였다. 오늘도 둘이 만나기로 약속한 터였다.

"어디서 많이 본 여자 같아서."

"그럼 이 여자가 누군 줄 몰랐단 말야?"

"글쎄, 낯이 익은 것 같긴 한데."

"왜 있잖아. 우리가 입대하기 전 느네 학교 강사로 나가던 올드미스 글래머.”

“올드미스 글래머? 아하, 그 선생 이름이 나문희였지, 아마?”

민욱은 그때서야 포스터의 주인공이 누구인지 생각해냈다.

나문희. 한 학기 동안 그녀의 강의를 들은 적이 있었다. 먼저 있던 강사가 외국으로 유학을 가는 바람에 대신 나오게 된 시간 강사였다.

그녀가 맡은 시간은 인체 데생이었는데, 교수 방법이 특이한 데가 있었다. 처음부터 민욱은 그녀의 교수 방법에 호기심을 느꼈다.

그녀는 교수 방법이 아니더라도 학생들에게 관심을 끌 만한 요소들이 많았다.

올드 미스라고 하지만 학생들 틈에 끼면 그저 발랄한 같은 또래로 보일 뿐이었고, 그러면서 유달리 늘씬한 몸매와 빼어난 용모가 성숙한 여성을 느끼게 했고, 그래서 더욱더 삼십이 넘도록 독신을 지키고 있다는 사실이 관심을 끌었다. 그런 그녀를 두고 근거 없는 소문도 꽤나 나돌았다.

그녀는 기존의 인체 데생법을 무시하고 나름대로 창안해낸 방법으로 실기를 지도했다. 인체 실기 시간임에도 불구하고 결코 모델을 쓰지 않았다. 언제나 하나의 대상을 제시하고, 그 대상을 나름대로 파악하게 하곤 대상으로부터 유추된 모든 것을 화폭에 옮겨보라는 식이었다.

예를 들면 ‘한 그루의 나무’라는 대상을 설정해놓고 몇 분 동안 나무를 생각하게 한다. 그렇게 해서 학생들 나름대로 나무에 대해 알고 있는 모든 것을 기억해내게 한다.

나무의 속성, 나무와 자신과의 사이에서 이루어졌던 경험, 나무로 비롯된 어떤 것들, 하여튼 자신의 체험을 바탕으로 한, 한 그루 나무와 연관시켜 생각할 수 있는 것은 모두 기억해낸다.

그 다음 그 생각들을 종이 위에 그려 넣기 시작한다. 생각나는 대로 마구 그려 넣으면 된다. 마치 유치원생들의 상상화처럼 되기도 하고, 도표나 그림표처럼 표현되기도 한다.

그런 식으로 어떤 사물로 인해 무의식 속에 잠재해 있었던 것들을 끌어내는 훈련을 몇 주 동안 한 다음, 그동안 했던 주제를 다시 되풀이한다.

그러나 이번엔 먼저 그렸던 그림을 보고 거기에 표현된 것들의 반 정도를 생략한 상태로 옮겨 그려나간다. 어떤 식으로 생략을 하든 그것은 그리는 사람의 마음 내키는 대로이다.

그렇게 되풀이하면서 최종적으로 한 그루의 나무 형태 속에 처음 표현해냈던 모든 것을 상징할 수 있도록 그려 넣는 것이다.

민욱은 그녀의 강의를 한 학기도 채 듣지 못하고 군에 입대하게 되었다. 나중에 들은 소식으로는 그녀는 무슨 사정에서인지 두 학기만 강의를 하곤 그만두었다는 것이다.

그녀의 교수 방법이 학교 측의 지침과 달라 의견 충돌로 그녀 스스로 그만두었다고도 했다.

"그때도 나 선생이 이런 식의 작업을 했던가?"

민욱이 의아한 표정으로 허탄을 돌아다보았다.

"쇼킹한 작업이 많았다는 거야. 전위 예술가를 대표하는 프리마돈나인 셈이지."

"우리가 군에 있는 동안 변한 게 많은 모양이야."

"나문희 씨야 벌써부터 전위 예술가로 알려진 이름이었지. 그땐 우리의 관심이 그쪽으로 가지 못했을 뿐이야."

"그랬던가?"

"어때? 오늘 이 늙은 암탉의 몸짓을 감상하는 게."

"당연하지."

객석에는 가벼운 열정이 담배 연기처럼 퍼져 있었다.

관객은 대부분 언제나 전위(前衛)이기를 열망하는 젊은 작가군과 대학생들로 이루어져 있었다. 그중에는 잠깐의 침묵도 참지 못하겠다는 듯이 열띤 논쟁에 빠져 있는 축들도 있었다.

기존의 미의식과 예술의 가치관을 그들은 가차 없이 내동댕이치고 그들 젊음의 카타르시스가 될 수 있는 예술론을 찾기에 언제나 부지런을 떨었다.

해프닝이나 이벤트 같은 것은 그런 그들의 갈증을 어느 정도 해결해 줄 수 있는 통로일 것이었다.

그들은 붓과 캔버스를 창고 속에 밀어 넣고 강변으로, 들판으로, 심지어 노상으로 혹은 소극장의 스테이지 위로 달려 나갔다.

그들은 언제나 흥분해 있었고 목소리를 돋구었다. 전위의 기수가 되기 위해서는 목소리가 낮을 수는 없는 일이었다.

그들은 자신들이 예술의 본질, 아니 자연의 본질에까지 접근할 수 있다고 믿고 있었다.

민욱은 될 수 있는 대로 스테이지 앞쪽으로 자리를 잡았다. 입대 전 몇 달 동안이긴 했지만 인상이 깊었던 선생이었고, 언젠가 한번은 만나보고 싶었던 터였다.

그녀가 베일에 싸인 미모의 삼십대 노처녀라는 것이 야릇한 호기심을 불러일으키는 것이기도 하지만, 그녀의 교수 방법을 통해 어떤 느낌으로 다가왔던 특이한 그녀의 예술관과 그녀의 작업이 어떤 과정을 거쳐 어떤 형태로 드러나는지를 알고 싶었다.

그녀가 이런 전위적인 발표를 하고 있었다는 것은 민욱에겐 어느 면에선 충격이었다. 더욱이 자신의 알몸을 포스터에 인쇄할 정도로 열정이 대단한 줄은 생각지도 못했던 것이다.

민욱은 그녀의 몸짓이라는 것이 어떤 것일까 여간 궁금하지가 않았다. 그녀의 어떤 몸짓이 어떻게 예술로 승화되는 것인지를 조금도 어림할 수가 없었다.

얼마쯤 시간이 지났을까.

잠깐 눈을 감고 생각에 잠겼던 민욱은 밝아지는 불빛에 눈을 떴다.

타원형의 스테이지가 환하게 밝혀졌고 웅성거리던 객석이 갑자기 조용해졌다. 그러나 이내 스테이지를 밝혔던 조명은 꺼지고 객석이고 스테이지고 모두 깜깜한 어둠에 묻혀버렸다.

잠시 후 천장의 한 곳에서 불빛이 기둥처럼 아래로 내리꽂혔다.

불빛은 스테이지 쪽이 아니라 엉뚱하게 어느 객석을 비추었고 불빛 속엔 관객 중의 한 여인이 앉아 있었다.

여인은 갑작스런 불빛을 받으면서도 담담한 표정으로 잠시 그대로 있다가 자리에서 일어선다.

민욱은 그제야 그녀가 이벤트의 주인공인 나문희라는 것을 알아보았다.

그녀는 객석을 벗어나 가운데 통로로 나서 스테이지를 향해 섰다. 그리곤 천천히 걷기 시작한다.

그러나 그녀는 그냥 걷는 것이 아니라 윗도리부터 차례차례 옷을 벗어가는 것이다. 그녀가 벗어놓는 옷가지들은 파충류의 허물처럼 벗겨져 그녀 뒤쪽의 어둠 속으로 숨어버린다.

그녀가 스테이지 앞에 다다랐을 때 브래지어와 팬티만이 그녀의 알몸을 감추고 있을 뿐이다.

그녀는 사뿐히 스테이지로 올라서서 객석을 향해 돌아선다. 그리곤 브래지어와 팬티마저 벗어버리곤 알몸이 된다.

스포트라이트 속에서 그녀의 육체는 눈부시게 빛나고 있다.

잠시 후 불빛이 사라지고 스테이지는 어둠 속에 잠겨버린다.

객석에서 웅성거리는 소리가 조금씩 어둠을 흔들어 놓는다.

웅성거리는 소리가 일정한 크기에 이르자 다시 강한 스포트라이트가 스테이지에 던져지며 그녀가 드러난다.

그러나 그녀는 이제 알몸이 아니라 목에서 무릎까지 내리덮이는 가운을 두르고 있다.

그녀는 약간 턱을 든 자세로 허공 어디엔가를 주시하면서 가운 끝을 목 아래서 오므려 쥐었다. 그리곤 길게 풀어헤친 머리를 몇 번 흔들어보곤 천천히 몸을 돌리기 시작한다.

제자리에서 돌아가는 맴돌기다.

그녀의 몸뚱이가 돌아감에 따라 가운은 원추 모양이 되며 그녀를 따라 돌아간다. 이내 회전 속도가 빨라지기 시작하고 가운은 원추의 밑넓이를 넓혀가며 펄럭거린다.

가운 속에 감추어져 있던 무릎이 드러나고 대퇴부가 드러난다.

그녀는 이제 발레리나처럼 빠른 속도로 회전하기 시작한다.

그녀의 둔부가 드러나고 배꼽이 드러나고 이내 출렁거리는 유방이 드러난다. 그러나 빠르게 회전하는 그녀의 육체가 하나의 빛나는 기둥처럼 보일 뿐이다.

유방이며 배꼽이며 둔부의 형태는 잠깐의 잔상처럼 눈에 비쳐올 뿐이다.

나부끼는 깃발 소리를 내면서 가운은 그녀의 목을 중심으로 커다란 연잎처럼 펼쳐져서 돌아간다.

그녀의 육체는 눈부시게 빛났다.

민욱은 감탄했다. 이것은 육체를 통한 전혀 새롭고 신선한 충격이었다.

포즈를 취하고 있는 누드모델의 벗은 몸 또는 욕정으로 부둥켜안고 싶은 여체의 모습이 아니다. 야릇하고 신비하기까지 한 감동이다.

그것이 조형에서 오는 것인지, 기상천외한 발상에서 오는 것인지를 깨닫기에 앞서 민욱은 감동하고 있는 것이다.

민욱은 자신의 의식이 그녀의 돌아가는 육체의 기둥 속에 빨려 들어가고 있음을 느꼈다.

출렁거리는 젖무덤의 탄력이 파도처럼 스테이지 안에 넘쳐흐르면서 그녀의 육체는 더욱 홍조를 띠어갔다.

얼마를 그렇게 돌아가던 그녀가 갑자기 팔을 활짝 벌리며 가운을 놓아버린다. 가운은 거대한 박쥐처럼 날개를 펴고 스테이지 허공을 한 바퀴

돌고는 어둠 속으로 사라져버렸다.

그녀는 눈을 감고 두 팔을 가볍게 허리에 대고 가쁜 숨을 가다듬었다.

그녀의 이마 위에서 송글송글 땀이 솟아났다. 탐스런 두 젖무덤 사이로 땀방울이 모여 흘러내렸다. 땀방울은 배꼽을 거쳐 그녀의 무성한 삼각주 숲속으로 스며든다.

민욱의 시선은 흐르는 땀방울을 따라가다가 그녀의 배꼽 밑에 있는 까만 점 하나를 발견했다. 까만 점은 땀에 젖어 윤기 나는 작은 열매처럼 빛나고 있었다.

숨을 가다듬은 그녀는 눈을 뜨고 땀에 젖은 머리를 가볍게 뒤로 쓸어 넘겼다. 그녀의 겨드랑이는 짙은 까만 솔잎처럼 무성하다.

그녀는 백묵만 한 반짝이는 금속 조각을 하나 집어 들고 그것을 비틀어 빨간 심을 뽑아 올린다.

루즈를 연필처럼 오른손에 쥔 그녀는 한쪽 눈에다 안경처럼 동그랗게 그려나갔다. 그러면서 부드러운 목소리로 중얼거린다.

— 이것은 눈이다.

그녀의 몸짓을 주시하고 있는 관객들을 향해 그녀의 동그랗게 그려진 눈이 확대되었다.

그녀는 다른 쪽의 눈에도 동그라미를 그리며 다시 중얼거린다.

— 이것도 눈이다.

그녀는 그런 식으로 계속 코와 입 주위를 붉은 루즈로 구획 지어놓으며 중얼거렸다.

— 이것은 코다.

─이것은 입이다.

그녀의 얼굴은 광대처럼 온통 붉은 루즈로 칠해져 이젠 우스꽝스럽게 보였다.

─이것은 유방이다.

─이것도 유방이다.

─이것은 배꼽이다.

육체의 부분 부분이 루즈로 구획 지어질 때마다 그 부분이 잠깐잠깐 관객들의 눈앞으로 확대되어가면서, 눈부신 육체는 난도질당하고 있었다.

그녀가 배꼽 주위를 둥그렇게 구획 지어놓고 나서 다시 루즈를 고쳐 잡았을 때 민욱은 침을 꿀꺽 삼키고 말았다. 그녀는 음모가 무성한 국부 주위에 원을 그려나갔다.

─이것은 성기다.

민욱은 순간 불쾌감이 울컥 치밀어 올랐다. 지금까지의 감동은 사라지고 갑자기 조롱당하고 있다는 기분이 든 것이다.

민욱은 눈을 감았다. 이런 짓거리가 뭐란 말인가. 이런 짓이 어떤 의미를 가질 순 없어. 억지 춘향식 논리의 장난이야.

민욱은 머리를 흔들면서 눈을 떴다.

그녀는 발목까지 붉은 선으로 구획을 지어놓은 다음 두 손을 번쩍 치켜들었다. 성기 부분에 잘못 그어진 루즈가 넓적다리에 불쾌하게 묻어 있었다.

"이건 완전히 미친년 발광이군."

민욱은 자신도 모르게 내뱉었다.

그의 소리는 의외로 컸다. 두 손을 치켜들고 이상한 자세로 서 있던 그녀가 민욱 쪽을 노려보자 이내 스포트라이트가 그를 향해 쏟아져 왔다.

민욱은 갑작스런 불빛에 눈을 뜰 수가 없어 두 손을 내밀어 허우적거렸다.

스포트라이트가 자신의 머리 위에 쏟아지자 민욱은 자리에서 벌떡 일어나 발표회장을 나와버렸고 곧바로 술집으로 찾아들어 혼자 잔을 기울였다.

생각할수록 농락당한 기분이었다. 나문희의 몸짓 발표라는 것이 자신으로서는 공감할 수 없는 관념의 유희 같아 보였고, 더욱이 자신을 향해 스포트라이트를 비치게 한 짓은 괘씸하기 짝이 없는 것이었다.

혼자 바보가 된 기분에 민욱은 소주잔을 연거푸 기울였다.

소주 한 병이 거의 바닥날 무렵 한 떼거리의 손님들이 몰려들었는데 그곳에 나문희도 섞여 있었다. 섞여 있다기보다는 그녀를 앞장세운 그녀의 발표회 멤버들이었다.

민욱은 그녀를 외면하려고 했으나 언뜻 그녀와 눈이 마주쳐버렸고, 그녀는 잠시 멈칫하는 듯하더니 한번 웃어보이곤 그들 멤버들과 방으로 들어가버렸다.

민욱은 그녀가 자신을 알아보긴 했지만, 그냥 방으로 들어가버린 것이 다행스러웠다. 아무래도 이쪽에서 먼저 공개적으로 도전을 한 셈이니까 따지자면 그녀 쪽이 피해자라고 주장해도 어쩔 수 없다는 생각이 들었기 때문이었다.

민욱은 남은 술을 마저 비워내고 자리를 일어서야겠다고 생각했다.

나문희. 너의 예술이란 게 그런 것이었군. 허깨비 장난 같은 것. 그런 짓으로 진짜를 만들어낼 순 없는 거야.

그는 웅얼거리며 자리를 일어서려다 짙은 꽃향기 같은 냄새에 퍼뜩 정신을 가다듬었다.

언제 와 있었던지 그녀가 옆자리에 앉아 웃고 있었다.

"아무래도 도민욱 씨 하곤 인연이 있는 것 같군요."

나문희가 그를 향해 술병을 내밀었다.

"아, 아니에요."

민욱이 당황해서 손을 내저으며 그녀로부터 병을 빼앗으려 했으나 그녀는 어느새 잔을 채우고 있었다. 민욱은 그녀가 자신의 이름을 기억하고 있다는 사실에 어리둥절해졌다.

입대 전 한 학기 동안 강의를 받은 적은 있다고 하지만 그의 이름이 기억되기에는 짧은 기간일 터였다.

"나도 한 잔 주세요."

민욱의 잔을 채우고 난 그녀는 자신의 잔을 들어 보였다.

"삼 년 만이죠?"

그녀는 민욱이 따라준 잔을 단숨에 비워내고 말했다. 민욱은 어색해져 무슨 말을 해야 할지를 몰랐다.

"매우 인상적인 그림을 그렸었죠. 그때 내 생각으론 민욱 씨 같은 학생은 좋은 작가가 될 거라고 확신했어요. 그래, 요즈음은 어떤 작업을 하나요?"

그녀의 눈가에는 웃음기가 떠나지 않았다. 화장기 없는 민낯의 그녀 얼굴이었지만 아직 삼 년 전에 보았던 그대로 이십대의 여대생 같은 풋

풋한 싱그러움이 느껴졌다.

그녀를 이렇게 가까이서 마주하는 것은 처음이었다. 민욱은 자신의 가슴이 불규칙하게 뛰는 것을 느꼈다.

"이번 학기에 복학을 했어요."

그가 어눌하게 말했다.

"그랬군요. 경험이 커졌으니 더 좋은 작업이 될 거예요."

그녀가 다시 잔을 내밀었다. 민욱은 머뭇머뭇 잔을 받았다.

"날 보고 미친년이라고 했죠?"

그녀가 술병을 기울이며 말했다.

민욱은 흠칫 어깨를 움츠리며 그녀를 쳐다보았다.

그녀가 자신의 옆에 와 앉은 건 그 문제를 따지기 위해서였구나 하는 생각을 하며 그녀의 표정을 살폈다. 그러나 그녀의 얼굴은 여전히 부드러운 웃음을 매달고 있었다.

"왜 미친년이라고 생각했어요? 구체적으루 말예요."

그가 당황한 표정으로 머뭇거리자 다시 그녀가 물었다.

"상소릴 한 것은 사과를 드리겠습니다. 하지만 그런 행위가, 뭐랄까, 그 순간 역겨웠어요. 그러한 행위를 예술 행위라고 인정할 수가 없었던 겁니다."

민욱은 단숨에 잔을 비워내고 힘주어 말했다. 이 여자에게 일방적으로 몰려서는 안 된다는 자존심이 고개를 들었다.

"사실 처음엔 눈부신 육체에 감탄했어요. 검은 가운이 빙글빙글 돌며 곧게 뻗은 하반신부터 가슴까지 서서히 드러날 때는 숨조차 제대로 쉴 수가 없었죠. 그것은 육체를 새로운 시각으로 조형화시키는 대단한 시도였습니다. 그 감동은 아름답다기보다는 충격이었습니다."

민욱은 잠시 말을 멈추고 스스로 술을 따라 잔을 비워냈다.

그녀의 눈부신 육체가 스포트라이트 아래에서 아직 빙글빙글 돌아가는 듯했다.

나문희는 비워낸 민욱의 잔에 다시 술을 따라주었다. 그리곤 가볍게 한 손으로 턱을 괸 채 빤히 그를 바라보았다. 어린아이에게 얘기를 시켜놓고 재미있어 하는 듯한 표정이었다.

민욱은 취기를 떨어버리려는 듯 잠시 고개를 숙이고 있다가 다시 얘기를 시작했다.

"그러나 가운을 던져버린 후 회전하던 몸짓을 멈추고 다른 행동으로 돌아갔을 때… 그러니깐 루즈를 가지고 신체의 부분 부분을 구획 지어가며 독백을 할 때부터 나는 당황하기 시작했어요. 그러다가… 말하자면…."

민욱은 그녀가 성기 부분을 루즈로 그어나갈 때 비로소 그녀의 행위가 어처구니없는 관념의 놀이라는 것을 깨닫게 되었다고 얘기하려고 했으나 여자 앞에서 그 같은 표현을 어떻게 해야 좋을지 몰라 더듬거렸다.

"그러다가 내가 성기 주변까지 루즈로 칠하니까 외설스러움이라도 느꼈다는 건가요?"

민욱이 말을 못 하고 더듬거리고 있자 답답하다는 듯 그녀가 거리낌 없이 그의 표현을 대신 해버렸다.

"아… 뭐… 외설스럽다기보다는… 한마디로 예술 행위를 빙자한 관념

놀이다 하는 생각이 들었던 거지요.”

민욱은 얼굴을 붉히고 있었다. 주저없이 남자 앞에서 적나라한 표현을 할 수 있는 그녀 앞에서 자신이 자꾸 작아지는 기분이었다.

“그렇지 않아요. 민욱 씨가 기존의 어떤 고정 관념에 사로잡혀 아름다운 것을 아름답게, 감동스러운 것을 감동스럽게 받아들이지 못하는 거예요. 사람들은 대부분 기존의 틀 속에 자신도 모르는 사이에 깊이 빠져 거기에서 헤어 나오지 못하고 있죠. 자신이 어떤 껍질 속에 갇혀있는지도 모르는 채 말예요. 그것을 깨야 해요. 예술가는 끊임없는 자각이 있어야 해요. 그럴 때 비로소 자신의 진실한 몸짓을 찾을 수 있어요. 예술은 그때부터 이루어질 수 있는 거예요. 내가 이런 얘기 안 해도 알 테지만 용기가 없다는 건 추한 거지 겸양일 수 없어요 아름답지 못한 거예요.”

나문희도 어느 정도 술기운이 오르는지 조금 들뜬 어조로 얘기를 늘어놓았다. 그러나 그녀는 이내 침착을 되찾곤 눈꼬리에 웃음을 달고 차분한 어조로 다시 말을 이었다.

“이런 얘기는 나중에 좀 더 진지하게 해보기루 해요. 오늘은 그냥 술이나 마셔요. 사실 발표 도중 미친년이란 욕을 들었을 땐 순간적으로 불쾌했어요. 그러나 곧 스스럼없이 그렇게 내뱉을 수 있는 민욱 씨가 정직한 어린아이 같다는 생각이 들었어요.”

그녀는 이제 아주 즐거운 듯 가지런한 이를 드러내며 웃고 있었다. 민욱은 그녀의 말이 거슬리기는 했지만 한번 마음대로 지껄여보라지 하는 식으로 마음을 풀어놓기로 했다. 술기운 이 긴장을 풀어주는 덕택일 터였다.

“민욱 씨와 마시니까 기분이 나는데, 내가 이 차를 사겠어요.”

나문희는 장난스럽게 엄지손가락을 세워 보였다.

"일행이 있지 않습니까?"

민욱은 방안에 있는 그녀의 일행을 의식하고 물었다.

"내가 없어도 괜찮아요. 자릴 옮기기루 해요. 옛날 스승과 제자가 만나 새 기분으로 마시는 거예요. 이의 없죠?"

"없습니다."

민욱이 군대식으로 대답하자 나문희는 허리를 뒤로 제치면서 남자처럼 소리를 내어 크게 웃었다.

밖은 어느새 어둠이 두껍게 내려앉아 있었고, 골목마다 술꾼들의 흥얼거리는 소리와 함께 밤은 서서히 익어가고 있는 중이었다.

두 사람은 택시를 잡아타고 강변의 어느 술집으로 향했고, 그들은 그곳에서 오래된 연인처럼 즐겁게 떠들면서 마셨다.

민욱은 나문희가 자신에 대해서 의외로 많은 관심을 갖고 있다는 사실을 알고는 기분이 한층 좋아졌다. 아직까지 자신으로선 이 여자를 어떤 식으로 이해해야 할지를 몰랐지만 삼 년 전 야릇한 기분으로 호기심을 가졌던 연상의 여인과 이렇게 어울리고 있다는 것이 여간 흐뭇한 것이 아니었다.

"언제나 혼자 늦게까지 남아 있더군. 참 열심히 하는 학생이구나 생각했지. 어느 학교든지 으레 그런 열성파들이 몇씩은 있거든. 그런데 어느 날 방과 후 실기실 옆을 지나다가 커튼이 내려져 있는 것을 보고 이상한 생각이 들었던 거야. 실기 시간에 누드모델을 사용할 때 외엔 커튼이 쳐져 있을 리가 없거든. 실기실 문을 열어보려고 하니깐 안으로 잠겨 있었고… 갑자기 호기심이 생겼지. 다행히 틈이 나 있는 커튼 사이로 실기실 안을 엿보았더니… 아, 거기에 벌거숭이가 된 한 사내가 떠억 버티고 있었던 거야. 작은 헤라클레스처럼 건장한 사내가. 난 그때 정말 처음으로 남자의 육체가 아름답다는 것을 알았지."

그녀는 이제 민욱에게 말을 내리고 있었다. 그러나 그는 오히려 그것이 편했다. 물론 그녀와의 사이가 잠깐 동안이었지만 사제지간이었고, 나이도 다섯 살이란 차이가 있었기 때문에 민욱도 그녀가 말을 내림으로써 훨씬 그녀와 가까워지는 기분이었다.

그녀는 민욱에게 관심을 갖게 된 동기를 과장된 제스추어를 써가면서 늘어놓았다. 그녀는 마냥 즐거워 보였다.

그 당시 민욱은 그녀의 강의에서 얻은 방법으로 새로운 작품을 시도하고 있었다. 자신을 모델로 적나라한 자신의 실체를 작품으로 소화시켜보고 싶었던 것이었다.

우선 겉으로 드러나 있는 자신의 육체를 화면에 어떻게 전개시켜 나가느냐가 문제였다.

아무래도 전신을 볼 수 있는 거울 앞에 스스로 모델이 되어 작업을 할 수밖에 없는 노릇이었다. 그러려면 방과 후에 혼자 남아 실기실을 이용해야 했다.

민욱은 거울 앞에 나신으로 자신의 모습을 세워놓고 작업을 하기 시작했다.

드러나 있는 육체를 재구성하고, 다시 그 육체에 속해 있는 자신의 모든 것을 거기에 욱여넣기 시작했다.

완벽한, 적어도 스스로 만족할 수 있는 완벽한 자화상을 그려내려고
했다. 그것이 성공적으로 완성되느냐 그렇지 못 하느냐에 따라 자신의 예
술적 가능성이 가늠되는 것이라고 비장한 각오를 한 터였다.

그럴 무렵에 우연히 나문희에게 그 모습을 들켰던 모양이었다.

"인간의 육체는 아름다울 수도 있고 그렇지 못할 수도 있지. 그것도 자
신의 육체에 애정을 갖고 있느냐 그렇지 못하느냐에 달려 있는 거야. 민
욱 씨는 자신에 대해 애정을 갖고 있는 것이 틀림없었어. 물론 자신을 사
랑하지 않는 사람이 어디 있을까마는 진정한 애정은 자신의 전부를 파악
한 후에 생길 수 있는 거야. 이거 얘기가 좀 엉뚱하게 나가는 것 같지?"

나문희는 취중에도 자신이 너무 잘난 체 떠들고 있다는 생각이 들었
는지 말을 멈추곤 어깨를 흠칫해 보였다.

"아니에요. 아주 재밌습니다."

민욱이 반쯤 남은 맥주잔을 쭈욱 비우고 나서 말했다.

"좋아. 하던 얘기니깐 마저 하자구. 그래, 아주 감탄했었지. 잘 다듬어
진 남자의 육체가 저렇게 곱게 보이기도 하는구나 하는 생각을 했지. 그
런데 더 감탄한 것은 그 보기 좋은 알몸 옆에 있는 오십 호 크기의 캔버
스를 보고 나서였지. 정말 무언가 전해오는 것이 있었지. 어떤 느낌이라
는 것은 자신의 경험을 바탕으로 공감될 때 일어나는 것이겠지만, 그때의
감탄은 본질적으로 부딪혀오는 것이 있었어. 그 그림 지금도 눈앞에 생생
해, 형이상학적인 해부도라고 할까, 소우주의 전개도라고 할까…. 그 후
난 자주 실기실 커튼 사이를 기웃거렸어. 잘 다듬어진 작은 헤라클레스의
알몸을 훔쳐보기 위해서 말이야."

그녀가 빈 맥주잔을 들어 보이며 소리 내어 웃었다.

"한 잔 더 줘요."

그녀는 금세 웃음 끝을 잡곤 잔을 내밀며 목소리를 가라앉혔다.

민욱은 거품이 넘치도록 그녀의 잔에 맥주를 따랐고 그녀는 흐르는 거품을 핥으며 잔을 기울였다.

"그런데 말야, 오늘은 정말 기분 잡쳤다구. 그 선망의 사나이가 이 나문희를 미친년이라고 했단 말야."

나문희는 잔을 소리나게 내려놓으며 표정을 구겼다.

"아까 사과를 드렸잖습니까."

그는 그녀의 표정에 숨은 장난기를 읽으면서 같이 얼굴을 찌푸렸다.

"그럼 지금은 미친년으로 안 보인다는 거지?"

"미친 여자로 보이긴 마찬가집니다."

"정말 이러기야?"

"아름다울 미(美), 다스릴 치(治). 미치의 여자라니까요. 여자야 본래 아름다움을 다스려 보려는 본능이 있는 거 아닌가요."

"호, 말장난 하기야?"

"어쨌든 지금의 나 선생님은 아름답습니다."

민욱은 정말 그녀가 아름답게 보였다. 그는 그녀에게로 빨려 들어가는 기분을 느꼈다. 그녀는 티없이 맑아 보였다.

"그렇다면 사과를 받아들이지. 어때? 이의 없지?"

자기주장을 하고 나선 이의 없지 하는 투가 그녀의 말버릇인 모양이었다.

"이의 없습니다."

민욱은 이등병처럼 대답했다.

"자, 그러면 이제 삼차원의 세계로 가는 거야."

"삼차원의 세계요?"

"아, 삼 차를 가자는 얘기야."

두 사람은 어디엔가를 들러 더 마셨고, 취중에도 통금 시간을 의식하곤 어디쯤에선가 택시를 잡았고, 열두 시가 다 되어서 도착한 곳은 나문희의 아파트였다.

민욱은 자신이 온 곳이 그녀의 아파트라는 사실을 알고는 정신을 가다듬었다.

아파트는 그녀의 작업실이기도 했다.

혼자 사는 사람의 공간치곤 좀 넓은 듯했지만 벽은 온통 그녀의 그림으로 가득 메워져 있었고, 대형 이젤 옆의 커다란 테이블 위엔 화구며 책들이 어지럽게 널려 있었다.

민욱은 잠깐이나마 생경한 분위기에 도전하는 기분이 되어 주위를 두리번거렸다. 같은 길을 가는 사람의 방, 그것은 경쟁자의 방이기도 한 셈이었다.

벽마다 빽빽하게 걸린 그림들은 아주 사실적으로 표현된 그림들이었는데 한결같이 신체의 한 부분을 클로즈업시켜 극대화한 그림들이었다.

젖꼭지만 확대해서 그린 것, 콧구멍 부위만 확대해서 그린 것, 귀, 눈, 입… 신체의 모든 부분이 분해되어 있었다. 거실을 한 바퀴 둘러보고 난 민욱은 머릿속이 좀 어수선해졌다.

그러다가 그는 어느 그림 앞에 시선을 멈추었다.

여느 그림처럼 신체의 한 부분 같아 보이지는 않았다. 갈색의 갈대 숲 같기도 했는데 잠시 고개를 갸웃거리다간 이내 실소를 터뜨리고 말았다. 그 그림은 음모가 무성한 여자의 성기를 확대해놓은 것이었다.

"놀랍습니다."

민욱이 기분을 조금 과장하며 두 팔을 벌려 보였다.

"옛날에 하던 짓들이지. 이젠 붓 같은 건 사용 안해, 그린다는 건 빈틈이 너무 많아."

나문희는 주방에서 술잔을 들고 나오면서 혀 꼬부라진 소리로 말했다.

"그러나 어쨌든 이곳은 나의 자궁이야."

"뭐라구요?"

민욱이 그녀의 말뜻을 얼른 알아듣지 못하고 되물었다.

"자궁이라구. 매일 이 나문희를 탄생시켜주는 자궁이라구. 한 잔 더 하겠어? 동방의 헤라클레스님."

"전 그만두겠습니다. 너무 취하는 것 같아서."

"그래? 그만두시겠다…. 좋아요, 나도 그만두겠어."

나문희는 손에 들었던 잔을 도로 주방 테이블 위로 밀어버렸다. 그리곤 블라우스를 훌렁 벗어던졌다. 브래지어만 한 그녀의 윗몸이 고스란히 드러났다.

그녀는 거리낌 없이 브래지어마저도 벗어 소파 위로 던져버렸다.

그녀의 탐스런 유방이 출렁 튀어나왔다.

민욱은 금세 술이 깨는 기분이었다. 밝은 불빛 아래 드러난 그녀의 유방은 빛나는 두 개의 조각품이었다.

민욱은 그 유방에서 시선을 돌릴 수가 없었다.

"무슨 여자가 그렇게 조심성이 없습니까. 옷을 갈아입으려면 방에 들어가서 갈아입을 일이지."

그가 민망한 기분을 감추며 말했다.

"갈아입으려는 게 아니라 벗는 거야. 그대도 내가 시키는 대로 해야 해. 자, 옷을 벗으라구."

그녀는 이제 혀를 꼬부리고 있지는 않았다.

"옷을… 벗어요?"

"벗어야지. 차례차례."

민욱은 얼떨떨했다. 여자와 함께 옷을 벗는 행위는 처음이 아니었지만 이것은 분명히 상상할 수 없는 장면이었다.

"이… 이럴려구 따라온 건 아닙니다."

민욱은 나름대로 그녀가 하려는 짓을 지레 짐작하곤 더듬거리듯 말했다.

"엉뚱한 오해 말아요. 민욱 씨와 잠자릴 하자는 게 아냐. 지금부터 교육을 시키려는 거야. 그대는 나한테 교육을 좀 받아야 해. 고정관념을 깨야 한다구. 자, 옷을 벗으라구."

그녀는 명령하듯 말했다.

민욱은 저항감을 느끼며 소파에 앉은 채 허리를 곧추 세웠다.

"흠… 그렇게 용기가 없으시다면 우선 나를 잘 봐요."

나문희는 스커트를 벗어 내리고 속치마를 허물처럼 벗어 내렸다. 그리

곧 손바닥만 한 팬티마저 단숨에 훌렁 걷어버렸다.

"자 어때?"

그녀는 완전히 나신이 되어 양쪽 손을 가볍게 허리에 얹고 우뚝 섰다.

"어… 어떻다뇨?"

민욱은 대번에 시선 둘 곳을 찾지 못하고 쩔쩔매는 꼴이 되었다.

"지금 민욱 씨 눈에 보이는 내 육체가 아름답다고 생각해요, 추하다고 생각해요?"

"그… 그야 아, 아름답죠."

"아름다운 것을 대하는 사람의 태도가 왜 그래? 아름다운 것을 감상하려면 마음 자세가 중요한 거야. 자신의 순수 의지가 작용하도록 자신을 일체의 속박에서 해방시켜 놔야 돼요. 마음을 가라앉히고 내게 집중해보아요."

그녀는 교실에서 학생에게 강의하는 선생처럼 진지한 목소리로 얘기를 해나갔다.

"내 눈은 어때요?"

그녀는 검지로 자신의 눈을 가리켰다.

아마 그녀는 낮에 벌였던 해프닝의 방법을 되풀이하려는 것 같았다. 민욱은 가슴이 두근거리는 자신이 못나 보이기도 하고 사내답지 못한 것 같아 울화가 치밀었다. 그래서 그녀의 물음에 당당히 대해주리라 생각하면서 자세를 가다듬었다.

"아름답군요."

그가 힘주어 말했다.

"코는 어때요?"

"코도 아름답군요."

"입은?"

"입도 아름답습니다."

"유방은?"

"감동스러울 정도로…."

"배꼽은 어때요?"

"귀엽고 앙징스럽군요."

"성기는?"

"그… 그건…."

그가 다시 더듬거렸다.

"성기는 어때요?"

그녀는 재촉하듯 되풀이했다.

"그건 아름답다고 할 수는 없겠는데요."

민욱은 그녀의 무성한 음모에 덮여 어둡게 그늘져 있는 삼각주를 바라보며 말했다.

"그럼 추하게 보이나요?"

"그렇지는 않지만… 그 부분만 가지고는 아름답다거나 보기 좋다고는 할 수 없을 것 같군요."

민욱은 분명 어둡게 그늘져 있는 성기 부분을 보고 아름답다고 얘기할 수는 없었다.

윤기 있는 탐스런 음모가 보기에 나쁜 것은 아니었지만 그 밑에 숨어 있는 성기가 결코 아름다울 수는 없는 것이었다.

"그대는 아직 자신의 순수 의지에 자신을 맡겨놓고 있질 못해요. 그렇기 때문에 지금 아름다운 것을 보고도 그것을 깨닫지 못하는 거야. 세상에 아름답지 않은 것은 없어. 감동을 주는 폭의 차이는 있을 수 있지만 감동스럽지 않은 것은 없는 거야. 나의 예술은 아름다운 진실을 찾아내는 작업이라고 믿고, 찾는 방법을 제시하려는 거야. 추라는 건 존재하지 않아. 그것은 인간이 순수해지지 못하게 되면서 나타나기 시작한 괴물에 지나지 않지. 예술가란 아름다움을 아름다움으로 볼 수 없는 이들에게 본래의 시각을 되찾아주는 작업을 하는 사람들이어야 해. 하잘것없는 사물 속에도 아름다움은 있어. 다만 그것을 볼 수 있는 눈을 잃어버린 거야. 예술가라는 인간들이 대부분 엉뚱한 작업만 하고 있지. 사람들을 편견의 울타리로 몰아넣고 길들여지기를 강요하는 거야. 그것은 개안을 시키는 것이 아니라 또 다른 색맹을 만드는 짓일 뿐이야. 자연이 주고 있는 모든 것을 그대로 감동으로 느낄 수 있어야 하고 그것에 순종해야 해. 세상에 태어난 자신의 육체를 가지고 확인시키고 증명하는 것이 내 예술의 의무야. 나는 나의 방법을 확신해."

나문희는 눈을 지그시 감고 자신의 얘기에 도취되어 강의하듯 얘기를 해나갔다.

밝은 불빛 아래서 그런 그녀의 모습은 어떤 흡인력을 가지고 그에게 다가왔다. 그는 시간의 흐름을 느끼지 못하고 그녀의 얘기에 빠져들고 있었다. 이윽고 그녀는 얘기를 멈추고 눈을 떠 그를 바로 보았다.

"자, 이제 옷을 벗어봐요."

그녀가 나직이 말했다. 민욱은 마치 최면에라도 걸린 듯 그녀의 말에 따라 소파에서 일어나 옷을 벗기 시작했다. 그러나 팬티만은 벗을 수가 없어 머뭇거리자 그녀가 다시 한번 말했다.

"벗어야 해요."

그녀의 명령에 따르기라도 하듯 그는 머뭇거리던 손을 재빨리 움직여 팬티를 벗어 내리고 그녀처럼 똑바로 섰다.

"어때요? 아직도 부끄러워?"

"아, 아니 뭐… 이젠 그렇지 않습니다."

민욱은 드러난 아랫도리가 부끄러운 것만은 사실이었지만 그녀 앞에서 더 이상 주눅이 들 수는 없었다.

"아름다운 육체야. 우린 이 육체를 사랑해야 해. 우리가 부둥켜안고 확인할 수 있는 건 우리의 육체뿐이야. 순수하게 육체로 접근할 때 우린 자연을 알게 되는 거야. 자연을 안다는 건 절대자의 숨결을 곁에서 느끼고, 그 숨결의 의미를 해독할 수 있다는 것이지."

그녀는 눈을 가늘게 뜨고 독백처럼 중얼거리면서 그에게로 다가왔다. 그리곤 느닷없이 그의 목을 끌어안았다.

분홍빛 점박이 열대어는 물속에 떠다니는 실지렁이를 뻐끔뻐끔 낚아채고 있었다.

민욱은 거의 필터까지 타들어간 담배를 비벼 끄고 다시 시계를 들여다보았다. 일곱 시 삼십 분.

"흠."

민욱은 입맛을 한번 쩍 다셔보곤 다시 수족관 안으로 무료한 시선을 던졌다.

나문희와 그런 만남이 있은 후 민욱은 한순간에 그녀와 가까워지게 되었다. 그녀에게 몰입하게 되었고 그와 함께 어느새 그녀의 방법론에 자신의 예술관을 대입시켜가게 되었다.

그것은 그녀를 통해 아주 자연스럽게 그렇게 되어갔다. 그러나 민욱은 그녀를 가까이에서 알면 알수록 자신으로서는 넘어설 수 없는 어떤 벽이 있다는 것을 막연하게 느끼기 시작했다. 옷을 훌훌 벗어던지지만 또 한 겹의 옷이 그녀에게 있다는 것을 어렴풋이 느끼기 시작한 셈이라고 할 수 있었다.

해독할 수 없는 또 다른 차원의 세계가 그녀 저편에 있는 것 같았다. 그녀의 새로운 몸짓 발표회가 있을 때마다 화제와 소문이 만발했고, 그런 발표회는 언제나 민욱의 상식을 뛰어넘었다. 그러나 그는 그녀의 이상한 힘에 빨려들어 그녀의 울 안에서 벗어날 수가 없었다. 어쩌면 그것은 스스로 그녀의 울 안에 갇혀서 보이지 않는 벽에 도전하기 위해 안간힘을 쓰고 있는 것인지도 몰랐다.

그것은 안주(安住)였지만 방황이었고, 달콤했지만 쓰라린 것이었다. 그런 관계가 거의 일 년이 다 되어갈 무렵 나문희는 갑작스럽게 파리로 떠나고 말았다.

그에게 미리 어떤 언질을 준 일도 없었을 뿐만 아니라 그런 눈치마저도 전혀 없었던 것이다. 그로서는 어안이 벙벙했을 뿐, 영문을 몰랐고 그녀는 파리로 떠나야겠다는 말을 꺼낸 지 보름도 안 되어 훌쩍 떠나버렸다.

파리에 가서 어떻게 하겠다든가, 얼마 동안을 머물 것이라든가, 왜 갑작스럽게 가야만 하는가, 그로서는 알고 싶은 것들에 한마디 대답도 남겨 놓지 않은 채 그야말로 훌쩍 떠나버린 것이었다.

민욱은 허탈했다. 그녀가 야속했다. 싸늘한 배신감이 들기까지 했다.

그녀가 그렇게 떠난 후 민욱은 그동안 자신이 얼마나 그녀에게 깊이 매달려 있었던가를 새삼 깨닫게 되었다. 그녀는 어느새 자신의 전부를 지배하고 있었다.

민욱은 허탈감 속에서 그녀의 너울로부터 벗어나려고 노력했다. 그녀를 의식하지 않는 자신의 새로운 방법론을 찾아야 했다.

그가 겨우 그녀의 너울로부터 벗어나 그녀가 차지하고 있던 자리들을 자신의 의식으로 채우기까지는 졸업 후에도 한동안의 방황이 있어야만 했다.

파리로 떠난 후 그녀는 내내 무소식이었다.

다섯 해 동안 편지 한 장도 없었고 들려오는 소문도 없었다. 웬만하면 파리를 거쳐 온 작가들로부터 그녀의 소식이 전해질 법도 한데 그녀를 만났다든가 그녀가 어떻게 지내고 있다든가 하는 소식을 들을 수가 없었다.

민욱에게도 이젠 그녀가 한때의 추억으로 남은 여인에 불과했고 거의 잊혀져가는 인물이 되고 있었다.

그런데 다섯 해 만에 그녀가 나타난 것이다.

2. 자연은 때로 그대에게 느닷없이 다가와 큰 생명의 노래를 불러준다
그 노래 한 가락 들을 수만 있어도 그대 영혼은 샛별처럼 눈을 뜬다.

멀쑥하게 자란 포플러가 듬성듬성 서 있는 산모퉁이 길을 돌아서자 매미 소리가 소나기처럼 쏟아져 들어왔다.

운전대를 잡은 그녀는 짐짓 속도를 늦추고 차창 밖으로 포플러 나무를 올려다본다. 그리곤 민욱을 돌아보았다. 옅은 선글라스 속 그녀의 눈이 웃고 있다.

민욱은 그녀의 눈을 맞받아 빙긋 웃어 보이곤 다시 시선을 길 위로 던졌다.

하얗게 햇살이 부서져 내리고 있는 눈부신 시골길이 느릿느릿 허리짓을 하며 빨려오고 있다.

"담배 좀 주겠어?"

그녀는 차창 밖의 풍경을 더 깊이 음미하려는 듯 선글라스를 이마 위로 밀어올리고 있었다.

민욱은 주머니에서 담배를 꺼내 불을 붙여 그녀에게 건네주었다.

"자연 앞에서 우리가 무얼 할 수 있을까?"

그녀는 한 모금을 깊숙이 빨아들였다가 길게 연기를 뿜어내며 혼잣말처럼 중얼거렸다.

민욱은 운전대를 잡고 있는 그녀의 손을 내려다본다. 조금은 너무 길어 보이는 하얀 손가락. 그 사이에서 실타래처럼 연기가 뽑혀 나와 이내 풀어지며 차창 밖으로 빨려나간다.

손등의 파란 힘줄이 도드라져 보인다. 이제 그녀도 나이를 먹은 것일까? 그러나 그녀는 여전히 아름답고 도도하다. 그러면서 무어랄까 좀더 투명해진 느낌을 주고 있다. 무엇 때문일까, 이런 느낌은? 민욱은 그녀의 선이 뚜렷한 옆얼굴을 오래 쳐다보고 있었다.

차창으로 들어오는 바람 곁에 긴 머리가 물결처럼 나부낀다.

그녀는 언제나 생머리였다. 그녀가 걸을 때 머릿결은 그녀의 어깨 위에서 싱싱한 물고기처럼 퍼득거렸다.

민욱은 그런 그녀의 어깨를 바라보며 영원한 생명력을 가진 물고기를 키우고 있는 여자라는 엉뚱한 상상에 빠지곤 했었다.

그러나 지금은 달랐다. 겸손할 줄 모르는 열대조가 자신을 과시하기 위해 깃털을 세우고 있는 것이라고 민욱은 생각했다. 그렇게 생각해버리고 싶었다.

어제 그녀는 약속 시간을 삼십 분도 더 넘겨서 나타났다.

도중에 차가 막혀 늦었다고 했다. 그곳에서 맥주를 몇 잔 마시고 곧바로 그녀의 아파트로 갔다.

그녀가 차린 간단한 저녁 식사를 마치고 두 사람은 양주 몇 잔을 더 마셨다.

민욱은 그녀가 다섯 해 전에 그렇게 홀쩍 떠나버렸던 자초지종이 나올 것을 기대했으나, 그녀는 자신에 관한 얘기는 거의 꺼내놓지 않았다. 오히려 민욱이 그동안 어떻게 지냈는지 이것저것 물을 뿐이었다.

민욱에게 어떤 미안한 기분도 갖고 있는 것 같지 않았다. 마치 너는 나라는 인간을 잘 알고 있지 않니, 하는 태도였다.

그가 알아낸 것은 그녀가 파리에 있었던 것이 아니라 엉뚱하게도 인도에서 며칠 전에 귀국했다는 사실뿐이었다.

내일 아침 그의 작업실로 함께 가보자고 약속한 뒤 그녀가 그의 이마에 살짝 키스를 해주고 그녀의 침실로 들어가 버렸을 때, 민욱은 이제 그녀가 분명히 자기와는 멀리 떨어져 있는 사람이라는 것을 확인할 수 있었다.

어쩌면 그녀는 다섯 해 전에도 지금처럼 멀리 떨어져 있었던 것인지도 모른다. 그녀의 세계에 자신의 전부를 몰입했던 것은 자신의 일방적인 선택이었을 뿐, 그녀는 언제나 저만큼에서 그를 바라보고 있었던 것일 게다.

그녀 자신의 어떤 내적 욕구를 발산하기 위한 표현 행위에 그는 소도구로서 끌어들여졌을 따름일 것이었다.

민욱은 그녀가 소파 위에 마련해준 잠자리에 누워 자신이 아주 작은 섬에 혼자 내동댕이쳐진 것처럼 못 견디게 외로워졌다. 그리고 자신의 외로움이 불쾌해졌다.

이제 와서 다시 이런 감정을 가지는 자신이 경멸스러웠다. 이미 잊었었고, 또 그녀와의 사이에 어떤 애정 같은 것은 애당초 없었다는 것이 확인되지 않았는가. 그런데 그녀가 군이 자신의 작업실을 방문하겠다는 이유는 무엇일까? 아직까지 결혼도 하지 않고 시골구석에서 그림만 그린

다니까 호기심이 생긴 것일까? 아니면 옛날을 생각한 인사치레의 방문일까?

그렇지는 않을 것이다. 그런 사소한 감정에 쏠려 행동할 여자가 아니라는 것을 누구보다도 민욱은 잘 알고 있는 것이다.

저만큼에 고개가 보이기 시작했다.

고개를 넘으면 아름 반이 넘는 엄나무가 수문장처럼 떠억 버틴 모습으로 나타날 것이다. 그러면 밤골은 오 리 남짓 거리를 남겨놓고 있는 것이다.

"민욱 씨, 화난 거야?"

고개에 다다르자 그녀는 기어를 바꾸고 액셀러레이터를 밟았다.

자동차는 멈칫거리는 듯하더니 이내 목쉰 바리톤 소리를 내며 고개를 오르기 시작했다.

그녀의 아파트를 출발한 것은 열 시가 넘어서였다. 시내를 빠져나올 때까지 민욱은 거의 입을 열지 않았다. 그러자 그녀는 민욱의 기분을 알았는지 이런 말을 했다.

"우리가 그동안 서로 떨어져 있었다고 해서 우리 사이에 달라진 무엇이 있다고 생각해선 안 돼. 우린 서로 마주 보고 있는 것이지, 그 사이에 도민욱과 나문희가 아닌 무엇이 존재한다고 생각하는 것은 착각일 뿐이야. 그런 착각을 우린 경계해야 해. 그것이 함정이지. 우린 무엇에고 소속될 수 없는 거야. 사람들은 자칫 애정이란 것을 내세워 두 사람 사이에 어떤 신비한 보물이 숨겨져 있다고 생각하지. 그래서 그걸 확인하고 소유해야 한다고 믿고 있어. 그러나 그런 것은 존재하지 않는 거야. 심술궂은 에로스가 파놓은 보물찾기 함정일 뿐이지. 에로스가 감춰둔 건 애당초 아무 것도 없는 거야. 그런데 일단 덫에 걸린 사람들은 없는 것을 찾기 위해 풀섶을 뒤져보고, 돌 밑을 들춰보고, 썩은 나무 등걸을 들여다보면서 환상에 젖어버리는 거야. 진주조개 같은 무지개 빛깔일까, 정오에 펼쳐지는 공작새의 꼬리 같은 것일까, 아니면 동화책에 나오는 마르지 않는 샘 같은 것일까? 그러다가 자신이 찾고 있는 것이 어디에도 존재하지 않는다는 사실을 뒤늦게 깨달았을 때, 그들은 맥이 빠져 빈 하늘만 올려다보게 되는 거야. 그렇게 되면 두 사람은 이제 마주 설 수가 없게 되어버리지."

그녀의 말이 옳은 것일까? 그녀는 모든 것에서 항상 일정하게 떨어져 있다. 그 떨어져 있는 간격은 어느 누구도 들어설 수 없는 그녀만의 소유다. 그것은 그녀에게 성역 같은 공간이리라.

그녀는 모든 사람들에게 그런 성역이 있어야만 하는 것이라고 한다. 민욱은 그렇지 못했다. 전신으로 무엇엔가, 누구에겐가 몰입하려고만 했다. 그래서 자신이 아닌 다른 것과 일체가 되어 거기에서 어떤 새로운 존재로의 탈바꿈이 이루어지는 것이라고 생각했다.

그것이 함정이었던가?

자신은 그녀가 말한 함정에 빠졌던 것일까? 그렇다면 그녀가 아무 말도 없이 훌쩍 떠나버렸던 것은 그녀 또한 함정에 빠질 위험을 예감했기 때문이었을까? 그땐 자신이 어렸던 것이다. 나문희와는 달리 함정을 볼 줄 아는 눈이 없었던 거다. 이젠 함정을 피해 그녀와 다시 마주할 수 있을 것이다.

그는 그녀가 말하는 함정이라는 것이 아직 확실한 실체로 느껴지지 않았지만, 이번에는 함정에 빠지지 않고 그녀와 다시 마주 설 수 있어야 한다고 생각했다. 그녀는 새롭게 무장을 하고 내 앞에 다시 나타나지 않았는가? 나는? 이 도민욱도 그것이 가능할 것이다.

"꼭 화내고 있는 사람 같잖아."

나문희가 짐짓 양미간을 잔뜩 찌푸려 보였다.

"미안해요. 도무지 실감이 나지 않아서. 우리가 다시 이렇게 만났다는 사실. 그러나 이젠 실감이 나는군요. 우리는 지금 분명히 다시 만난 것입니다."

민욱이 굳었던 표정을 풀고 활짝 웃어 보였다.

"어, 잘생긴 나문데, 무슨 나무일까?"

고개를 올라서자 불쑥 치솟듯이 나타난 아름드리 고목을 보고 그녀가 탄성을 질렀다.

"밤골 입구를 알리는 첫 번째 수문장이죠. 여기 서서 잡귀를 쫓아내는 거예요."

"잡귀를 쫓는다구?"

"어렸을 때 그런 기억 없으신가요? 새해가 되면 대문 기둥에 가시가 많은 나뭇가지를 꽂아두잖아요."

"그건 엄나무 가지로 알고 있는데."

"이 나무가 바로 엄나무죠."

"엄나무라? 이렇게 큰… 그렇지만 가시가 없잖아."

"오래오래 세월을 견디다 보면 가시 따윈 없어도 잡귀를 물리칠 수 있는 영험이 생기는 모양이죠."

"호, 그럴듯한데."

"하지만 이렇게 큰 나무도 잔가지 쪽으로 올라가면 그대로 날카로운 가시를 달고 있죠."

"으시시한데. 이 나무가 혹시 나를 잡귀로 알고 어쩌는 건 아니겠지?"

"그럴지도 모르죠. 영험한 나무니까. 서양 잡귀, 인도 잡귀까지 묻혀왔다고 노하실지 모르죠."

"이렇게 되면 여기서 내 발로 돌아가야 되는 거 아냐? 아직 그런 대접은 받기 싫은데."

"글쎄요. 그렇지만 작업실에 도착하는 대로 한바탕 푸닥거리를 하면 봐줄 겁니다."

"봐줄까?"

"이곳에서 지내면서 내가 치성을 많이 드려놨으니까요."

"그럼 믿어보기루 하지."

"믿으십쇼."

두 사람은 고개를 젖히고 소리 내어 웃었다.

어제 만난 뒤로 처음으로 거침없이 함께 웃는 웃음이었다. 덜컹 하고 자동차가 뛰는 바람에 두 사람은 웃음을 그쳤다.

장마가 지나간 후의 길은 여기저기에 물고랑이 생겨 차체는 계속 뒤뚱거렸다.

그녀는 좀더 속력을 늦추고 핸들을 꼭 잡는다. 훌쩍 자란 망초 꽃들이 길옆으로 하얗게 뿌려져 있다.

나지막한 야산 등성이 너머로 돋울산 봉우리가 보이기 시작했다.

해발 사백 미터가 겨우 넘는 그리 높지 않은 산이지만 이 주위에선 가장 깊고 큰 산이었다. 공룡의 등지느러미처럼 기암으로 이루어진 다섯 봉우리는 산의 규모에 비해 웅장한 자태를 보여주고 있었다.

돋울산은 언제부터 민욱의 의식 속으로 깊이 들어와 있었다. 돋울산은 그의 의식의 바다 한가운데 떠 있는 섬과도 같았다. 그의 의식은 언제나 파도치는 물결처럼 돋울산 자락에서 찰랑거리고 있었다.

그것은 그가 밤골 마을에 뿌리를 내리기로 결심하게 되면서부터 그의 과제가 되었다. 그는 긴 항해 끝에 마침내 고향에 돌아와 배가 닻을 내리듯 돋울산 자락에 자신의 피곤한 항해의 닻을 내렸다. 그는 거기에서 휴식과 용기를 얻고 싶었다. 정신력을 소생시키고 싶었다.

민욱은 돋울산을 자기 내면세계 속에 수용할 수 있는가 없는가에 따라 자신의 예술과 생활이 판가름 나는 것이라고 다짐했다. 그가 헤어날 수 없는 좌절감 속에서 자포자기에 이르렀던 한 해 반 전에 그의 앞에 나타나 새로운 비전을 제시해준 것이 바로 돋울산이었다.

나문희가 떠난 후, 한동안의 혼돈을 거쳐 나름대로 마음을 정리한 그는 경제적인 문제도 해결할 겸해서 화실을 운영하면서 작품 제작에 몰두했다. 그리고 무엇보다도 모교에 일주일에 두 번씩 출강할 수 있는 자리를 얻게 되었다. 선배 교수의 배려로 운 좋게 떨어진 자리였다. 그렇게 시간 강사로 몇 년을 버티면 전임이 될 수 있는 기회도 쉽게 붙잡을 수 있을 것 같았다.

그는 교수가 되고 싶었다. 그러나 그는 그런 조직 생활이 여간 만만치 않은 것임을 알게 되었다. 학생들을 가르치는 것만으로 끝나는 것이 아니었다. 자신의 위치를 고수하기 위해서는 최소한의 섭외가 필요했고, 선배 교수들의 분위기를 의식하며 자신의 보조를 맞춰야 했다.

그런 생활은 풀 먹인 옷을 처음 입었을 때처럼 껄끄럽고 거북살스러웠다. 그림을 그리는 한에서는 진실한 작가의 자리에 서 있어야 한다는 그의 신념으로는 아무래도 외도를 한다는 기분을 떨쳐버릴 수가 없는 것이었다.

더욱이 화단의 헤게모니를 놓고 물밑에서 치열하게 다투는 몇몇 그룹들이 대부분 교수들을 중심으로 형성되어 있다는 사실을 알게 되면서 민욱은 환멸을 느끼게 되었다. 그런 일들은 정치권력이나 부를 쟁취하기 위한 사람들의 사회에서나 벌어지는 줄로만 여겼던 그에게는 자못 충격적이었다.

그 그룹들 간의 알력은 유치하기 짝이 없었지만 화단 전체의 조류가 그들의 입김으로 좌지우지되고 있었다. 민욱도 어느 쪽이든 한 쪽에 서도록 강요되고 있었다. 그러나 그의 마음이 움직이지 않았다.

그는 미련 없이 학교를 떠났다. 그리곤 자신의 예술 세계를 정립해나가는 일에 혼신의 힘을 기울이고자 했다. 현실을 있는 그대로 들여다보면서 그 속에 자신의 예술 세계를 뿌리내리려고 안간힘을 썼다.

그즈음 열린 어느 전시회의 팸플렛에 그는 작가로서 그의 태도를 이렇게 밝혔다.

"작가란 무엇인가? 현실에 몸담아 있으면서 깨어 있는 자. 깨어 있는 자란? 진솔한 목소리를 갖고 있는 자. 그 목소리를 가지고 다수의 옳은 것을 위해, 핍박받는 자를 위해, 소수의 횡포를 향해 질타할 수 있는 자. 그리고 새로운 눈뜸을 위해 끊임없이 노력하는 자. 그리하여 다른 이들로 하여금 자신들의 깊은 곳에서 잠자고 있는 맑은 의식과 만날 수 있도록 디딤돌을 만들어주는 자."

그러나 결국 그가 발견한 현실은 한 어줍잖은 작가의 애정에 무엇을 기대하는 존재가 아니었다. 그가 애정을 가지고 접근하려고 했던 현실이라는 것이 어떤 안간힘으로 부딪쳐간다고 해서 변할 수 있는 것이 아니었다.

진실이라든가 순수라든가 하는 소중히 생각하는 것들로 캔버스를 아무리 문질러대고 긁고 해봐도 거대한 현실이라는 톱니바퀴는 자신과는 별개로 돌아가는 것일 뿐, 결국 자신이 하는 짓은 바보처럼 떠들어대는 자기 합리화의 중얼거림일 따름이었다.

지배 계급이나 금력의 권좌를 차지한 소수의 무리에 의해서 조작되는 현실의 톱니바퀴는 이미 역사라는 거인이 되어 돌아가고 있는 것이고, 예술이라는 것을 내세워 그 거인의 톱니바퀴를 향해 팔매질을 하는 것은 무모한 짓이었다.

예술가란 것이 그런 무모한 팔매질의 투쟁으로 끝난다는 것은 허망한 일이었다. 이미 그 거대한 톱니바퀴 사이에서 사람들은 자신도 모르는 사이에 세뇌되면서, 더욱이 자기 생활 속에 자신이 창조적인 주인이 되고 있다는 착각까지 하면서 살고 있는 것이다.

생각도 감정도 또는 기호까지도 소수의 무리에 의해 조작된다는 사실을 깨닫지 못하고 산다는 것은 얼마나 비극적인 일인가.

그러나 예술을 내세워 이 비극을 어찌해보겠다는 것은 무모한 팔매질일 뿐이다. 예술이 병사의 무기 같은 것이 될 수는 없는 것이다.

민욱은 좌절감을 안고 그와 함께 목소리를 높이던 동료들로부터 슬며시 빠져나왔다. 그리곤 자신을 새삼 되돌아보기 시작했다.

그러나 자신의 방법론이 크게 잘못되어 있다는 것을 깨닫긴 했지만, 어떻게 자신을 새롭게 추슬러 가야 할지 갈피를 잡지 못하고 방황하기 시작했다.

그렇게 되자 현실이라는 땅은 그가 그곳에 서 있어야 할 아무런 의미도 주지 못했다. 의미를 찾아내지 못하면서 그 속에 있어야 한다는 것은 고통일 뿐이었다.

자신의 예술이 방향 감각을 잃게 되자 그는 허탈 상태에 빠져 차라리 완벽하게 파멸해버리고 싶었다. 그러나 파멸조차도 완벽이 있을 수 없는 것이었다.

술과 방황, 그리고 방탕한 연애가 그의 생활 속에 자리 잡게 되었고, 그는 처절하게 절망하기 시작했다. 절망 속에서 가끔 나문희를 생각했다.

그녀의 도도하고 자신감 있는 몸짓을 떠올렸다.

그녀는 언제나 확신을 가지고 현실을 대하는 여자였다. 그녀가 옆에 있다면 엉엉 울면서 매달리고 싶었다.

그녀라면 그에게 어떤 새로운 방법을 제시해줄지도 모른다는 생각도 해보았다. 하지만 그녀는 그녀의 길을 가고 있을 따름이었다.

어느 날, 그는 술에 취해 밤새 몸부림치며 울었다. 그렇게 울다가 잠이 들었고, 추위를 느끼고 깨어났을 때는 창이 젖빛으로 부옇게 깨어나고 있었다. 새벽이었다.

어제 종일 끼니를 거르고 술만 마셨기 때문에 알싸한 공복감이 느껴지긴 했지만 머릿속은 비상하게 맑아져 있었다. 마치 의식이 샘물처럼 투명해져서 다른 차원의 세계를 투시하고 있는 기분마저 들었다.

그 투명한 의식 속에 영감처럼 돈울산이 떠올랐다.

산허리께에 기다란 안개를 두르고 있는 신비스런 모습이었다. 어린 시절의 어느 아침 벅찬 감동으로 그를 몸서리치게 했던 바로 그 돈울산이었다.

추석 무렵이었다.

새벽 일찍 밤을 따러 가자는 패거리들과 어울린 것은 전에는 못 해보았던 경험이었다.

목적지는 돈울산 밑에 있는 밤골이었다. 이십여 호밖에 안 되는 작은 마을이었는데, 주위 사방이 온통 무성한 밤나무 숲으로 둘러싸여 있었다. 밤나무 숲은 사방의 산자락까지 이어져 있었다.

그래서 추석 무렵이 되면 그 또래의 패거리들은 밤골을 무던히도 넘나들었다.

밤골을 가자면 그가 살고 있는 마을에서 산을 하나 넘어야만 했다. 마을 어른들이 들일을 하러 나오기 전의 시간을 택해야만 하기 때문에 패거리들은 새벽같이 출발을 했다.

새벽이슬에 바짓가랑이가 젖었지만 그런 것쯤은 아무래도 좋았다. 가슴 설레는 흥분을 안고 다리를 재게 놀렸다.

이젠 산 아래로 조금만 내려가면 밤나무 숲에 다다를 것이다.

민욱은 바짓가랑이를 접어올리고 패거리들을 좇기 위해 숲을 헤쳤다. 잠시 눈앞을 가렸던 오리나무 숲을 벗어났을 때, 민욱은 우뚝 걸음을 멈추었다. 마치 무엇에 붙잡힌 것처럼 꼼짝할 수가 없었다. 그리곤 진저리를 쳤다.

가을걷이가 끝나가는 금빛 들판 넘어 아득히 쏟아지는 아침 햇살 속의 광경. 분홍빛 안개를 허리 아래 기다랗게 두르고 다섯 봉우리가 두둥실 하늘로 떠오르는 모습, 그렇게 꿈결처럼 산이 펼쳐져 있었다. 돈울산.

아름답고 신비하고 감동스러웠다. 그러나 그 같은 몇 개의 수식어로 다 표현할 수 없는 광경이었다. 민욱은 자신마저 신비스런 분홍빛 안개 속으로 빨려 들어가 환희에 떨며 두둥실 떠오르는 듯했다.

그날의 돈울산은 그의 가슴 속에 인장처럼 박혔다. 민욱은 성장하면서 그것이 지고의 순수, 지고의 아름다움의 상징으로 그의 내면에 자리 잡고 있음이 의식될 때가 가끔 있었다. 그러나 이번처럼 생생한 감각으로 다가온 적은 없었다.

돈울산을 환상처럼 떠올렸던 날, 민욱은 무슨 계시라도 받은 기분으로 서둘러 고향으로 내려갔다.

십 년 만에 찾은 고향이었다. 기대와는 달리 읍내 근교에 있었던 고향 마을은 어느새 읍내에 편입되어 번화한 풍경으로 변해 있었다. 오십여 호의 농촌 마을이 산업 도로를 가운데 둔 우시장과 잡다한 상점 거리로 바뀌어 있었다.

그는 쓸쓸한 기분이 되어 밤골로 이어지는 산등성이를 넘었다. 밤골마저도 고향 마을처럼 어이없게 변해버렸을지 모른다는 두려움 같은 것이 가슴을 방망이질 치게 했다.

그러나 얼마나 다행스런 일인가. 밤골로 이어지는 숲은 오히려 옛날보다 더 우거져 있었고 얼마쯤의 숲을 벗어나자 옛 모습 그대로의 돈울산이 나타났다. 밤골이 사방이 산으로 둘러싸인 외진 곳이기에 게걸스런 개발의 폭력을 모면했을 것이었다.

어느 퇴직 교수가 지병의 회복을 위해 마련했었다는, 돈울산을 이만큼에서 바라볼 수 있는 언덕 위의 집을 구할 수 있었고, 그 집을 작업장으로 개조할 수 있었던 행운도 우연이라기보다는 어떤 운명의 필연이라고 그는 생각했다.

3. 방황하라. 각성 속에서 방황하라

그대 육체 깊은 곳에서 잠자고 있는 그대의 생명 노래가 눈뜨기 시작한다.

민욱의 작업실에 도착한 날 밤, 나문희는 어제와는 달리 자신의 얘기를 꺼내기 시작했다. 그녀의 지난 다섯 해 동안의 궤적. 그것은 민욱에게 충격과 혼돈이었다. 그리고 민욱의 작업실을 방문한 것이며 지난 이야기를 털어놓은 것이며 모두가 다분히 계산된 행동임을 깨닫게 했다. 그녀의 이야기 끝의 제의는 그를 매우 혼란스럽게 만들었다.

그녀의 파리에서의 생활은 일 년을 넘기지 못했다고 했다. 자신의 세계에 새롭게 접목시켜야 할 이렇다 할 것들을 파리에선 찾을 수가 없었다고 했다.

세련되고, 다듬어지고, 변화하면서도 품위를 잃지 않는 고도의 테크닉화된 정신은 있었지만, 그것들은 아무리 잘 보아도 나르시시즘적인 한계를 극복하고 있지도 못했고, 더욱이 그녀가 접목시켜야 할 원초적인 생명력을 가진 정신들은 아니었다.

그녀는 자연스럽게 뉴욕으로 향했다.

현대의 물질적인 것과 정신적인 것들이 가장 적나라하게 드러나 있는 곳, 혼돈과 질서가 공존하는 곳, 섹스와 폭력이 난무하는 곳. 진보한 정신과 미개의 정신 또는 진화하는 정신성과 퇴화하는 정신성이 한 몸뚱이에 뿌리박혀 있는 20세기의 기형아 뉴욕.

그녀의 뉴욕 생활은 한동안 흥분으로 가득 찼고, 그녀는 의욕적으로 그곳의 적나라함에 탐닉하기까지 했다. 천박스러움과 고귀함을 공존시킬 수 있는 지혜를 잃지 않는다면 이 지구상에 존재할 만한 가치가 있는 땅이 뉴욕이었다.

그녀가 뉴욕에서 얻을 수 있었던 것은 천박스러움과 고귀함이 한 모습이라는 깨달음을 실감으로 체험했다는 사실이었다.

그 실감을 뉴욕의 무대에서 몸짓 발표회를 통해 드러내보였을 때 그곳의 매스컴으로부터 찬사를 받기도 했다.

에어리언 점액질 같은 뉴욕의 생명력이 한동안 그녀에게 원초적인 생명력의 근원에 다가갈 수 있다는 착각을 일으키게 했지만, 그것은 보이는 그대로 기형화된 생명력이었고 변종으로서의 생명이었다.

그곳에서의 생활이 삼 년 가까이 흘렀을 때에야 그녀는 온몸에 달라붙어 있는 점액질이 자신이 찾아야 할 생명력이 아니라는 깨달음을 가지게 되었다.

그녀가 인도라는 땅이 자신이 갈 곳이라고 망설임 없이 결정할 수 있었던 것은 잡지에 실린 사진 한 장을 통해서였다.

어느 날 한 주간지에 인도의 문화를 다룬 기사가 있었다. 그 기사 속에 실린 사진들을 훑어보던 그녀는 어느 사진 위에 시선이 머물렀고, 이윽고 그 사진 속으로 빨려 들어갔다.

갠지스 강변에 초로의 수행자가 알몸으로 가부좌를 틀고 깊은 명상에 들어 있었다.

반백으로 헝클어진 머리카락은 어깨 위까지 드리워져 있었고, 신선한 아침 햇살이 그의 이마와 어깨 위에 황금빛 물결로 쏟아지고 있었다. 그의 무릎 앞에는 그가 짚고 온 장식된 지팡이와 사람 해골로 만든 그릇 하나가 놓여 있었고, 저만큼 뒤편에는 그와 마찬가지로 갠지스 강가의 명상을 위해 수백 명의 수행자 무리가 배경처럼 지나가고 있었는데 그들 모두 같은 모습으로 지팡이 하나만 달랑 든 완전 나체의 수행자들이었다.

아랫도리를 걸친 수행자도 간간이 보였지만, 오히려 걸친 모습이 그들 사이에선 군더더기처럼 느껴지고 있었다.

명상에 든 수행자 옆으로 조금 떨어진 곳에 나지막한 장작더미가 파란 연기를 피워 올리고 있었다.

그 장작더미 밑으로 사람의 발이 비죽이 빠져나와 있는 것으로 보아 시체를 화장하는 것이 분명했다.

죽음과 삶이 갈라져 있는 것이 아니라 같은 시간과 공간 속에서 하나의 생명 현상으로 어우러진 현장. 군더더기 없는 실존의 의미가 그 사진 속에 가득 고여 있음을 그녀는 직관으로 인식할 수 있었다.

수행자는 지금 인간의 속성으로 내재된 모든 감정을 초월해서 지고(至高)의 세계에 머물러 있을 것이었다. 무어라고 표현할 수 없이 막연히 성스러움으로만 느껴지는 그의 얼굴이 그렇게 말해주고 있었다.

그녀는 그 사진을 침대 위 벽에다 붙여놓고 며칠을 사진 속의 수행자와 함께 명상에 들었다.

원초적인 생명의 에너지가 인도로부터 그녀를 강력하게 끌어당기고 있음을 그녀는 며칠 동안의 명상 속에서 느꼈고, 마침내 삼 년 동안의 뉴욕 생활을 훌훌 털어버리고 인도로 떠났다.

그녀가 인도에 도착하자마자 사진의 현장이었던 바라나시(Varanasi)의 갠지스 강변으로 간 것은 당연한 일이었다.

인도 동북쪽에 위치하고 있는 바라나시는 시바가 깃들어 있는 곳이고, 인도의 정신이며 인도인에게 가장 신성한 어머니 강인 갠지스가 교차하는 성역 중의 성역이요 힌두 신앙의 중심지였다.

그들은 이 성스러운 땅을 순례하고 강물에 목욕함으로써 삼계의 업보를 씻어내고 다음 생의 진화를 준비한다.

그러므로 바라나시 갠지스 강으로의 여행은 그들에게 일생에 가장 소중한 의식이다. 아무리 가난한 사람이라도 살아생전 적어도 한 번은 이 성스러운 땅과 강물을 찾아야 한다고 생각하며, 이를 위해 여비를 마련하는 것을 최대의 보람으로 여긴다.

부모가 늙으면 자식이 이 성지로 가는 여비를 마련해주어야 자식된 도리를 다하는 것이 된다. 여비를 만들어줄 가족이 없거나 가난한 노인들은 아무리 멀리 떨어진 곳에 살더라도 죽음을 각오한 순례의 유랑 길을 서슴지 않는다.

바라나시의 강변에 처음 도착한 날 그녀는 순례자들의 틈에 끼여 조용히 자리를 잡고 앉았다.

모든 종교의 명상(冥想)이 처음으로 시작된 곳, 끝없는 윤회로부터의 해탈을 위한 인류의 염원이 집약된 곳, 창조와 파괴의 양면성을 동시에 지니고 있는 시바 신의 숨결이 가득한 곳.

그녀는 저 깊은 내면으로부터 원초적인 생명의 기운이 샘물처럼 솟아오르고 있음을 느끼기 시작했다.

순례자들이 외는 주술 소리와 북소리가 꿈결처럼 그녀의 귓가에서 맴돌다가 그녀의 일부가 되어 온몸 구석구석까지 스며들었다.

그녀는 인도의 성지들을 찾는 여행을 시작하였다. 몇 달에 걸친 그 순례를 통해 이 땅에 깃들어 있는 정신이야말로, 투쟁의 역사로 오염된 모든 이데올로기와 민족 이기주의의 탐욕으로 하여 우주의 섭리에서 벗어나 있는 정신성들을 새롭게 정화시켜줄 수 있다는 느낌이 굳어졌다.

가진 자와 못 가진 자가 동일한 의식 세계에서 공존할 수 있고, 각자 차지하고 있는 몫의 높낮음의 상대적 개념을 초월해서 자신의 자리를 겸허하게 그리고 당당하게 받아들이고 있는 기적적인 사회 현상은 힌두의 모든 신들이 두 개 이상의 얼굴과 팔을 갖고 있는 까닭을 이해하지 못하고서는 받아들일 수 없을 것이다.

그녀가 카즐라호(Khajuraho)의 사원들을 찾았을 때 그녀는 드디어 자신이 풀어야 할 숙제의 답을 얻어낸 기분이었다.

카즐라호는 조용한 시골의 소도시였다.

종교적 순례자들보다는 특이한 조형물로 가득 찬 사원들을 보기 위해 관광객들이 몰려오는 곳이었다.

사원들은 대체로 시내를 중심으로 서쪽과 동쪽으로 크게 나뉘어 두 개의 군을 형성하고 있었다. 서편에는 힌두교의 사원들이 자리 잡고 있었고, 그 건너편에는 대체로 자이나교 사원들이 무리를 이루고 있었다.

그녀가 새로운 생명력이 전달되는 느낌을 강하게 받은 것은 서편에 자리 잡은 힌두교 사원들 속에서였다.

바라나시 갠지스 강변에서 이미 원초적인 생명 에너지와의 만남을 경험한 그녀에게 이 사원들은 자신의 육체가 바로 자신의 사원임을 일깨워주는 메시지로 가득했다.

그것은 자신의 육체가 얼마나 성스럽고 소중한 유일(唯一)의 존재인가를 지혜로서 인식했을 때, 우주의 생명력과 연결되는 하나의 사원이 된다는 것을 확신하는 일이었다.

창조와 생산, 그리고 부귀의 가치를 성(性)에다 둔 힌두교의 성전(性典) 「카마수트라」에 따라 인도의 힌두 미술은 약시니 상과 미투나 상을 통해 그 정신을 형상화시켰다.

약시니 상은 생산성이 잠재한 여체의 아름다운 몸매를 관능적 자태로 드러내놓았고 미투나 상들은 남신과 여신의 결합을 인간이 취할 수 있는 가장 적나라한 모든 자세들을 통해 거리낌없이 드러내놓음으로써 창조의 다양성과 생명성을 구현해내고 있었다.

욕망을 억제하고 형이상학적 세계를 추구하는 불교와는 달리 육체의 기능이 신의 힘과 상통한다고 믿고, 그 신들의 에너지를 찬미하기 위하여 남녀 육체의 조화를 표현한 미투나 상을 창출해낸 것이었다.

초록빛 잔디 위에 에메랄드빛 하늘을 배경으로 거대한 사원들이 도열해 있는 풍경은 이곳을 찾는 이들에게 본질적인 생명 에너지의 꿈틀거림이 자신의 내부에서 신의 음성으로 들리도록 하기에 충분한 것이었다.

그러나 사람들은 대부분 이곳을 떠나게 되면 그 에너지의 꿈틀거림을 다시 끌어내어 자신의 생명 에너지로 전환시키지 못할 것이다. 다만 그것은 육체의 완전한 각성이 있기까지 잠재된 의식으로만 남아 있으려니.

그녀는 무리지은 관광객과 순례자들을 아랑곳하지 않고 춤을 추기 시작했다. 생명의 사원을 찾은 예배 행위로서 그녀의 몸짓은 자연스럽고 당당했다. 그녀의 생명 에너지와 이곳에서 이어지는 우주적 생명 에너지가 교감을 이루었다.

종교가 권력과 명예를 찾는 이들의 손에서 각색되면서 종교는 인간을 죄의식에 빠지게 했고, 많은 서구 국가의 권력자들은 그 죄의식을 이용해 인류를 지배해 왔다.

인간의 육체는 바로 신에게로 가는 통로이며 문인 것을 그들은 아예 잊어버리게 만들었다. 육체에 잠재된 생명 에너지를 가장 적나라하게 드러내놓을수록 인간은 신의 체험을 가깝게 할 수 있다는 것을 인도인들은 너무 잘 알고 있었기 때문에, 서슴없이 이 사원의 모든 벽에 남녀의 교합상을 새겨놓을 수가 있었던 것이었다.

사원을 돌며 춤을 추는 그녀는 어느새 사원의 미투나 군상들의 일원이 되어 그들이 짓고 있는 자세와 모양을 흉내 내며 그들의 의식에 동참하고 있었다.

화폭 위의 평면적인 작업만으로는 자신의 예술을 표현해내는 데 한계가 있으며, 그것이 자신이 가야 할 적절한 길이 아니라는 것을 절실하게 느낀 후 그녀는 화폭 위에 그림을 그리는 작업으로부터 벗어나 '몸짓'이라는 그녀만의 표현 방법을 통해 자신의 예술 세계를 구현해왔다.

그녀는 고등학교 시절 춤에 관심이 끌려 고전 무용과 현대 무용을 동시에 섭렵하는 열정을 보였었다. 그런 내력이 그녀의 타고난 신체조건과 어울려 예술 행위로서 그녀의 몸짓을 가능한 것으로 만들었으리라. 아무튼 그녀는 춤의 에너지를 이용해 자신의 몸짓을 예술적 표현 양식의 하나로 만들어나갔다.

그러나 어느 순간 그녀는 에너지의 고갈을 감지했다. 타성의 벽에 부딪히게 되리라는 싸늘한 예감. 한번 그런 예감이 들자 견딜 수 없는 압박감에 사로잡혔다. 의미 없는 몸짓으로 관객을 속이고 있다는 자괴감. 현실적인 좌절감. 그녀는 마침내 서울로부터의 탈출을 감행했다. 그것은 새로운 에너지를 찾아 나선 방랑의 시작이었다. 이제 그녀는 그 방랑의 종착점에 다다른 느낌에 젖어서 춤을 추었다.

바라나시에서의 체험과 카즐라호 사원에서의 체험 속에서 그녀는 확실한 자신의 정신적 안식처를 찾은 느낌이었다. 특히 카즐라호의 사원들은 그 기운 속에 있으면 있을수록 생명에의 느낌이 깊어졌다. 그래서 그녀는 한동안을 그곳에서 머물기로 했다.

시내 변두리의 작은 모텔에 방을 하나 얻어놓고, 그녀는 날마다 사원을 찾아 잔디밭 위에서 신들린 듯 춤을 추었다.

어느 날 그녀는 사원을 벗어나 좀더 한적한 곳까지 걸어갔다.

초원 저쪽 끝으로 사원들의 모습이 실루엣으로 보였고, 하늘은 유난히 맑아 몇 송이 떠 있는 구름 조각이 마치 지고의 순결한 영혼처럼 은빛으로 빛나 보였다.

그녀는 춤을 추다가 풀밭에 누워 그 순결한 영혼들을 바라보며 하늘과 땅의 기운이 자신의 육체를 통해 하나로 어우러지고 있음을 실감하고 있었다. 그리고 그녀는 어디에선가 들려오는 아련한 노랫소리를 꿈결처럼 듣고 있었다.

그 노랫소리는 하늘에서 들리는 것 같기도 했고, 어쩌면 그녀의 내부, 생명의 의식 저 깊은 곳에서 들려오는 것 같기도 했다.

생명의 샘물은
우리 모두에게 흘러온다네.
들판의 무성한 풀잎을 거쳐
사막의 거친 모래밭을 지나
히말라야의 눈부신 설봉(雪峰)들을 넘어,
그리고 철부지 아이들의 재잘거림 속에서도
생명의 샘물은 흘러온다네.

우리가 서로를 바라보는 눈 속에
서로가 담겨 있음을 알아본다면
생명의 샘물은 어느새
모두의 가슴으로 흐르고 있다네.
우리의 육체가 신의 생명력을 담은
성스러운 잔이라는 것을
저 뜬구름도 알고 있다네.

생명의 샘물은 우리의 육체를 거쳐

온 누리에 흘러가고,
우리의 육체가 분별의 찌꺼기를
다 걸러낸 날
생명의 샘물은 다시 신에게로 흘러가네.

카즐라호에서 두 달을 보낸 그녀는 다시 바라나시로 갔다. 바라나시로 다시 간 것은 한 사두 밑에서 요가 명상을 배우자고 결심했기 때문이었다. 자신의 닫힌 문을 하나하나 열어가기 위한, 육체를 통해 가장 치열하게 나아가는 방법이 요기들의 명상일 것이라는 생각에 그녀는 도달해 있었다.

그녀는 순례자들이 주로 모여드는 가트[1]가 있는 지역을 피해 한적한 강변으로 갔다. 강 너머 하늘이 짙은 오렌지 빛으로 변하면서 새벽의 갠지스 강에 장엄한 정적을 드리우고 있었다.

그녀는 발목을 적시는 강물에서 생명의 강이 주는 새벽의 기운을 한껏 받아들이며 명상 속에서 거닐었다.

얼마쯤을 걸었을까. 어느새 태양이 불쑥 솟아올라 있었다. 천지가 온통 강물의 진홍빛 일렁거림으로 가득했고, 아득한 들판 너머까지 햇살이 뻗어가고 있었다.

바로 그 눈부신 풍경 한가운데, 저만큼 모래밭 둔덕 위에 떠오르는 태양을 향해 홀로 가부좌를 틀고 명상에 잠긴 한 사내가 보였다.

---

1 가트(Ghat) : 인도인들이 어머니의 강이라 부르는 갠지스 강에서 순례자들이 편리하게 목욕 의식을 치를 수 있게 제단처럼 설치한 장소.

그녀는 자신도 모르게 그쪽으로 다가갔다.

사내의 얼굴 윤곽이 눈에 잡힐 정도로 가까이 다가간 그녀는 조용히 머물렀다. 그의 아침 명상을 방해하고 싶지 않아서였다.

순례자는 뜻밖에도 인도인이 아니었다. 얼굴색은 물론이고 이목구비가 중국이나 일본, 아니면 한국에서 온 동양인일 것이다.

이곳 인도 사람들이 흔히 입는 허술한 흰색 무명옷을 입은 품으로 보아 일반 여행객 같아 보이지는 않았다. 그렇다고 유학생으로 보기에는 나이가 지긋해 보였다. 쉰 가까이 됐을 중년의 모습을 하얀 서릿발 같은 그의 귀밑머리에서 감지할 수 있었다.

그렇다면 그녀와 비슷한 처지의 장기간 순례자일지도 모른다는 생각이 들자 그녀는 그에게 갑자기 강한 호기심이 생기기 시작했다.

그녀는 조용히 그 자리에 앉아 그와 함께 명상으로 들어갔다.

작은 찻집이긴 했지만 아직 시간이 일러서인지 한산했다.

관광객으로 보이는 서양인 노부부가 한쪽 테이블에서 차를 마시고 있었고, 건너편 테이블에서 인도인들이 약간은 수다스럽게 떠들고 있었다. 옷차림으로 보아 상류층에 속해 보이는 그들은 가족이 함께 순례를 온 듯했다.

"거의 직감으로 한국인인 줄 알았죠"

그녀가 차를 한 모금 마시고 나서 약간 상기된 눈으로 그를 바라보았다. 그는 그녀의 눈길을 미소로써 받으며 찻잔을 입술로 가져갔다.

"핏줄이란 건 참 이상해요. 중국 사람이나 일본 사람들도 외모로 볼 땐 거의 한국 사람과 구분하기 힘든 경우가 많거든요. 그러나 조금만 가까이 가보면 금세 한국 사람이다 하는 느낌이 온단 말예요. 물론 그들도 마찬 가지겠죠?"

그녀는 홀짝홀짝 차를 마시며 그에게 말을 건넸지만, 그는 말수가 적은 듯 그녀의 말에 그저 끄덕이거나 미소를 지을 뿐이었다.

강변에서 명상을 끝낸 후 두 사람은 자연스럽게 인사를 나누었고, 찻집까지 오는 동안 대충 서로의 처지를 소개했다.

그의 얘기로는 자신은 그저 구경삼아 인도를 돌아다니고 있노라고 했다. 그러나 그녀는 그가 여느 평범한 여행객과 다르다는 것을 이미 눈치챌 수 있었다. 그의 말투나 눈빛, 몸가짐이 정신적으로나 육체적으로나 상당한 수련을 쌓은 사람임을 느끼게 해주고 있었다.

그는 일 년 남짓 인도를 여행하고 있노라고 했다.

"단순한 여행 목적으로 일 년씩이나 인도만을 돌아보고 계신다니 아무래도 이상하게 들리는군요. 선생님께서 자신에 관해 별 얘기가 없으신 걸 보면 이곳에 계시는 목적이 특별히 비밀스러워야 할 까닭이 있나 보죠?"

그녀는 조금 짓궂게 질문했다. 그가 자신의 이야기를 아끼고 있는 점이 마음에 들지 않았다기보다는 아무래도 그에 대한 호기심이 컸다고 해야 할 것이었다. 그는 자신의 일이나 신분에 대해서 한마디도 꺼내놓지 않았다.

"사람이 살면서 감출 일이 무엇이 있겠고, 또한 비밀이라고 할 것이 어디 있겠소. 어느 누구도 자신을 감출 수 없습니다. 혼자만 간직한 비밀이라는 것도 있을 수 없는 것이지요. 사람은 누구나 그 얼굴이나 몸을 통해 자신의 전부를 드러내놓고 살고 있지요. 혹시 남이 알 수 없는 내가 있다고 스스로 생각한다면 그건 착각일 뿐이오. 의심하지 말고 그대로 보이는 나를 이렇게 보면 알 수 있는 것 아니겠소?"

그녀의 좀 집요하기까지 한 물음에 그도 긴 침묵을 깨뜨리고, 작정한 듯 천천히 말문을 열었다.

"그거야 관상가나 도사들이 할 수 있는 얘기 아네요. 저같이 평범한 사람이 어떻게 얼굴만 보고 그 사람을 알 수 있단 말입니까?"

그녀는 그의 설명이 비위에 안 맞는다는 듯이 짐짓 퉁명스런 어조로 되물었다.

"있는 그대로를 볼 수 있는 건 어느 사람이나 근본적 바탕으로 갖추고 있는 성품이라오. 다만 자기 식대로의 분별심이, 있는 그대로를 못 보게 할 뿐이라오."

그녀는 그의 얘기를 들으면서 대화를 하고 있는 것이 아니라 무슨 철학 강의를 듣는 듯한 기분이 들었다.

"전, 그렇게 본질적인 얘기보다는 현재 궁금한 것이 너무 많군요. 그런 얘기를 해주세요. 인도에 오시기 전엔 어디 계셨고. 무얼 하셨고, 앞으로의 여행 계획은 어떻다는 그런 얘기 말예요. 고향을 떠나 남의 나라 땅에서 동포가 만났는데 이게 보통 인연은 아니잖아요."

그녀는 그에 대한 궁금증을 더 이상 참지 못하고 단도직입적으로 물었다.

"나는 처음 만났을 때부터 내 자신을 모두 보여주고 있기 때문에, 새삼스레 무슨 말을 하라고 한다면 오히려 무엇인가를 꾸며내야만 할게요. 그렇다고 해서 보여주는 대로 보지 못하는 상대를 더 이상 내가 탓할 수도 없을 것 같구료. 어디. 그대 식의 물음에 답을 해보기로 합시다."

그녀는 그가 그의 전부를 어떻게 보여주고 있으며, 왜 그것을 자신이 알아채지 못하는지를 모르는 채로, 그가 대답해주기로 한 이상 이것저것 생각나는 대로 묻기 시작했다.

한 사람의 내력을 이력서 한 장 속에 담는 정도로 아는 데에는 그다지 시간이 걸릴 까닭이 없다. 그러나 거기에 더해서 그 사람의 삶의 과정이나 방식을 어느 정도 깊이 이해하려면 시간이 걸리기 마련이다. 그래서 이 날의 대화는 길어졌다. 이 날 그녀가 그의 입을 빌어 안 것과 그 이후로 알게 된 사실들을 정리하면 그는 이런 사람이었다.

천구벽. 고등학교 시절 어떤 인연에 의해 집을 떠나 산에서 생활을 하게 되었다. 그렇다고 승(僧)의 모습으로 출가를 한 것은 아니었다.

그것을 그는 그냥 그의 당시의 운명이라고 했다.

산에서 사는 사람들을 만나면서 그의 십대 후반기와 이십대의 청춘은 일반인들과는 전혀 다른 세계 속에서 다른 체험을 하면서 보내진 셈이었다.

기인(奇人)을 만나기도 했고, 도인(道人)을 만나기도 했다. 한동안은 절간 밥을 먹으며 명성있는 스님의 수발을 들어드린 적도 있었다.

삭발을 하고 정식으로 수계할 것을 권유받기도 했지만, 그는 유발거사로서 공부하고 수련할 것으로 이미 작정해놓고 있던 터였다.

모습을 바꾸면 바꾼 모양에서 또 부자유를 얻는다는 것을 그는 일찌감치 알고 있었던 모양이었다.

그의 입장에선 굳이 머리 깎은 모양을 선택할 이유가 없었다. 그는 언제나 자유인이어야 했고, 그 자유로움 속에서만이 자신의 길을 갈 수 있다고 믿고 있었다.

서른다섯 살이 넘었을 무렵 산에 사는 사람들끼리의 소문에서 그는 이미 상당한 깨달음의 경계를 얻었다고 알려지기도 했다. 그래서 몇몇 객기 있는 젊은 구도자들은 그의 토굴을 찾아와 서로의 경계를 다퉈볼 양으로 집적거리기도 했다.

그러나 그는 그런 사람들이 찾아올 때마다 그런 행동에 대한 무모함과 헛됨을 일깨워주면서 그들을 맥없이 돌아서게 만들었다.

그의 대답은 항상 평범했으나, 그 평범함 속에는 사람들이 흔히 놓치고 있는 부분들을 되돌이켜 보게끔 일깨워주는 힘이 있었다.

그에게서 배움을 원하는 몇몇 젊은이들도 생겼지만, 그 자신은 아직 누구에게 무엇을 전해줄 아무 것도 갖고 있지 못하다면서 한사코 그들을 받아들이지 않았다.

막무가내로 밀어붙이고 그의 토굴에 머물러 있기를 원하는 젊은이가 있으면 그는 미련 없이 그 토굴을 그에게 넘겨주고 훌쩍 떠나 이름 없는 산골에다 새로운 토굴을 마련해 자리를 잡곤 했다. 그렇다고 해서 그가 완전히 속세와 발을 끊고 산 것은 아니었다.

그는 일 년에 한두 차례 나들이를 나왔다.

그냥 일주일이나 열흘쯤 무작위로 도심이며 시골을 돌아다니면서 세상인심에 접하고 세속 돌아가는 사정을 얻어들었다.

그러다가 그는 자신의 필요에 의해서 세 해 동안을 두문불출 산에만 머무르기로 하고 토굴을 지켰다.

　그 세 해 동안은 찾아오는 사람이 있더라도 결코 만나지 않았다. 세 해를 채우고 토굴을 나선 것이 일 년 전 바로 이곳 인도로 오기 직전의 일이었다.

　그가 인도를 여행하기로 한 것은 어떤 예감에 의해서였다. 그는 자신의 살아가는 모습을 바꾸어야 할 시기에 이르렀다는 예감을 가지게 되었다. 인도의 여행은 그 예감을 확인하는 과정으로서 의미를 지니는 것이었다. 달리 말하면, 인도 땅의 순례는 이제까지의 오랜 수련 생활의 성과를 점검하는 절차라고 할 수 있었다.

　그는 인도로 와서 짐짓 구도자들을 찾아 나섰다.

　히말라야산의 토굴들을 찾아 요기들과 함께 여러 주일을 보내기도 했고, 티베트의 밀교 승들과 그들의 예식에 동참하면서 명상을 해보기도 했다. 또는 사두를 중심으로 떠나는 순례 여행길에 동행하면서 그들과 하나가 되어보기도 했다.

　그들과 만나 뚜렷한 대화를 하는 것도 아니었다. 서로 만나면 그저 서로를 알고 함께할 뿐이었다. 그렇게 통할 수 없는 사람이라면 그와 함께할 이유가 없기 때문에 이편에서 떠나면 그만이었다.

　그러한 여행을 이제 거의 일 년이 넘게 한 셈이었다. 그리곤 이렇게 바라나시에서 그녀와 만난 것이었다.

　그녀는 어린애 같은 집요한 질문을 통해 그에 관한 사실들을 조금씩 알게 되면서, 그가 이미 오래 전부터 그녀 자신이 속한 어떤 정신세계에 함께 머물러 왔던 사람처럼 느껴졌다.

그녀는 그런 자신의 기분이라는 것이 어떤 거역할 수 없는 상대의 힘에 의해 그렇게 만들어지고 있는 것 같은 느낌도 받았다. 그러나 그것은 언짢은 것이 아니라 이제 자신의 길을 열어줄 선지식(善知識)을 만났다는 감격스러움과 설렘이었다.

"나 선생은 인도에 와서 무엇을 얻었소?"

이미 식어버린 차를 한 모금 마시고 난 그가 그녀에게 물었다.

"새로운 생명의 뿌리를 찾았다는 확신이 듭니다. 내가 사람들에게 보여줘야 할 생명의 잎사귀들과, 생명의 꽃들이 이제 어떤 생명의 샘에 뿌리를 내리고 있어야 하는가를 알아낸 기분입니다. 인도는 제게는 아직은 알 수 없는 많은 기운들로 얽혀 있는 혼돈의 나라이긴 하지만, 분명히 말할 수 있는 것은 생명의 근원을 찾을 수 있게 하는 에너지가 이곳에 충만하다는 사실입니다."

그녀는 카즐라호의 사원에 아로새겨진 군더더기 없는 원초적 생명의 노래를 생각하면서 자신있게 대답을 했다.

"이곳에서 찾았다고 생각하는 생명력이 한국 땅에 돌아가서도 똑같은 에너지를 갖고 있을 것이라고 생각되는지요?"

그가 엷은 웃음을 지으며 다시 물었다.

"그렇지 않을 것이라는 무슨 이유라도 있다는 말씀인가요?"

그녀는 그의 부정적인 물음에 의아해 하며 두 눈을 동그랗게 떴다.

"인도에서 느낀 생명력은 인도의 생명력일 뿐이지요. 그 생명력이 한국이라는 나라로 건너가서 한국인의 생명력으로 굳이 바뀌어야 할 까닭도 없는 것이라오. 왜냐하면 이미 그곳엔 그곳에 적당한 생명력이 충만해 있기 때문이오."

그녀는 그의 설명을 받아들이기 어려웠다. 여기에서 바라보는 고국은 얼마나 작고 옹색한 곳인가. 그녀 나름대로 열정을 다해 몸부림을 치며 도전하다가 결국 새로운 가능성을 찾아 파리로, 뉴욕으로 방황할 수밖에 없지 않았던가.

"적어도 저는 이곳에서 맘껏 호흡할 수 있었던 이런 생명의 자유로움을 다른 곳에선 느껴볼 수 없었어요. 한국을 떠날 때 저는 완전히 벼랑 앞에 몰린 심정이었죠. 아마 인도로의 여행이 없었다면 저는 제 인생에 대해 포기했을지도 몰라요. 생명을 노래하는 예술가로서의 제 삶을 포기했을 거라는 얘기죠. 인도가 가지고 있는 원초적인 생명 에너지가 제 자신을 새롭게 인식하는 데 얼마나 큰 영향을 주었는지 아직도 그 감동, 그 감격이 조금도 식지 않고 생생하게 살아 있어요."

그녀는 이곳에서 얻었던 육체를 통한 새로운 생명에 대한 인식을 결코 부정할 수가 없었다.

그것은 강력한 체험이었다. 의식의 깊고 깊은 바다에서 생명은 깨어일어나 온몸으로 퍼져나갔다. 그녀는 그렇게 얻은 생명에의 인식을 바로 그러한 체험 세계를 그가 이해하지 못하고 있는 것이라고 생각했다. 그녀의 그런 마음을 읽은 것일까? 그가 다시 말문을 열었다.

"지금 간직한 새로운 생명에 대한 인식과 에너지에 대한 느낌들이 무의미하다는 건 아니라오. 다만 이곳에서의 여행은, 이곳의 기운과 더불어 흘러가듯 치러내면 여행으로써 볼일은 다 보는 게요. 이곳에서 얻은 무엇인가를 가져가서 내 것으로 만들어야겠다는 마음이 이미 생명의 흐름을 거스르는 것임을 알면, 자신이 있었던 자리에서 왜 생명력을 느끼지 못하고 방황했던가도 알게 될 게요. 있는 자리에서 못 찾는 것이라면, 어느 곳을 헤맨다고 해도 찾아낼 수 없는 것이 마음의 법칙이라오."

나직이 깔리면서도 또렷또렷하게 흘러오는 그의 얘기가 점점 그녀의 가슴에 무엇인가를 느끼게 하고 있었다.

그의 한마디 한마디는 어떤 절대적인 확신에서 나오는 얘기였기에 그의 얘기를 듣는 동안에 그녀는 자신이 무엇인가 커다란 착각 속에서 살아왔다는 생각이 들기 시작하였다.

그와의 긴 대화가 끝났을 무렵 그녀는 천구벽이라는 사람 속에 매우 크고 깊은 세계가 있음을 느낄 수 있었다. 그리고 그 느낌은 자신이 가진 것이 보잘것없다는 초조감으로 이어졌다.

천구벽 씨는 일주일 후 인도에서의 여행을 마무리 짓고 한국으로 떠날 것이라고 했다. 그녀는 혼란을 느꼈다. 그녀는 앞으로 한동안은 더 인도에 머물면서, 요가 명상과, 또 다른 수행자들과의 새로운 체험을 통해서 자신의 예술 세계를 새롭게 조형해나갈 생각이었다. 어느 무엇과 부딪쳐도 무너질 수 없는 단단한 세계, 그런데 천구벽 씨와의 대화는 심한 갈등을 불러일으켰다.

그의 말대로라면 더 이상 인도에 머물러 있어야 할 이유가 없겠기 때문이었다.

스스로 자신 안에서 근본적인 문제를 찾아낼 수 없다면, 바깥에서 일시적인 감정으로 찾아냈다고 확신한 것들도 이내 허망한 착각이라는 것을 알게 될 뿐이라는 것이 그의 지적이었다.

그녀는 며칠을 계속해서 그를 만났다. 마음에서 샘솟듯이 솟는 의문을 모조리 그에게 털어놓았다. 그녀는 쉬임 없이 질문을 해대며 대답을 구했다. 그리고는 끝내 그를 따라 함께 귀국하는 것이 자신이 해야 할 선택임을 확신할 수가 있었다.

그의 가르침을 통해 벅찬 생명의 세계와 접할 수 있으리라는 확신. 무한한 가능성의 새로운 세계를 구축해갈 수 있으리라는 기대.

그는 함께 귀국해서 그의 가르침을 받고 싶다는 그녀의 얘기를 듣고는 한참 동안 침묵으로 일관하면서 명상에 들었다.

이튿날 그는 귀국 후 얼마 동안 그녀에게 가르침을 주겠다는 약속을 했다.

그녀는 미련 없이 인도에서의 생활을 정리하고 그를 따라 비행기를 탔다.

민욱은 머릿속이 멍청해졌다.

드라마틱한 한 편의 소설에 깊이 빠져들었다가 막 깨어난 기분이라고 할까? 나문희가 보낸 지난 다섯 해 동안의 이야기를 듣고 나자 마치 다른 차원의 세계에서 긴 시간 여행을 하고 돌아온 것처럼 현실감이 얼른 살아나지 않았다.

민욱은 말없이 그녀를 건너다보았다. 그녀는 자신의 얘기에 스스로 취한 듯 상기된 모습이었다.

"이제 우린 선지식의 도움을 받을 수 있게 된 거야. 확신을 가지고 우리 자신의 길을 찾아갈 수 있도록 안내를 받는 거지. 천 선생님은 약속하셨어. 몇 명 정도 뜻이 맞는 동료들이 모이면 가르침을 주시겠다고 하셨어. 그분의 가르침을 우리 자신의 것으로 만들 수 있을 때 우린 자신의 세계와 예술을 완성시킬 수 있는 길을 찾아낼 수가 있을 거야. 얼마나 절묘한 만남인 줄을 그분을 만나보면 금세 알게 될 거야. 지금까지 전혀 의식하지 못했지만 애당초 처음부터 원하고 기다렸던 만남임을 느낄 수 있지."

그녀는 잠깐 뜸을 들였다가 더욱 열렬한 눈으로 민욱을 쳐다보았다.

"우리는 전혀 새로운 차원에서 각자의 세계를 발견하게 되고, 많은 이들에게 그 세계를 공감시킬 수 있을 거야. 여기, 바로 여기서 같이 공부하자구. 여기가 공부 장소로 아주 알맞은 것 같아. 어쩌면 민욱 씨가 미리 여기에 공간을 만들어놓고 오늘을 기다렸는지도 몰라."

그녀는 마지막에는 자신의 상기된 볼을 쓸면서 웃어 보였다.

민욱은 그런 모습에서 조금도 변함이 없는 소녀 같은 열정을 간직한 그녀를 볼 수가 있었다. 그것은 민욱이 그녀의 제의를 결코 거부할 수 없음을 뜻하는 것이기도 했다.

그녀는 보름 후에 있을 귀국 기념 발표회를 가지고 나서 바로 민욱의 작업실을 수련장으로 삼아 공부를 시작하자고 했다. 어떤 사람들과 같이 공부를 시작할 것인지, 천 선생을 어떻게 모셔올 것인지 그녀는 이미 상세한 구상을 가지고 있었다.

민욱은 홀린 듯 그녀의 의견에 따를 수밖에 없었고, 수련장으로는 작업실 창고로 쓰이는 건물을 손질해서 내놓기로 했다.

창고 옆에 자그만 방이 하나 따로 딸려 있었기 때문에 도배만 새로 하면 천 선생의 거처로 쓸 수 있었다.

그녀는 발표회 준비로 바쁘게 움직여야 한다며, 저녁 무렵 서둘러 서울로 떠났다.

그녀는 천 선생을 만난 이후 자신의 예술관이나 인생관에 많은 변화가 있었기 때문에 한참 뒤로 발표회를 미루었으면 싶지만 강행할 수밖에 없는 사정이라고 말했다. 그녀를 후원하고 있는 단체에서 막무가내로 열을 올리고 있는 터이며, 그들을 설득하자면 이해하기 어려운 설명을 해야 할 뿐만 아니라 인간적인 빚이 크다는 것이었다. 그녀는 내키진 않지만 옛날 스타일의 발표가 될 것이라고 했다.

4. 구속된 현상, 구속된 인식, 그리고 매듭 풀기

미명(未明)으로 가득 차 있을 뿐이다. 밝음도 아니고 어둠도 아닌 뜨물같이 뿌연 빛이 가득 고여 있는 세계, 좀체로 더 이상 밝아지기를 거부하는 것 같은 세계.

어디서인가 새소리, 물소리, 바람 소리 같은 것이 아슴아슴 들려오기 시작한다. 그 소리는 한데 어우러져 처음에는 거의 들릴 듯 말 듯 하다가 점점 다가오기 시작한다.

그러다가 갑자기 엄청난 크기로 확대되어, 어느 것이 어느 소리인지도 모르게 우레 같은 소리의 범벅이 되었다가 서서히 꼬리를 끌며 사라진다.

새소리, 물소리, 바람 소리가 다시 멀리서 들려온다.

조금 전 우레 같은 소리의 범벅이 공간을 뒤흔들어놓던 순간, 어느새 미명을 뚫고 새벽이 움터 있었다.

새벽의 은근한 밝음 속에 강한 빛줄기가 위에서 아래로 무대 전체를 장악하며 화살처럼 꽂힌다.

하나, 둘, 셋, 넷, 다섯….

가늘고 강한 빛줄기는 숫자를 늘려가며 과녁에 꽂히는 화살 무더기처럼 내리꽂힌다.

그리고 서로 뒤엉켜 움직이기 시작한다.

공습경보의 밤하늘에 어지럽게 교차되는 탐조등의 불빛처럼.

힐끗 태양과 시선을 마주치고 동공을 파고드는 아픔에 눈을 감으면 수많은 오색의 반점들이 와글거리듯.

하얗게 빛나는 운동장. 한 무리로 모여 앉은 농아들의 응원단이 손짓 발짓 몸짓으로 응원하듯.

한 친구가 눈 속에서 길을 잃은 적이 있었다.

길을 잃은 두려움의 부피만큼 자욱이 쏟아지는 폭설 밑에 빈 들판은 하얀 거인처럼 엎드려 있었고, 눈앞이 아찔하도록 마구 뒤엉키며 어지럽게 쏟아지는 눈발은 엄청난 소리로 공포를 몰고 왔다.

눈이 내리는 소리는 귓가에서 시끄럽다 못해 쾅 쾅 쾅 쾅 폭음처럼 들리더라고 했다. 가도 가도 끝이 없는 눈길 속에 눈 내리는 소리가 그렇게 엄청난 진폭을 가지고 있는 줄은 혼자서 길을 잃었을 때 비로소 알았다고 했다.

이제 새소리, 물소리, 바람 소리는 들리지 않는다. 아니, 소리는 있지만, 정신없이 뒤엉키는 빛줄기들은 소리 없는 소리로 청각을 마비시켜, 의식은 빛줄기의 소리로 가득 차버려 다른 소리를 들을 기능을 잃고 있음일 것이었다.

한동안 어지럽게 뒤엉키던 빛줄기가 일시에 사라져버리고, 다시 새벽 같은 밝음이 가득하다.

새소리, 물소리, 바람 소리가 다시 아련히 살아나고….

무대 전체를 장막처럼 가린, 새벽 같은 밝음이 배어 있는 스크린 위에 그림자 하나가 나타난다.

전라(全裸)의 성숙한 여인 그림자다.

길게 풀어헤친 머리.

잘 발달된 둔부.

탐스럽게 솟은 유방.

팔등신은 아니지만 거의 완벽한 비례다.

그림자는 가벼운 발걸음으로 사뿐사뿐 움직이기 시작한다.

그러다간 춤을 추듯 두 팔과 두 다리를 움직여 여러 가지 몸짓을 내보이기 시작한다.

발레를 하듯.

때론 한국 춤을 추듯.

또 요기들의 수행 자세 같은 기괴한 몸짓도 보여준다.

분명 춤은 아니지만 춤 같은 리듬과 율동을 보여주고 있다.

아마 사람의 몸으로 취할 수 있는 몸짓은 다 보여주려고 하는지 끊임없이 몸짓은 계속된다.

처음 하나의 그림자가 움직였었지만, 어느새 둘, 셋, 넷, 다섯… 이내 많은 그림자들이 어우러져 몸짓을 한다.

새소리, 물소리, 바람 소리는 또 어느 틈에 사라지고….

이상한 기계 소리 같은 것.

전자 음악의 불협화음 같은 것.

저잣거리의 소음 같은 것.

이런 소리들이 먼 데서 들려오는 다듬이질 소리같이 들려오다가 점점 커지기 시작한다.

무리를 이룬 그림자들이

경련하듯,

발광하듯,

제멋대로의 몸짓을 흔들어댄다.

경련하는 그림자.

허둥거리는 그림자.

비틀거리다 쓰러지고, 다시 비틀거리다 쓰러지는 그림자.

소리는 견디기 힘든 소음으로 뒤범벅이 되어 온 세계는 소리의 범벅이다.

이건 엄청난 고통이고 혼돈이다. 견딜 수 없는 고문이다.

관중들은 귀를 막는다.

무어라고 소리를 지른다.

항의일 것이다. 그러나 소음의 범벅 속에 아무 소리도 끼어들 틈이 없다. 관중의 소리는 있으되 들을 수가 없다.

순간, 끊어지듯 소리가 멎고, 고통스럽게 비틀거리던 그림자도 굳어진 듯 부동 자세가 되어버린다. 또다시 하나의 그림자만 남아 있다.

잠시 술렁거리던 관중들도 다시 숨을 죽인다.

정적.

계속 정적이 흐른다.

그림자는 차렷 자세로 여전히 부동이다.

정적은 이상한 불안감을 느끼게 한다.

갑작스런 소리의 단절에 이어 지루할 정도로 계속되는 정적은 불길한 예감을 동반한다.

순간, 무대 가득히 채워진 새벽 같은 밝음의 장막을 찢으며 그림자가 튀어나온다. 무대 중간을 막고 있던 스크린은 종이로 되어 있었던 듯.

어디에선가 나타난 스포트라이트가 튀어나온 그림자를 비춘다.

이제 새벽의 밝음도 없어지고 오직 스포트라이트 불빛 아래 빛나는 육체가 하나 서 있을 뿐이다.

완전 나신의 육체.

스포트라이트 아래 대리석 조각처럼 희고 아름다운 육체다. 땀에 젖은 육체는 더욱 탄력을 내보이며 무대 가득히 채워지는 느낌이다.

감탄 같은, 신음 같은 소리가 관중석에서 들린다.

스포트라이트는 다시 꺼진다.

갑자기 어둠으로 채워진 무대 위에 빛나는 육체의 잔상이 분명히 남아 있다. 칠흙 같은 어둠 속에서 관중들은 빛나던 육체의 잔상을 보고 있다.

어둠 속의 관중들은 웅성거리기 시작한다.

완전 나체로 튀어나왔던 빛나는 육체에 대한 감동이 이제 전달되는 듯.

다시 스포트라이트가 무대 한가운데를 내리비추고 그녀만이 어둠 속에서 찬란하다.

역시 알몸이다.

그러나 한 손에 명주같이 부드러운 흰 띠를 들고 있다. 흰 띠는 꽤 길어 그녀의 손에서 흘러내려 발 밑에 뱀처럼 똬리를 틀고 있다.

그녀가 움직이기 시작한다.

움직이는 그녀를 따라 길고 흰 띠는 부드러운 율동으로 나부끼기 시작한다.

승무를 추듯, 살풀이춤을 추듯,

흰 띠를 나부끼며 춤을 춘다.

이 하얗게 펼쳐지며 기묘한 율동으로 나부끼는 흰 띠로 무대는 가득 채워진다. 그 긴 띠가 용케도 그녀의 몸놀림을 따라 수많은 곡선의 율동으로 살아 춤을 추는 것이다.

아름다운 춤이다. 감동이 있는 춤이다.

무대는 온통 그녀의 율동과 흰 띠의 나부낌으로 충만하다. 아름다움의 충만이고 감동의 충만이다.

음악도 없고 소리도 없다.

다만 흰 띠와 육체의 율동뿐이다.

얼마 동안을 그러한 율동의 충만으로 너울거리다가 그녀가 갑자기 자세를 바꾼다.

발레리나처럼 제자리에서 몸을 돌리기 시작한다.

그녀를 따라 흰 띠는 거대한 용수철 모양을 하며 돌아간다.

그녀가 돌아가면서 어떤 몸짓을 하는지 용수철 모양으로 돌아가는 흰 띠가 천천히 그녀의 몸을 휘감기 시작한다.

뱀처럼 감아 올라가기 시작한다.

발목에서부터 그녀의 몸뚱이는 하얗게 감겨간다.

누에가 고치를 짓듯,

죽은 송장을 염하듯,

월동 준비를 위한 나무 줄기에 새끼줄 감기듯,

그렇게 감긴다.

그녀가 움직임을 멈춘다.

이제 그녀는 알몸이 아니다.

누에고치 같다.

염한 송장 같다.

새끼줄 감긴 나무 같다.

그녀는 움직일 수가 없다.

흰 띠로 묶여진 그녀는 부동자세로 서 있을 뿐이다.

숨이 찬 것인지 답답한 것인지 그녀는 입을 벌리고 있다.

벌린 입이 동굴 같다. 어두운 동굴처럼 크게 느껴진다.

스포트라이트가 꺼진다.

칠흑 같은 어둠이 다시 내리덮이고 관중석은 다시 술렁거리기 시작한다.

웅성웅성. 웅성웅성.

"어제 아주 감동적이었습니다. 관객들도 반응이 진지하더군요. 놀라움과 신선함, 오랜만에 전위 예술가 나문희의 진면목을 보게 된 거죠."

민욱이 좀 호들갑스럽게 엄지손가락을 세워 보이며 말했다.

"호, 옛날처럼 고약한 욕이 나올 줄 알았는데."

나문희가 입술을 삐죽이 내밀었다.

"사실 공연이 시작하기 전에는 걱정을 좀 했었지요. 구태의연하면 어쩌지, 하고 말이지요. 이번에는 욕도 할 수 없을 테고, 그런데 그게 그만… 자, 귀국 첫 발표의 성공을 축하하는 뜻에서 건배를!"

민욱이 맥주잔을 들어올리자 그녀도 잔을 들어 살짝 부딪쳤다.

"'현상에서 인식으로 그리하여 구속으로' 썩 난해한 주제였다고 생각했는데, 관객들에게 무리없이 전달되었다고들 해요. 어느 기자가 근래에 가장 신선하고 완벽한 이벤트였다고 칭찬이 대단하던데요."

단숨에 맥주잔을 비워낸 민욱이 입가의 거품을 문지르며 말했다.

"글쎄… 관중들이란 비정하리만치 영리할 때도 있지만 때론 어처구니없게 바보스럽기도 하거든."

"무슨?"

"별 뜻은 없고, 어쨌든 나로서는 만족스러운 발표가 되진 못했어."

"작품에 대한 욕심이야 끝이 있겠습니까."

"그런 말이 아냐. 여느 때 발표처럼 내 전부를 몰입시키지 못했어. 자꾸 내 몸짓 하나하나가 의식되면서 육체와 정신이 겉도는 기분이었지. 예상했던 결과이긴 하지만."

나문희는 잔을 반쯤 비우고 창밖으로 시선을 돌렸다.

저 아래로 자동차의 행렬이 부지런히 개미떼처럼 움직이고 있었다. 저 숱한 움직임들이 모두 그 나름대로 목적지를 가지고 있을 터였다.

몸짓 속에 전부를 몰입시키려고 애를 썼으나 이상한 일이었다.

여느 때 같았으면 몸짓이 시작된 후 언제인지도 모르게 무아지경으로 빠져들어가 몸짓이 멈춰졌을 때 비로소 자신이 의식되고, 관중이 보이고, 모든 주변 사물이 인식되었었다.

그러나 이번 발표에선 시종 말똥거리는 의식과 함께 몸짓은 몸짓대로 떨어져 있었다. 그래서 몸짓은 유연해지질 못하고 데걱거리는 기분이었다. 몰입할 수가 없었다.

"니진스키라는 무용수가 있었지."

그녀의 시선이 민욱에게로 돌아왔다.

"금세기 최고의 무용수였다고 할 수 있는 사람이야. 그는 언제 어디서고 춤을 출 수 있는 사람이었어. 그의 춤을 보는 이들은 그 춤 속에 동화해버리고, 신비스런 체험을 하게 된다고 해. 춤이 절정에 이르면 그는 분명히 몇 분처럼 느껴지는 시간 동안 공중에 떠 있었다는 거야. 상식으론 설명될 수 없는 일이지만 사실이야. 그가 한 말이었어. '나라는 존재가 있는 것은 춤을 시작할 때뿐이지 그 후에는 뭔가에 빼앗겨버린다. 그렇게 해서 나는 이미 존재하지 않게 된다. 그렇게 되면 춤을 추고 있는 것이 누구인지 나 자신도 알 수 없게 된다.' 춤의 본질, 아니 내 몸짓이란 것도 그런 것이어야 해."

민욱은 그녀의 얘기를 들으며 천구벽이라는 이름을 떠올렸다. 그녀가 자신의 발표에 만족 못하고 있는 것이 그 남자와 연관이 있는 것이 아닐까 싶었다.

그녀가 천구벽 씨와 함께 민욱의 밤골 작업실에 들른 것은 일주일 전의 일이었다.

천구벽 씨를 처음 대한 순간 민욱은 좀 의외라는 생각이 들었다.

깡마른 체격에 반백의 머리가 언뜻 노인을 느끼게 했기 때문일 것이었다. 그러나 가까이서 그와 마주 대하고 대화를 나누기 시작하면서 잘 다듬어진 중년의 연륜이 향기처럼 그의 몸 전체에 배어 있음을 느낄 수 있었다. 세월의 힘일까, 수양의 힘일까?

그와 눈이 마주치게 되면 민욱은 왠지 그의 시선을 맞받아 바라보기가 힘들었다. 그의 눈빛은 인자한 노인의 눈빛처럼 부드러웠지만, 가끔 번뜩이는 안광 같은 것이 그를 압도해서 움츠리게 만들었다.

작업실 뒤쪽 창고 옆에 마련된 그의 방에서 며칠 동안을 천구벽 씨는 꼼짝도 하지 않았다.

한밤중에 가끔 뒤뜰 우물가를 거니는 것이 바깥출입의 거의 전부였다. 그러던 그가 새벽의 돈울산을 오르기 시작했다.

"육체는 잊혀져야 해. 다만 몸짓만이 남아 있어야 하는 거지. 육체는 마치 우주 속으로 분해되듯이 사라져버려야 하는 거야. 그런데 이번 내 몸짓은 데걱거리며 육체가 무대 위를 굴러다녔을 뿐이었어."

나문희가 비워낸 잔을 소리나게 내려놓으면서 뱉어내듯이 얘기를 하자 민욱은 퍼뜩 골똘한 생각에서 벗어났다.

그녀는 거푸 마신 몇 잔의 맥주에 취기가 번지는 듯했다. 그녀는 오늘 취하고 싶은 것이라고 그는 생각했다.

"언제 내려갈 거지?"

그녀가 자신을 물끄러미 바라보고 있는 민욱을 의식했음인지 짐짓 표정을 추스리며 물었다.

"어제 공연을 보고 나서 바로 내려가려고 했었죠. 그런데 생각이 달라졌어요. 나 선생님 몸짓에서 예전에 못 보았던 무엇이 보였기 때문이죠. 그래서 이 부, 삼 부까지 모두 보고 가기로 한 거죠. 오늘, 공연 준비로 바쁘실 줄 알면서도 이곳에서 뵙자고 한 것은 직접 박수를 보내드리고 싶어섭니다. 모두들 감동의 박수를 보내고 있는데 그렇게 실망하는 모습은 어울리지 않는 것 같군요. 오늘의 몸짓은 분명 더 황홀한 세계로 관중들을 끌어들일 게 분명합니다. 오늘은 주제가 뭐지요?"

민욱은 이상스럽게 맥없어 하는 그녀를 격려라도 하듯 그녀 쪽으로 상체를 바짝 밀며 말했다. 그리고 스케치북 사이에 끼워두었던 발표회 팜플렛을 꺼냈다.

"구속된 현상, 구속된 인식 그리고 매듭 풀기. 그러니깐 어제 발표의 연작이 되는 셈인가요?"

민욱이 팜플렛을 펼쳐 책을 읽듯 목록을 읽으며 물었다.

"이거 실망시켜서 어쩌지?"

나문희가 묘하게 입술을 비틀고 웃으며 어깨를 으쓱 했다.

"실망이라뇨?"

"그야말로 구속된 몸짓이 됐다구."

"구속된 몸짓?"

"오늘 아침 주최 측으로 연락이 왔다는군. 중단하라고."

"무슨 얘기예요, 그게?"

"공연윤리위원회에서 발표를 그만두라는 공연 정지 처분 딱지가 왔다는 거야."

"공연 정지 처분이라니, 이유가 뭔데요?"

"외설."

"외설?"

"발가벗고 춤추는 것이니까 외설이라는 거지."

"이거야 원…."

"주최 측 얘기로는 발레복 같은 것을 입으면 발표를 계속할 수 있다는군."

"그럼 그렇게라도⋯."

"아냐. 그런 식으로 해서는 내 몸짓이 될 순 없어."

"일이 그렇게 됐군요."

민욱이 크게 실망한 얼굴로 시무룩하게 뱉았다.

"어쩌면 잘된 일인지도 몰라. 사실 이번 몸짓 발표회를 준비하면서 집중이 되어 있질 못했지. 억지로 몰아붙인 기분이었거든. 며칠 여행이나 하면서 머리 좀 식혀야겠어. 돌아온 뒤로 아직 마음 정돈도 제대로 안 된 기분이거든. 참, 천 선생님은 안녕하시지?"

그녀는 화제를 바꾸려는 듯 눈을 동그랗게 떠 보이며 물었다. 처음부터 묻고 싶은 말이 아니었을까?

그녀는 몸짓 발표회를 보러 오라는 연락을 팜플렛과 함께 보냈을 때, 천 선생님이 원하면 같이 와도 좋다고 했다.

자신의 몸짓을 천구벽 씨에게 꼭 보여주고 싶었던 것인지도 모르는 일이었다. 그러나 천구벽 씨는 예의 부드러운 미소를 지으며 혼자 다녀오라며 가볍게 한마디 던지고는 그날 새벽도 돈울산을 향해 휘적휘적 비탈길을 내려갔었다.

유난히 덜컹거리는 시외버스 차창에 머리를 기대고 민욱은 깊은 생각에 빠졌다.

굳이 바래다주겠다며 그녀는 터미널까지 따라왔다. 출입구에 서 있던 그녀는 버스가 출발하자 손을 흔들어 보였다. 민욱은 그녀의 손짓을 바라보며 마치 자신이 지금 먼 여행을 떠나기라도 하는 기분이 들었다.

가을이 깊어지긴 했지만 아직은 따가운 한낮의 햇볕이 그녀의 몸 위에서 눈부셨다. 주위에 많은 사람들이 웅성거리고 있었지만 광장에 그녀혼자 서서 손을 흔들고 있는 것처럼 느껴졌다.

민욱은 요즈음 초조해 하고 있다.

무엇이 자신을 그런 기분으로 몰아가는지 확실한 근거를 잡아내지 못하고 막연히 초조해 하고 있는 것이다.

거의 매일 하던 아침 산책도 거르는 횟수가 늘어갔다. 얼마나 즐겨 해왔던 아침 산책이었던가.

산책은 하루의 생활 중에서 가장 기분을 들뜨게 하는 시간이었다.

작업실 앞의 작은 비탈길을 내려서면 야트막한 언덕을 따라 하얀 오솔길이 이어진다. 이 오솔길 옆에는 언제나 하루의 첫 발걸음을 반겨주는 씀바귀 꽃이며 엉겅퀴 꽃, 까치밥, 산딸기들이 무리지어 있다. 그리고 처음산책에 나섰던 날 아침 잔잔한 감동으로 다가왔던 패랭이꽃 무리도!

억센 산 풀들이 어우러진 사이로 뻣뻣하게 고개를 쳐들고 있던 진분홍의 몇 송이 패랭이꽃은 콧등이 찡하도록 생명의 경이로움을 느끼게 했다.

길까지 뻗어 나온 여린 칡순을 밟지 않으려고 까치발 뜀으로 언덕을넘어서면 이내 작은 웅덩이가 나타난다.

이 작은 웅덩이는 언제나 고풍스런 분위기를 풍기고 있다.

웅덩이 언저리에 검푸르게 끼어 있는 이끼며, 개구리밥이 깔린 수면위에 소담스럽게 피어오른 수련 몇 송이, 그리고 그 둥근 잎 위에 몇 마리의 청개구리들이 쉬고 있고, 갈필로 힘있게 뽑아 올린 수묵화처럼 풀잎들이 수직으로 조화를 이루고 있다.

이런 것들이 어우러져 자아내고 있는 분위기는 어느 골동품 도자기에 그려진, 아니면 옛 사람들의 화첩 속에서 풍기는 정취를 느끼게 했다.

그렇게 웅덩이를 잠시 들여다보며 한껏 무위자연한 기분을 돋우고 나면 이내 돈울천이 반짝이며 투명한 허리를 드러내놓는 것이다.

고운 자갈을 바닥에 깔고 흐르는 돈울천은 돈울산의 정기가 흐르는 맥이다.

잘 마전된 광목 필처럼 돈울천을 따라 길게 펼쳐진 눈부신 모래밭에 듬성듬성 표류돼 있는 유목(流木)들이 있게 마련이고 으레 한두 마리의 물총새가 은빛 물고기를 부리에 물고 수면을 차고 나르는 맵시를 보게 되는 것이다.

통나무 두 가닥으로 이어 만든 다리로 돈울천을 건너면 금세 소나무 숲으로 들어서게 된다.

이제부터는 돈울산 마루를 바라보며 오르는 길이 이어진다.

상수리 숲이 나오고, 희끗희끗한 자작나무들이 섞여 품위를 돋우고 있는 잡목 숲을 돌아 병풍바위를 끼고 오르다 보면 불쑥 숲을 뚫고 첫째 봉우리인 용두봉이 머리를 내미는 것이다.

하루라도 거르게 되면 몸마저 개운치 않던 이 산책이 이젠 귀찮게 여겨지기까지 했다.

그것은 정말 갑작스런 심경의 변화인 셈이다.

산책을 거르는 횟수가 많아지면서 알지 못할 초조감도 비례해서 커져

갔다. 그것은 공교롭게도 천구벽 씨가 산을 오르기 시작하면서부터 생긴 변화 같았다.

분명히 그가 산책에 흥미를 잃기 시작한 것은 그때부터였다. 그렇다면 원인은 밝혀진 셈이었지만, 왜 초조한 심정이 되어야 하는 것일까?

자신만이 비밀스럽게 즐기고 싶었던 산책 코스를 남에게 훼손당했다는 기분이 들어서일까? 빼앗겼다는 기분이 들어서일까?

그런 기분일지도 모른다. 사랑하는 여자가 다른 남자를 찾아 떠났다는 기분. 아니면 더 잘생기고 능력 있는 남자에게 품 안의 여자를 빼앗겼다는 기분.

며칠을 거푸 산책을 거르고 나니 죄를 짓고 있다는 느낌이 들었다. 그것은 자신이 돈울산을 배반하고 있다는 죄책감 같은 것이었다. 그래서 억지로 산책길에 올라보지만, 그렇게 매일매일 새롭고, 정겹던 모든 것들이 생경스럽게 느껴지고, 자신과 일체로 교감하기를 거부하는 것 같았다.

결국은 산으로 올라가지 못하고 돈울천을 건너기 전에 발길을 돌려버리곤 했던 것이다.

이런저런 기분을 새롭게 할 양으로 어제 민욱은 오랜만에 투망질을 나섰다. 돈울산 주변의 자연들이 아직은 자신과 일체감을 갖고 있으리라는 기대를 확인하고 싶은 마음이기도 했다.

더욱이 초여름에 투망으로 건져 뒤뜰 우물에 넣었던 물고기들이 오래 살지 못하고 모두 죽어버렸기 때문에, 이번에 꼭 자신이 판 우물 속에서 물고기들을 키우고 싶었다.

5. 의심은 도둑의 마음이요, 의문은 진리를 찾는 자의 칼이다

어제부터 부쩍 요란스럽던 개구리 울음소리가 끝내 찌푸린 하늘을 터뜨려놓았다.

아침 일기 예보에는 태풍이 동해안 쪽으로 거슬러 올라가 중부 지방에는 별 영향이 없을 것이라고 했지만 오후가 되면서 중부 지방 일대까지 호우 경보가 내린 상태였다.

아직은 한낮인데도 무겁게 내려앉아 빗줄기를 퍼붓고 있는 하늘은 마치 저녁 어스름 같은 어둠을 깔고 있었다.

민욱은 소파에 몸을 묻은 채 빗소리를 들으며 소주잔을 기울이고 있다. 그의 시선은 작업실 가운데 덩그러니 놓인 캔버스에 꽂히듯이 던져져 있지만, 캔버스 위에 머물러 있지는 않았다.

아무 것도 그려져 있지 않은 빈 캔버스는 어스름 속에서 유난히 하얗게 드러나 보여 작업실 안에 언뜻 하얀 캔버스만이 유일한 것 같다.

민욱은 한동안 거의 술을 입에 대지 않았지만, 나문희의 출현 이후 혼자 있는 시간이면 어느새 술잔을 기울이곤 했다.

며칠 후부턴 몇몇 사람들과 더불어 천 선생으로부터 공부란 것을 시작하기로 한 터였지만, 민욱으로서도 아직 무슨 일이 벌어지고 있는 것인지 실감이 나질 않았다.

혼자서 일을 만들고 계획을 세운 그녀가 그 계획에 동참할 것을 요구했을 때 민욱은 거의 아무런 저항 없이 그녀의 말에 따르기로 했다. 그런 식의 그녀와의 관계는 다섯 해 전에도 마찬가지였다. 그녀가 제시하는 의견이나 행동에 언제나 민욱으로서는 자신이 한 발자국 못 미쳐 있다고 여겨졌기 때문에 자신의 주장을 내세울 만한 여지를 찾을 수 없었다. 민욱은 그러한 자신을 당연한 것으로 받아들였고, 그녀와 어떤 일을 함께하는 것만으로도 만족해했다.

그러나 지금은 심사가 뒤틀려 있었다. 그녀를 거역할 수 없었던 것은 마찬가지였지만, 그녀의 계획들이 껄끄럽게 여겨지고 마지못해 끌려가는 기분임을 어쩔 수 없었다. 모처럼 안정된 모양을 갖춘 그의 생활이 다른 사람들에 의해 침해받게 되었다는 사실도 마음을 편안치 못하게 했다. 어쩌면 이편이 더 큰 이유가 되는지도 몰랐다. 천 선생의 도착으로 이미 그 침해는 시작되고 있었다.

그녀는 이번 계획이 새로운 세계로 들어서기 위한 문 열기 작업이 될 것이라고 했다.

그녀가 말하는 새로운 세계란 것이 이번에는 어떤 것을 뜻하는 것인지 짐작할 수 없는 것이지만, 그녀는 언제나 새로운 세계를 추구해 왔다. 현재의 모습 속에서는 항상 부족감을 느끼고 만족을 찾지 못하는 것은 그녀뿐만이 아니라 모든 예술가들의 숙명일 것이었다. 예술가들이란 현재를 파괴하고 끊임없이 새로운 것을 찾아 헤맬 수밖에 없도록 숙명적으로 태어난 존재인지도 모르는 일이었다.

그래서 한 예술가가 파괴해나가야 할 어떤 대상을 찾지 못했을 때, 그에겐 가장 큰 형벌이 시작되는 셈이라고 할 수 있었다. 예술가에게 언제까지고 한 자리에 머물러 있어야 한다는 것은 절망이고 죄악일 것이었다.

그런 의미에서 그녀는 뛰어난 예술가인 셈이었고, 항상 전위(前衛)의 위치에서 많은 사람들에게 놀라움과 신선함을 동반한 메시지들을 전해 주는 선구자의 역할을 누구보다도 충실히 해온 사람임에 틀림없었다.

그런데 다섯 해 만에 나타난 그녀가 말하는 새로운 세계로의 문 열기라는 것이 이전에 보았던 그녀 특유의 열정으로 점철된 전위적인 메시지와는 다른 의미들을 가지는 것 같았다.

이번 공부라는 것에서는 명상이 중요한 주제가 될 것이라고 했다. 그런데 그녀는 명상이란 것을 예술에 접목시켜 자신의 예술 세계를 새롭게 펼쳐 보이려고 하는 것이 아니라 바로 그 명상 자체에 빠져들려고 하는 것이라고 민욱은 생각했다.

그것은 그녀의 행동이나 일상생활에서 보여주는 그녀의 표현들 속에 여러 모양으로 나타나고 있었다. 많은 모습들이 그녀가 이미 변해있음을 느끼게 했다.

한때 민욱도 막힌 자기 세계의 한 돌파구로서 명상에 관심을 가지고 그것을 자신의 방법으로 삼으려고 시도한 적이 있었다. 명상을 통해 인간과 자연의 본질에 다가갈 수 있으리라고 생각했기 때문이었다. 자신의 그림 속에 명상의 세계가 표현되고, 그 표현 자체가 본질에 이르게 하는 디딤돌이 될 수 있다는 믿음에서였다.

그것은 민욱이 이십대 시절에 그림을 통해 종교적인 차원의 문제를 해결해보려고 했던 것과는 다른 접근이었다. 그 시절엔 예술 행위 자체가 종교적인 차원과 바로 연결될 수 있을 것이라고 착각했었다. 그 착각은 결국 그에게 화가로서 첫 번째 좌절감을 안겨준 셈이었지만, 나중에 민욱은 그 기억 속에서 작은 지혜를 얻을 수 있었다. 곧 종교적 차원에서밖에 다룰 수 없다고 여겨졌던 생명의 문제를, 그가 볼 수 있는 시각 안에서 자신의 예술 세계로 풀어가는 합리적인 방법을 생각해 낼 수 있었던 것이다.

그는 그 방법을 명상에 적용해보려고 했다. 명상의 세계를, 지식적으로 접근이 되었든 체험을 통해 접근이 되었든, 그 과정을 그대로 서술적으로 드러내놓는 방법이었다. 자신이 모르고 있는 어떤 엄청난 세계를 표현해보려고 끙끙거려야 할 이유가 없었다. 애쓰고 끙끙거려서 찾아지는 문제가 아니라는 것을 뒤늦게 깨닫게 된 셈이었다. 그래서 민욱은 관심이 가는 대로 접근을 하기 시작했다.

단전호흡, 초월 명상, 마인드 컨트롤, 기공 수련법 같은 것을 가르치는 강습소를 기웃거리기 시작하였다. 그러나 어느 경우에나 몇 달을 넘기지 못하고 중도에 포기하곤 했다. 상당한 수준이라고 소문으로 알려진 곳이라든가, 또는 신문 광고를 통해 그럴듯한 내용이 있는 곳으로 설명된 곳이면 거의 찾아본 셈이었다. 그러나 대개 건강 차원의 강습이거나 기공의 기본 원리를 이용해 스트레스를 해소하는 정도의 내용이 아니면, 최면술 차원에서 사람들의 호기심을 이용해서 장삿속을 챙기는 수준을 넘지 못하고 있음을 알게 되었다.

저잣거리에 나와 있는 명상법이나 기공법의 수준을 대충 파악한 셈이라고 할까? 진짜는 그처럼 저자에 나와 있지 않다는 사실을 깨달은 셈이라고 할까?

결국 그쪽 세계를 바르게 알기 위해선 아예 수도자의 길을 걷거나, 상당 기간 동안 일상사를 떠나 전문적인 수련 체계가 갖추어진 종교 단체에 귀의하는 방법 외엔 모두 수박 겉 핥기 식의 접근이 될 수밖에 없겠다는 것이 그가 내린 결론이었다.

세속적인 모양을 갖춘 상태에서 그가 바라는 본질적인 세계로 들어갈 틈은 어디에고 없는 것이었다.

그런데 나문희는 어떤 확신을 가지고 있는 듯했다. 그 확신은 천구벽이라는 사람을 통해 그녀가 엄청난 것을 찾아낼 수 있다고 믿는 마음일 것이었다.

그러나 민욱으로서는 아직 그가 자신에게 크게 도움을 줄 수 있는 사람이라고 생각되지는 않았다. 어쩌면 그에 대해서는 긍정적인 부분보다는 부정적인 부분이 더 많은 것인지도 몰랐다.

그에게서 풍기는 예사롭지 않은 기운을 느낄 수는 있지만 참으로 크게 깨달은 도인이라면 한 여자의 요구에 따라 이곳 밤골까지 와서 몇 명을 상대로 자신의 도(道)를 전하겠다고 하지는 않을 것 같았다. 그것은 아무리 생각해보아도 그럴듯해 보이지 않는 것이 사실이었다.

어쩌면 민욱으로서는 나문희가 천 선생에게 깊이 기울어져 있는 것 자체가 못마땅한 것인지도 모르는 일이었다.

민욱에게 항상 무한의 가능성으로만 보였고 불가사의한 세계를 간직한, 경이의 대상이었던 나문희가 한순간에 어느 중년 남자 앞에서 작아져 있는 모습으로 보이는 것은 민욱의 자존심마저도 다치는 일임에 틀림없었다.

민욱은 그녀의 그런 작아져 보이는 태도가 마땅치 않았다. 이전의 당당했던 그녀에게서 볼 수 없었던 모습이었다.

어떤 이념이나 이론에 기대지 않고 항상 독자적인 주장을 내세울 수 있는 열정적 에너지가 충만한 그녀였다. 설사 세련되지 않은 논리라고 할지라도 그녀만이 내세울 수 있는 독특한 표현 방법으로 그녀의 모든 것은 싱싱한 생명력으로 사람들에게 전달될 수가 있었다.

그런 그녀가 천구벽이라는 사람을 우연히 만나 짧은 시간에 자신의 생각들과 태도를 바꿀 수 있다는 것이 민욱으로서는 이해할 수 없는 부분이었다.

어쨌거나 민욱으로서는 어느 정도 자신의 작품 세계를 재정립해서 새로운 작업을 시작할 무렵에 천 선생을 동반한 나문희의 출현을 보아야 했다. 다시 자신의 모든 것이 혼돈의 상태로 되떠내려가고 말 것 같은 위기의식을 지우기 어려웠다. 처음에는 나문희와의 재회가 그저 감동스러운 일이었으나 시간이 흐를수록 어쩔 수 없이 부담으로 작용하고 있었다.

창문 커튼 사이로 밝은 빛이 번쩍하더니 이내 요란한 천둥소리가 작업실 지붕 위를 훑고 지나갔다. 빗소리는 점점 거칠어지고 있었다.

민욱은 번갯불이 번쩍일 때 하얗게 반사되던 캔버스가 눈이 아프도록 자신의 동공으로 파고들어 오는 느낌을 받았다. 마치 빈 캔버스가 자신에게 반항을 하는 것 같았다. 아니면 여러 날이 지나도록 붓을 대지 못하고 있는 자신을 조롱하는 것 같기도 했다.

민욱은 어스름 속에서 하얗게 드러나 있는 캔버스가 갑자기 낯설게 느껴지며 거북한 상대와 마주한 기분이 들었다.

그는 소파에서 힘주어 몸을 일으켰다. 반 병 정도 마신 소주가 제법 취기를 느끼게 했다. 그가 벽을 더듬어 스위치를 올리자 형광등이 한번 껌뻑거리다가 작업실의 어스름을 몰아내면서, 사물들의 모습을 드러내놓았다.

민욱은 작업실 가운데 버티듯 서서 천천히 주위를 둘러본다.

이 한쪽 구석에 초기 작품들이 뽀얗게 먼지를 뒤집어쓴 채 쌓여 있고, 그 옆으로 초벌칠만 하고 손을 대지 못한 몇 개의 캔버스가 비스듬하게 기대어 세워져 있다. 새로운 작업을 하기 위해 몇 번 시도를 해본 것들인데, 화상이 떠올라 막상 캔버스에다 작업을 시작하고 나면 얼마 못 가 더 이상 손을 댈 수가 없었다. 애당초 뜻한 대로 표현이 되지 않는 것이다. 그런 식의 안간힘을 몇 번 되풀이해보다간 얼마 전부터는 아예 붓을 놓다시피 하고 있는 처지였다.

민욱은 시선을 책장 옆의 벽으로 옮겼다. 칠판만한 스티로폼 판이 벽에 붙어 있고 그 위에 여러 종류의 곤충들이 채집되어 꽂혀 있다. 곤충뿐만이 아니라 작은 열매며, 특이한 무늬를 가진 들풀 따위도 채집되어 스티로폼 판 위에 가득 꽂혀 있는 것이다. 봄부터 민욱이 돈울산을 오르거나 들길을 산책하면서 주워온 것들이다.

민욱은 곤충들이나 식물들의 미묘한 형태와 색깔들을 통해 얻어진 이미지를 응용하여 새로운 조형과 표현법을 시도했었다.

곤충들의 한 부분만 확대경으로 들여다봐도 완벽에 가까운 모양과 색깔의 조화를 아주 쉽게 찾아낼 수 있는 것이다. 사실 곤충들의 한 부분 한 부분을 그대로 확대해서 옮겨 그려놓으면 조형으로서는 더할 나위 없는 완성된 작품이 될 것이었다. 자연이 만들어놓은 조형이나 색감을 사람의 머리에서 짜낸 감각으로 따라갈 수는 없을 것이었다.

그렇게 찾아낸 조형과 색감을 통해 민욱은 자신의 메시지를 적당히 구사해서 연결시키면 하나의 작품으로 완성을 시킬 수 있는 셈이었다. 몇 달 동안을 그런 식으로 작품을 시도해왔던 것인데, 민욱으로서는 그 상태에서 만족할 수가 없었다.

재미있고 다양한 표현 방법을 구사할 수 있는 충분한 방법은 되지만, 스스로 생명력을 띠는 작품에는 이르지 못한다는 것이 몇 달간의 작업에서 얻은 성과라면 성과였다.

번개불이 다시 한번 번쩍거리며 창을 흔들었다.

민욱은 곤충들이 채집되어 있는 벽 쪽으로 다가갔다.

호랑나비, 제비나비, 자잘한 부전나비들, 각종 나방이들, 사슴벌레, 비단벌레, 여치, 메뚜기, 쇠똥구리, 풍뎅이, 각종 잠자리 종류며, 딱정벌레 종류들 그리고 특이한 색깔과 모양을 하고 있는 이름 모를 나뭇잎과 들풀들의 잎사귀들로 가득했다.

꽃잎들과 나뭇잎들은 오그라들고 말라 있어 처음 채집했을 때의 선명한 색깔들을 보여주고 있지 못하지만, 곤충들은 여러 달이 지난 것들도 제 모습을 그대로 갖추고 있는 것처럼 보였다.

민욱은 바짝 다가가 그것들을 살핀다. 원형 그대로 보존되어 있는 듯한 곤충들이 가까이에서 들여다보니 온통 곰팡이가 피어 있고, 상해있는 것이 대부분이다. 여름에 들면서 별 관심을 가지지 못한 사이에 상해버린 것이다. 장마철을 지나면서 습기로 인해 더욱 그러했을 것이다.

민욱이 금빛 고운 제비나비의 날개를 가만히 건드리자 날개 한쪽이 힘없이 떨어져나갔다. 다른 것들도 마찬가지였다. 상한 상태에서 말라버렸기 때문에 살짝 건드리기만 해도 다리가 떨어지고 몸뚱이가 떨어져나갔다.

민욱은 어린아이가 심술을 부리듯 꽂혀 있는 곤충들을 하나하나 손가락으로 건드려 바스러뜨리고 떨어져나가게 했다. 그렇게 하나하나 채집된 곤충들을 부숴버리면서 민욱은 주저하고, 회의하고, 곁눈질하는 자신의 불투명한 의식을 부수어야 한다고 생각하고 있는 것이다.

채집된 곤충들이 민욱의 발밑에 삭은 낙엽처럼 쌓였다.

벽에 붙어 있던 곤충들을 다 떨궈버린 민욱은 창가로 가 커튼을 열어젖혔다.

바람까지 동반한 빗줄기가 유리창에 뿌려져 창으로 보이는 바깥 풍경은 흐물흐물 녹아내리고 있었다. 마을 아래의 미류나무들이 휘청휘청 춤을 춘다. 그 너머로 누렇게 물들기 시작한 벼포기들이 강물처럼 너울거린다. 돈울천은 빗줄기가 일으키는 물보라에 가려 보이지 않고, 돈울산만이 희미한 그림자처럼 아련하게 떠올라 있다.

얼마 동안을 먼 바깥 풍경에 넋을 놓았던 민욱은 시선을 거두어 창고 쪽 별채로 옮겼다. 별채 쪽마루 한 쪽에 비를 피해 올려놓은 듯 운동화 한 켤레와 흰 고무신 한 켤레가 가지런히 놓여 있는 게 유난히 눈에 띄었다.

하얀 고무신은 마치 발광(發光)하는 물체처럼 어둑한 추녀 밑에서 도드라져 보인다.

천 선생은 산에 오를 때는 운동화를 신었지만 평소에는 흰 고무신을 신었다. 헐렁한 검정색 도복 바지에 흰 고무신을 신고 뒤란을 거니는 그의 모습은 조용한 가운데 유유자적한 분위기를 만들고 있었지만, 민욱에겐 그런 특이한 모습을 하고 있는 천 선생의 모습도 그리 탐탁하게 여겨지지 않았다. 굳이 남의 눈에 띌 행색을 해야 할 이유가 없다는 생각에서였다.

며칠 전에는 천 선생의 복장에 대해서 민욱이 물은 적이 있었다.

산에 오르내리기에 불편한 차림이 아니냐는 물음이었는데, 천 선생은 예의 빙긋 웃는 표정을 보이며 자신의 편안함이 꼭 상대에게도 편안함이 될 수는 없는 것처럼 누구든 자신에게 가장 적절한 모양을 챙기고 있을 때 편안함을 느끼는 것이라고 대답했었다. 그러면서 자신의 감정으로 분별된 생각을 놓는 연습을 할 때, 있는 그대로를 볼 수 있는 훈련이 될 수 있다는 얘기도 곁들였었다. 그가 민욱의 심정을 읽었던지 민욱으로 하여금 자신의 감정의 정체를 다시 생각해볼 수 있도록 자극을 준 셈이었다.

천 선생은 어제 아침 이후 내내 방 안에만 있는 듯했다. 꼬박 하루 하고 반나절이 되도록 출입을 하지 않고 있는 것이다.

민욱은 그가 명상에 들어 있을 것이라고 생각했다. 그는 방에 있을 때는 언제나 가부좌를 튼 자세로 명상에 들어 있는 듯했다. 그의 행동이 궁금해 며칠 전에는 열린 창문으로 슬쩍 그의 방을 곁눈질했었는데, 그때도 그는 꼼짝 않고 명상의 자세를 취하고 있었던 것이다.

민욱은 산 속에 틀어박혀 바깥 세상과 인연을 끊고 수도를 하는 사람들을 이해할 수가 없었다. 얼마만큼 수도를 한 후 깨우친 것이 있다면 당연히 사회 구조와 연결해서 바른 것을 알리고 사회 대중과 함께 조화를 이루고 살아가는 것이 자연의 이치에 따르는 것이지 외톨이로 틀어박혀 유아독존(唯我獨尊)하는 모습이야말로 도리에 어긋나는 것이 아닌가. 그것은 오만한 독선이지 바른 도인의 태도가 못 될 것이라는 것이 민욱의 생각이었다. 서로 베풀고 사랑하고 함께하는 것 이외에 삶에서 더 이상 무엇을 구해야 한단 말인가.

모든 노력이 그것들을 바르게 누리기 위한 수단이 아니던가.

민욱은 문득 천 선생과 대화를 나눠보고 싶다는 생각이 들었다. 천 선생이 밤골에 머무르기 시작한 지 보름이 지났지만 아직 이렇다 하게 얘기를 나눈 일이 없었다.

자연스럽게 대화가 이뤄질 자리가 있었음에도 짐짓 민욱이 천 선생을 피하고 있었던 셈이기도 했다. 민욱으로서 천 선생의 존재를 아직 마음으로 받아들이고 있지 않기 때문일 것이었다.

그런데 갑자기 천 선생과 대화를 나누고 싶다는 감정이 일어난 것은 어느 정도 오른 취기와 심상을 착잡한 분위기로 이끌고 있는 날씨 탓인지도 모른다. 어쩌면 취기를 이용해 맹랑한 질문을 해보고 싶은 객기가 작용하고 있는지도 몰랐다.

민욱은 작업실 문을 열고 밖으로 나갔다. 추녀까지 들이치는 빗방울이 얼굴 위에 뿌려졌다. 약간 달아오른 얼굴 위에 상쾌한 간지러움으로 빗방울의 느낌이 와 닿았다.

"평생을 산에서 수도하는 사람들의 삶은 사회 구조 속에서 무리를 이루며 살아가는 대부분의 사람들의 삶과 어떤 차이가 있는 것입니까?"

"차이는 없소. 선택일 뿐이오."

"차이가 없다면 굳이 산으로 들어갈 필요가 없는 것 아닙니까?"

"무리 지어 사는 환경 속에서 자신의 모양을 찾은 사람들은 그 모양이 가장 적절했기 때문이고, 외떨어진 삶을 선택한 사람은 그 모습이 자신에게 가장 적절했기 때문에 선택했을 따름 아니겠소. 거기에 더 낫고 못함은 없을 것이오."

"사회 구조 속에서 바르게 노력하고 바르게 의지를 세워 살아가는 사람들은 많은 사람들에게 도움을 주고 희망을 주지만, 산중에서 혼자의 깨우침으로 사는 수도자들이야 자신의 정신적 성취는 있을 수 있겠지만 사회나 다른 사람을 위하여 어떤 도움이 될 수도 없는 것 아닙니까?"

"사회 속에서 바르게 산다는 사람들이 다른 이들에게 어떤 도움을 준다고 생각하시오?"

"여러 가지 예를 들 수 있겠지요. 바른 정치가는 많은 사람들에게 안정을 줄 수 있을 것이고, 학자들은 새로운 지식을 줄 것이며 또 예술가들은 정신적 즐거움을 선사하고 인생의 지루함을 달래줄 수도 있겠지요. 또 의사들이라면 환자에게 희망을 줄 것이며, 육체적 고통에서 벗어나게 해줄 수도 있겠지요. 그런데 산 속의 도인들이 많은 사람들에게 줄 수 있는 것은 구체적으로 이렇다 할 것이 없는 것 아닌가 하는 생각이 듭니다."

"물론 그런 능력의 사람들이 민욱 군이 말한 대로 많은 사람들에게 여러 가지를 줄 수 있을 것이오. 안정과 풍요와 즐거움 같은 것은 사람들이 살아가는 데 성취해야 할 소중한 목표이기도 할 것이오. 그러나 도인은 그와는 다른 차원에서 인류에게 도움이 되고 있다고 할 수 있지요."

"다른 차원에서의 도움이라면 구체적으로 어떤 것인지요?"

"우주의 법칙성 안에서 큰 생명[2]의 에너지가 사람들의 영혼을 진화시키기 위하여 끊임없이 작용하고 있지요. 도인들이란 저급한 차원에 있는 영혼들에게 영적 진화에 도움이 되도록 큰 생명의 에너지를 연결시켜주는 사람들일 것이오. 인류의 역사가 겉으로 드러난 모습에서 여러 변화를 거치며 현재에 이르고 있지만, 지식적으로 드러나 있는 인류의 역사와, 우주의 법칙성 안에서 이뤄지고 있는 큰 생명의 역사는 전혀 다른 차원에서 진행되고 있는 것이라오. 영적 세계에서 큰 생명의 역사에 동참하는 사람들의 에너지가 있기 때문에 적어도 인류는 존재할 수가 있는 것이오. 이 사실은 영적인 동참자가 아닌 사람에게는 황당한 얘기로 들릴 것이지만, 있는 그대로의 사실이라오."

가부좌를 하고 앉은 천 선생은 줄곧 나직하고 담담한 목소리로 얘기를 이었다. 단정한 앉음새가 시종 흐트러짐이 없고 표정 또한 담백했으나 민욱은 그의 진지하고 따뜻한 눈빛에서 상대의 마음을 편안하게 해주려는 배려를 읽을 수 있었다.

"민욱 군이 말한 안정과 풍요와 즐거움, 그리고 많은 지식을 가지고 사는 삶이란 큰 생명의 작은 한 모습일 수는 있지만, 대부분의 사람들이 전부라고 생각하고 있는 그 모습은 결국 큰 생명이 비추고 있는 아주 작은

---

2 큰 생명 : 우주를 주관하는 기운 또는 그 에너지를 뜻하는 단어로 사용했다. 종교적으로 표현한다면 신(神)일 수도 있고, 절대자(絶對者)라는 개념을 연결시킬 수도 있을 것이다.

부분의 그림자 같은 것이라오. 도인들은 이 실체를 알고 있기 때문에 그림자의 삶을 선택해야 할 이유가 없는 것 아니겠소."

"기독교인 같은 종교인들은 평범한 삶 속에서 영적 문제를 다루고 있지 않습니까. 실제로 일상의 사람들과 부대끼면서 그들을 인도할 때 영적인 구제도 가능한 것이지 어떻게 산속에 홀로 있는 도인이 사람들의 영적 구원자가 될 수 있다는 말씀인지 공감하기 힘듭니다."

"기독교뿐만 아니라 불교든 어떤 종교든지 간에 대중과 함께하면서 그들의 영적 계발을 위한 노력을 하지요. 그러나 그렇게 존재하는 종교인들의 몫과 산이나 수도원 같은 깊은 곳에서 홀로 정진하는 수련인들의 몫은 또 다른 것인 게요. 큰 생명의 이치를 완전히 깨우쳐 큰 생명과 하나가 될 수 있는 도인 하나가 나타날 때마다 그 생명의 에너지는 엄청난 영향을 인류에 끼치면서 우주적 진화의 역사에 한 변화를 줄 수 있는 것이라오."

"저로서는 지금 선생님 말씀이 전혀 실감으로 와닿질 않는군요. 제 질문이 애당초 제 한계를 넘어선 질문이었던 것 같습니다."

"질문이란 모르는 것을 알기 위해 하는 것 아니겠소. 그렇기 때문에 질문에 한계란 있을 수 없는 것이오. 한계를 지어놓고 하는 질문은 자신의 지식을 점검해보는 것에 지나지 않는 것이지, 질문일 수가 없는 게요. 다만 민욱 군이 끝까지 질문을 연결시키지 않고 중간에서 스스로 포기하는 것이 문제인 것이라오."

"네에, 그렇게 되는군요."

"술을 드셨소?"

"아, 네. 날씨도 그렇고 왠지 착잡한 기분이 들어 조금 마셨습니다. 죄송합니다."

"탓하는 게 아니오. 나한테 죄송해야 할 이유는 없지요. 술이야 마시고 싶으면 당연히 마실 수 있는 것 아니겠소. 자신이 왜 술을 마시고 있는지 알고 있다면 문제될 게 없지요. 다만 자신이 하고 있는 행동 속에 무슨 일이 일어나고 있는지 모르는 것이 문제가 되는 것이라오."

"무슨 말씀인지?"

"우리가 영적인 삶을 살려면 직시(直視)해야 한다는 것이지요. 영적인 삶은 자신에게 일어나는 일들을 직시할 수 있을 때 가능한 것이오."

"직시한다는 것은 어떤 것입니까?"

"사람은 여러 습기[3]로 이루어진 존재라고도 할 수 있을 게요. 말 한마디, 행동 하나, 생각 하나하나가 잠재의식 속에 새겨진 습기에 의해 모양을 갖추고 나타나는 것이라 볼 수 있소. 직시한다는 것은 이러한 자신의 습기가 어떻게 작용하고 있는지를 지켜볼 수 있는 마음 상태를 유지하는 것을 말하지요. 민욱 군이 술을 마시게 됐을 땐 술이 필요한 상황과 감정이 있었을 것이오. 어떤 상황과 어떤 감정 상태에 있을 때 자신이 술을 요구하는 습기가 작용하는지를 보아내는 것이 술을 마시는 자신을 직시하는 것이라고 하겠지요."

"직시해서 얻는 것은 무엇입니까?"

"사람들은 누구나 자신을 직시하는 것을 두려워하기 때문에 어떤 대

---

3 습기(習氣) : 향을 담았던 그릇은 향을 비웠어도 향기가 남아 있는 것처럼 인간의 육체에 남아 있는 온갖 버릇, 곧 전생(前生)에 심어놓은 인자(因子)들을 일컫는 불교적 용어.

상을 이용해 자신을 감추게 되어 있소. 민욱 군이 술을 마셨다는 것도 그때 상황을 직시하지 않기 위한 수단으로 술을 이용한 것이라고 볼 수 있겠지요. 그러한 과정을 직시하게 되면 자신이 왜 술을 마시는지, 왜 그럴 수밖에 없는지 원인을 알게 될 것이며, 원인을 알고 하는 행동은 바르게 직시한 것만큼 언젠가 다스려질 수 있는 에너지가 동시에 새겨진다고 볼 수 있지요."

민욱은 천 선생의 얘기가 이해되기는 했지만 완전히 공감한다고 말하기는 어려웠다.

천 선생과 대화를 해봐야겠다는 생각을 하고 천 선생의 방을 찾았을 때 민욱의 머리엔 여러 가지 질문들이 있었던 것 같았다. 그런데 막상 가부좌를 틀고 앉은 천 선생을 마주 대하고 나니 생각의 갈피가 제대로 잡히지 않았다. 자신의 문제와 연관하여 절실하게 묻고 싶은 것이 있다고 생각했었는데 엉뚱하게 그것들과는 거리가 먼 얘기들이 튀어나온 셈이었다. 천 선생 앞에 아직은 솔직한 마음을 드러내놓기를 꺼리고 있음일 것이었다.

"평소에 궁금했던 것들을 생각나는 대로 여쭈어도 좋겠습니까?"

민욱은 현재 입장에서 솔직하게 자신을 드러내는 것이 바른 태도일 것이라는 생각을 하면서 다시 입을 열었다.

"그러시지요."

천 선생은 상대의 마음을 편하게 해주려는 듯 지그시 웃으며 턱을 쓰다듬었다.

"사람에게 본능적으로 가장 크게 잠재되어 있는 색욕(色慾)을 수도하는 사람들은 어떻게 극복해나가는지 알고 싶습니다."

"대답을 하기 전에 먼저 한 가지 물어보겠소. 민욱 군은 서른이 넘은 총각으로서 그 부분을 어떻게 해결하고 있소?"

"아, 저 말입니까. 제… 얘길 하라구요?"

민욱은 갑작스런 천 선생의 물음이 당황스러워 더듬거렸다.

"대답하기 곤란하면 하지 않아도 괜찮소."

"아, 아닙니다. 말씀드릴 수 있습니다. 제 경우야 억지로 참을 뿐인데… 그 참는 것을 풀어내는 방법으론, 친구들과 어울려 술을 마시며 잡담을 한다든가, 아니면 산에 오른다든가, 또는 계획 없이 이삼일 여행을 한다던가… 뭐 그런 식으로 스트레스를 풀어내는 셈입니다. 이곳 시골로 내려오기 전에 방탕한 술자리나 무작위의 연애도 했습니다만, 지난 한 삼 년 동안은 그럭저럭 그렇게 풀어온 것 같습니다. 말씀드리기 거북스럽습니다만, 가끔 자위행위를 한 적이 있기도 하구요."

민욱은 부끄러워하며 얘길 꺼내놓았다. 이만큼이라도 자신을 드러내놓을 수 있는 것도 취기의 힘을 빌었기 때문이었으리라.

"일반적으로 사람들이 택하는 방법이 민욱 군이 말한 대로일 게요. 바르게 풀어갈 수 있는 지혜가 없는 한 누구든 그런 방법이 최선일 수밖에 없겠지요. 참거나, 아니면 다른 모양으로 에너지를 바꾸거나, 직접 행동으로 표현해내거나, 이 세 가지 방법 중에 하나일 수밖에 없는 건 당연한 것이오."

또 한번 번개가 쳤고 우레가 그 뒤를 따랐다. 비바람이 여전했다. 그러나 천 선생의 나직한 음성은 흔들리지 않았다. 그의 말은 좀 더 길게 이어졌다.

"수도자들도 크게 다를 것은 없다고 봐야 할 게요. 완전한 초월의 경계에 이르기 전엔 육체 속에 잠재해 있는 습기가 항상 작용하고 있는 것도 일반인이건 수도자의 길을 선택한 사람이건 똑같은 것이오. 다만 수도자는 그 욕망을 실제 행동으로 옮겨놓지 않는 것을 계율로 삼아 지켜나가면서 그 욕망 자체를 직시해서 다스려나가려고 하는 것이지요. 한 젊은 수도승이 어느 도인을 찾아갔었소. 아마 그 수도승은 자신의 공부가 어느 정도 경계에 올라 있다고 생각해서 그것을 확인해보고 싶어 다른 수행인들을 찾아보곤 했던 모양이오.

그 수도승은 말하기를 자신은 이제 여자와 함께 한방에서 밤을 새워도 마음의 흔들림이 없노라고 했소. 그래서 도인은 어떻게 그럴 수 있느냐고 물었소. 그 수도승의 대답은 이러했지요.

'나는 백골관[4]을 통해 색욕을 극복할 수 있었습니다. 아무리 예쁜 여자가 앞에 있어도 상대가 그저 사대[5]가 잠깐 모여 있는 허상이란 것을 관[6]할 수 있게 됐습니다. 뼈와 살과 피, 고름 같은 것이 모여 육처[7]에 잠깐 보기 좋은 모양으로 닿은 것뿐이란 사실을 금세 관해낼 수 있기 때문에

4　백골관(白骨觀) : 육체가 가지고 있는 무상함을 실감하기 위해 송장이 썩어 백골만 남아 없어질 때까지의 모습을 지켜보는, 집착을 끊기 위한 수행 방법 중 하나.

5　사대(四大) : 땅(地), 물(水), 불(火), 바람(風)을 뜻하는 것으로 현상 세계는 크게 이 네 가지 요소로 이루어졌음을 일컫는 말.

6　관(觀) : 선정에 들어서 지혜로써 상대되는 경계를 자세히 꿰뚫어보는 것.

7　육처(六處) : 중생의 눈(眼), 귀(耳), 코(鼻), 혀(舌), 몸(身), 뜻(意)을 말하는 것으로 인간의 모든 분별과 고통은 이 여섯 가지 작용에 의해 이루어진다.

색욕을 일으키지 않을 수가 있는 것입니다.'

그러자 도인이 다시 이렇게 물었지요. 그 살과 뼈와 피고름마저도 좋아하게 될 경우는 어찌하겠느냐고. 젊은 수도승은 한참 동안 대답을 하지 못하고 있다가 그렇다면 당신은 어떻게 여색(女色)을 극복할 수 있느냐고 되물었소, 도인이 대답하길, '나는 예쁜 여자는 예쁜 여자로 봅니다. 그리고 색심(色心)이 일어나면 아, 색심이 일어나고 있구나 하고 또 봅니다. 항상 있는 그대로를 볼 뿐입니다.' 여기에서 젊은 수도승은 크게 깨달은 바가 있어 그 도인에게 삼배를 올렸다고 하오.

피하거나 참는 것은 그 순간을 모면할 수는 있어도 그 당시 일으킨 에너지는 더 강하게 잠재되어 있다가 언젠가는 자신의 근기[8]로 어쩔 수 없을 때 더 큰 욕망의 에너지로 폭발하게 되어 있지요. 젊은 수도승이 백골관을 통해 색욕의 충동을 잠시 피하는 수련을 쌓았을지언정 잠재된 색욕의 에너지를 초월하지는 못했다는 것이지요. 있는 그대로의 자신을 인정하면서 직시할 수 있을 때 초월의 에너지는 쌓이는 법인 게요. 언젠가 그러한 욕망 자체가 참으로 부질없는 것이란 사실을 실감으로 느낄 수 있을 때 습기는 저절로 다스려질 수 있는 것이라오."

비바람 소리가 더욱 거칠어지고 있었다. 태풍의 영향이 더 커진 모양이었다.

민욱은 천 선생의 방에서 나온 후 남은 소주병을 마저 비워내고 아예

8　근기(根機) : 근(根)은 물건의 근본이 되는 힘. 기(機)는 발동하는 뜻. 지혜를 닦아가는 데에 필요한 기운과 능력.

소파에 길게 누워 멀뚱하게 천장만 바라보았다. 천 선생과 대화를 나누기 전보다 오히려 기분이 더욱 참담해져 가는 느낌이었다.

민욱은 되는 대로 몇 가지 질문을 더 했었다.

이런 물음도 포함되었다.

여러 도인이란 사람들이 우리나라가 앞으로 세계의 중심이 될 것이며 커다란 기운이 우리나라로 모여 비약적인 발전을 할 것이라고 한다는데 선생님은 어떻게 보고 계신가? 또 기독교에서는 서기 2000년 즈음에 현재의 세상이 멸망하고 예수의 재림으로 새로운 세계가 열린다고 하는 주장도 있고, 불교 경전에서는 이 시대를 말법시대[9]라 하여 지구에 사는 인간 세상에 천지개벽이 있을 것이라는데, 구체적으로 그런 것들이 어떻게 이루어질 것인가?

그러나 천 선생은 허허 웃으면서 그런 일들이 민욱 군과 어떤 상관이 있는 것이요, 하고 되묻는 것으로 대답을 삼았다. 민욱 자신의 실질적인 문제와 연결되지 않는 질문은 천 선생은 그처럼 무용(無用)한 질문으로 다루었기에 민욱은 나중엔 할 말이 궁해져서 얼렁뚱땅 얼버무리다가 인사를 하곤 일어섰다.

민욱은 소파에 누워 있는 자신이 점점 작아지는 느낌이 들면서 또 한 차례 지붕 위를 훑고 지나가는 천둥소리를 멀리서 울리는 소리처럼 듣고 있었다.

---

9   말법(末法) 시대 : 부처의 가르침이 쇠퇴되어 가는 시기를 말하는 것으로, 진리의 종자가 적어지는 혼돈과 방탕의 시대를 뜻하기도 한다.

층계는 끝없이 이어져 있다.

하얀 대리석으로 잘 다듬어져 정갈하게 보이기까지 하는 층계.

민욱은 아주 오래 전부터 이 층계를 오르고 있다는 것 외엔 아무것도 생각할 수가 없었다. 까마득히 뻗어 있는 층계를 계속 올라가야만 한다는 생각뿐이었다. 자작나무 숲이 열병식을 하듯 층계를 따라 이어졌는데 나무들을 자세히 보면 줄기에 모두 사람의 얼굴 같은 표정이 있다. 각기 다른 얼굴의 모습이지만 모두 어디에선가 본 얼굴들임에 틀림없었다. 그러나 뚜렷하게 누구라고 기억나는 얼굴은 하나도 없이 그저 낯익은 얼굴이라는 느낌뿐이다.

민욱은 괴이한 자작나무의 얼굴들을 흘깃흘깃 쳐다보며 부지런히 층계를 올랐다.

얼마쯤을 올랐을까. 언제부터인가 삐걱거리는 소리가 나고 있어 발밑을 내려다보니 하얗고 단단하던 대리석 층계가 어느 틈엔가 나무 층계로 바뀌어 있다. 민욱은 참 이상한 일이라고 생각하면서 고개를 갸웃했다.

삐걱거리는 층계 틈으로 밑이 보였는데 밑은 텅 빈 허공일 뿐 아무것도 층계를 받치고 있지 않았다. 층계는 허공 속에 떠서 그렇게 위쪽으로만 뻗어 있는 것이었다. 층계와 나란히 뻗어가며 온갖 표정의 얼굴을 가지고 있던 자작나무 숲도 사라지고 없다.

허공중에 걸린 나무 층계 위에서 민욱은 두려워지기 시작했다. 오르는 일을 멈출 수도 없는 판이었다. 민욱은 부지런히 층계를 오르는 것만이 최선책이라고 생각하면서 아예 눈을 감고 손으로 앞을 더듬으면서 오르기 시작했다. 발밑에서 울리는 삐걱거리는 소리가 마치 짐승의 울부짖음처럼 들렸다.

그렇게 또 얼마쯤을 올랐을까, 갑자기 눈앞에 환한 빛살 같은 것이 느껴져 민욱은 발을 멈추고 눈을 떴다.

저만큼 위에 누군가 두 사람이 움직이는 것이 보였다. 그 두 사람은 은빛으로 밝게 빛나는 하늘을 배경으로 하고 있었기 때문에 그저 검은 그림자가 움직이는 것처럼 보였는데 허리를 굽혔다 펴는 행동을 반복하고 있었다.

민욱은 그 두 사람을 보자 용기가 생겼다. 어떤 사람들일까? 궁금증을 가지고 힘을 내어 부지런히 층계를 올랐다. 두 사람의 모습이 가까워졌는가 싶었는데, 어느새 그들은 높은 탑 같은 꼭대기에 올라가 있었고 그 위에서 계속 움직이고 있는 것이었다. 탑은 까마득하게 높아 두 사람은 탑 꼭대기에서 마치 실을 뽑아 고치를 짓고 있는 누에처럼 움직였다.

탑은 피라미드 같은 모양을 하고 있으며 온통 은색의 빛나는 덩어리들로 쌓여 있다. 은색의 덩어리들은 돌도 아니고 흙도 아닌 전혀 처음 보는 소재였다.

민욱은 탑을 기어올라가 그들을 만나야 한다고 생각했다. 그들이 누구인지는 아직 모르지만 꼭 그들을 만나야만 한다는 일념뿐이었다.

민욱은 은빛으로 빛나는 덩어리들을 더듬어 짚으며 조심스럽게 탑을 기어오르기 시작했다. 경사가 가파르며 은빛 덩어리들은 몹시 미끄럽기 때문에 민욱은 마치 곡예를 하듯 탑에 오른다. 숨이 차 잠시 멈추고 탑에 바짝 붙어 아래를 내려다보니 아래쪽은 끝없이 아득하기만 하다. 지금까지 딛고 올라왔던 층계도 보이지 않는다. 끝없는 공간 속에 민욱이 몸을 붙이고 있는 은빛 탑만이 바벨탑처럼 우뚝 솟아 있는 것이다. 위쪽을 올려다보니 아직도 두 사람은 누에처럼 움직이고 있다.

민욱은 가까스로 탑의 꼭대기에 다다라 한쪽 모서리에 매달리듯 간신히 몸의 균형을 잡고 위를 올려다보았다. 두 사람은 바로 밑에 누가 왔는지도 모르는 채 은빛 덩어리를 쌓는 일에 몰두하고 있다. 그 두 사람이 허공에다 손을 올리면 어느새 은빛 덩어리가 두 사람의 손에 쥐어지고, 그들은 그 은빛 덩어리를 쌓곤 하는 행동을 되풀이하고 있었다. 민욱은 그들이 손을 올리기만 하면 손에 쥐어지는 은빛 덩어리가 도대체 어디서 오는 것인지 알 수 없었다. 신비한 풍경이었다.

두 사람이 배경으로 하고 있는 은빛 하늘이 너무 눈부셔서 민욱은 바로 머리 위에 서 있는 그들의 모습을 제대로 볼 수가 없었다. 민욱은 어서 위로 올라가 그들을 만나야겠다고 마지막 안간힘을 써 탑의 턱에 오르려고 했다. 그러나 여간해서 발이 걸쳐지지가 않았다. 기진맥진한 상태였기에 더 이상 쓸 힘이 남아 있지 않았다. 민욱은 등에 진땀을 흘리며 두 사람을 불러 도움을 청하리라고 했다.

─여보세요. 좀 도와주십시오. 힘이 빠져 도저히 더 움직일 수가 없습니다.

민욱은 있는 힘을 다해 소리를 쳤다. 은빛 덩어리를 쌓는 일에 몰두해 있던 두 사람이 멈칫하더니 발밑을 내려다보았다. 그들이 내려다보는 순간 민욱은 그 두 사람이 나문희와 천 선생임을 알 수가 있었다. 민욱은 반가워 다시 소리를 쳤다.

─나 선생님, 접니다. 천 선생님도 여기 계셨군요. 도대체 무엇들을 하

시는 겁니까. 얼른 제 손 좀 잡아주십시오.

민욱이 보이지 않는 것일까? 두 사람은 발밑을 내려다보던 시선을 거두고 고개를 갸우뚱하더니 이내 처음 자세로 돌아가 은빛 덩어리를 쌓는 일에 다시 열중하는 것이었다. 민욱은 가슴이 답답했다. 먼 거리도 아니고 불과 몇 미터밖에 안 떨어진 위치에서 부르는 사람을 알아보지 못할 까닭이 없는 일이었다. 그런데도 그들은 아무 일도 없다는 듯이 같은 동작만 되풀이하는 것이다. 민욱은 화가 치밀어 올라 있는 힘을 다해 다시 소리를 질렀지만 이제 두 사람은 돌아보지도 않고 있었다.

민욱은 심한 배신감을 느끼며 분노가 치밀어 올랐다. 도대체 그따위 탑 쌓는 일이 뭐가 중요하기에 자기를 거들떠보지도 않는단 말인가.

민욱은 죽을힘을 다해 탑의 턱에 올라섰다. 그리곤 두 사람을 향해 다가서며 소리를 쳤다.

―아니, 이럴 수 있는 겁니까! 도대체 이까짓 일이 뭐길래 이렇게 사람을 무시하는 겁니까.

민욱이 성난 황소처럼 씩씩거리며 다가서자 두 사람은 갑자기 민욱 쪽으로 돌아서며 황급히 두 손을 내젓는다. 가까이 오지 말라는 몸짓이었다. 민욱은 자신을 거부하는 그들의 손짓이 더욱 괘씸하게 여겨져 에잇 하면서 두 사람 사이로 뛰어들었다.

그러자 두 사람은 순식간에 사라져버리고 갑자기 탑이 흔들리기 시작했다. 지진이 일어난 것처럼 탑 전체가 격렬하게 요동을 쳤다. 민욱은 겁에 질렸다. 엄습하는 공포감으로 얼어붙었다. 맨 위의 덩어리 하나가 튕기듯이 떨어져나가더니 탑은 순식간에 와르릉 무너져 내리기 시작했다.

민욱은 차갑고 무거운 은빛 덩어리들에 파묻혔다. 사지가 오그라지는 전율. 이것이 죽음이구나, 하면서 끝 모를 심연으로 아득히 떨어져 내려갔다.

민욱은 한기를 느끼며 눈을 떴다.

천 선생의 방에서 돌아온 후 남은 소주를 마저 마셨던 것이 기억된다. 구겨진 기분으로 소파에 앉아 있었는데, 그대로 쓰러져 잠이 든 듯했다.

민욱은 잔뜩 웅크렸던 몸을 게으르게 추스르면서 몸을 일으켰다. 머리가 지끈지끈 통증을 일으켰다. 일어나려다 말고 그대로 다시 소파에 주저앉았다. 어둠 속에서 사물들의 윤곽이 어슴푸레 떠오르고 있었다. 그렇게도 요란스럽던 비바람이 언제 그쳤는지 밖에서는 풀벌레 소리가 물 속 같은 적막을 가늘게 흔들고 있었다.

민욱은 속이 메스꺼워지는 것을 느꼈다. 그 메스꺼움은 금방 토할 것 같은 욕지기로 변했다. 그는 더듬더듬 문을 찾아 밖으로 나갔다. 뒷간은 창고 뒤에 있었다. 거기까지 급한 마음으로 가는 동안 천 선생에게 신경이 쓰였다. 그에게 이런 궁한 모습을 들키고 싶지 않았다.

쭈그리고 앉아 껙껙거리며 토하고 나니 겨우 속이 가라앉는 듯했다. 무겁게 쑤시던 머리도 한결 개운해진 편이었다. 민욱은 쭈그린 자세가 편안하게 느껴져 한참을 그대로 눈을 감고 앉아 있었다.

이상한 꿈이었다. 이상하다기보단 유쾌하지 않은 꿈이었다.

최근에 천 선생과 나문희로 하여 복잡해진 의식 상태가 그런 꿈으로 투영된 것이리라.

─두 사람이 쌓아올리던 은빛 탑은 무엇을 상징하는 것일까. 나문희는 천 선생과 더불어 이미 어떤 확신을 가지고 자신의 세계를 구축해가고 있다는 것일까. 그리고 나를 발견했을 때 그들이 거부하듯이 내젓던 손짓의 의미는? 내가 자신들의 세계에 끼어들 수 없다는 것일까. 아니면 내가 그들의 세계에 수용되기를 거부하고 있다는 것인가. 사실 내가 그래야 할 이유는 없다. 그들과 함께 새로운 시도를 해보는 것이 손해될 일은 아니지 않은가. 그들을 따라가 보다가 내키지 않으면 돌아서버리면 그만인 것을, 어쩌면 내가 아직 나 선생에 대한 감정을 청산하지 못하고 두 사람 사이를 질투하고 있는지도 모를 일이다. 유치하게도! 이것은 남녀의 치정 문제가 아니다. 더욱이 아직도 그녀를 동료나 선배 이상으로 달리 생각하는 마음이 남아 있다면, 어리석은 짓이다. 민욱, 너도 이제 그 정도로는 자라지 않았던가.

민욱은 꿈의 잔상을 좇아가다가 잠에서 깨어나 쭈그렸던 몸을 일으켰다. 머리 위로 시원한 공기가 느껴졌다. 고개를 젖혔다. 검은 하늘이 빼꼼이 열려 있었고, 거기에 별무리들이 총총하게 박혀 있었다.

간밤의 비바람에 뒷간의 양철 지붕이 날아가 버렸다. 하늘에서도 바람이 빠른 속도로 구름을 벗겨내고 있었다.

풀벌레 소리가 높아지고 있었다. 민욱은 총총히 박힌 별무리를 올려다보며 풀벌레 소리가 어느 별에서 오는 메시지 같다는 느낌을 가졌다. 그는 기지개를 켜듯이 고개를 잔뜩 젖힌 채로 하늘을 향해 두 팔을 들어올렸다. 맑은 기운이 온몸으로 스며드는 것을 느끼며 가볍게 진저리를 쳤다.

6. 그대의 심층 깊은 곳으로 끊임없이 생명의 자맥질을 할 때
하늘 기운은 그대 머리 위에 솔개처럼 맴돈다.

우리는 지식을 가지고 삽니다. 외부의 세계를 인식해나가면서 자신에게 해로운 것인가 이로운 것인가를 분별하는 것은 각자가 알고 있는 지식을 바탕으로 이루어지는 것이지요.

그렇기 때문에 우리는 태어나면서부터 끊임없이 지식을 채워나갑니다. 그렇다면 우리가 가지고 있는 지식은 어떤 종류가 있을까요? 아마 이렇게 네 가지로 나눠볼 수가 있을 것입니다.

첫째, 그냥 바로 아는 지식.

그러니까 이런 지식은 이미 자신의 두뇌에 여러 정보가 입력되어 있어 그 정보를 바탕으로 보자마자 그것이 무엇인지를 아는 지식입니다.

하늘을 바라보면서 바로 하늘임을 안다거나 차창으로 지나가는 가로수를 보면서 그것이 나무라는 것을 아는 것, 이런 종류의 지식을 감관적(感管的) 직관지(直觀知)라고 할 수 있을 것입니다.

둘째, 비교해서 아는 지식입니다.

어떤 사물을 이미 알고 있는 다른 사물과 비교해서 그것의 정체를 알아내는 지식입니다. 이런 지식이 바로 발견에 해당할 수 있는 비교지(比

較知)일 것입니다.

셋째, 추리해서 알 수 있는 지식이 있습니다.

불이 났을 적에 연기가 나는 것을 경험으로 알았다면 멀리서 피어오르는 연기만 보고서도 그곳에 불이 난 것을 알 수 있겠지요. 하나를 배워서 열을 깨우치는 것이 이런 지식에 속할 것입니다. 즉 발명의 바탕이 되는 추리지(推理知)입니다.

넷째, 여러 선각자들이나 성인들의 말씀에 의해 알고 있는 진리의 지식이 있습니다.

그들의 가르침을 그대로 믿고 자신의 지식으로 받아들이는 이런 지식들이 특히 지식인층에서 많이 사용하는 지식입니다.

그런데 여기에 문제가 있습니다. 성인의 말씀을 마치 자신의 것인 듯 착각하는 것입니다.

원수를 사랑하라고 모든 성인들이 말을 했기 때문에 우리는 쉽게 그 말을 인용해서 자신의 지식으로 쓰고 있습니다.

그러나 인류의 역사는 '원수를 사랑하라'는 말이 분명히 진리임에도 불구하고 서로의 종교적 이념이 다르다 해서 수백만 명을 죽이는 전쟁을 서슴없이 해왔습니다.

'원수를 사랑하라'는 진리의 뜻을 참으로 알지 못하기 때문입니다. 깨우침이 있는 지혜로서 연결시키지 못하고 하나의 정보로서 지식을 갖추고 있기 때문입니다.

우주의 이치를 바르게 볼 수 있는 지혜를 바탕으로 원수를 사랑해야 하는 이유를 알 수 있을 때까지는 절대로 원수를 사랑할 수 없는 것이 인간의 한계입니다.

그렇기 때문에 우리는 이제부터 이런 종류의 지식을 벗어나 지혜로 가는 길을 배워야 합니다.

우리의 인생이 새로운 눈뜸으로 한 차원 올라서서 바라볼 수 없다면, 끝내 지혜의 문턱에 다다를 수가 없을 것입니다.

우리는 우주의 큰 생명으로부터 빛나는 육체를 선물로 받았습니다.

육체는 우리의 존재를 알아내기 위한 유일한 도구이며, 또한 우주의 모든 비밀들이 기록되어 있는 보물 창고이기도 합니다.

우리는 이 육체를 다루는 테크닉을 배움으로 해서 우리의 존재도 규명해 나갈 수 있으며, 궁극적으로 우주의 오묘한 이치도 깨닫기에 이를 수가 있습니다. 그리하여 우리의 존재 의미도 알 수 있게 될 것입니다.

인류 역사 이래 많은 종교들이 육체를 다루는 여러 가지 테크닉들을 개발해서 구도(求道)의 방편으로 쓰기도 했고, 초자연적인 신통력도 쓸 수 있는 많은 도인들이 나오기도 했습니다.

인도의 요기들이 수행 방법으로 쓰는 요가적 명상법이라든가 도가(道家)에서 이용하는 여러 가지 호흡법, 또는 불가(佛家)에서 스님들이 하는 좌선[10], 염불선[11] 같은 것들도, 결국은 육체를 통해 우주의 이치를 터득해 나가는 방법들의 하나입니다.

오늘부터 우리는 우주를 향해 문을 여는 연습에 들어가는 겁니다. 우리의 몸뚱이에 우주와 연결되어 있는 문이 여럿 있지만, 우리 스스로 닫

---

10 좌선(坐禪) : 선종(禪宗)에서 하는 수행 방법으로 가부좌를 틀고 앉아 선정에 든다.

11 염불선(念佛禪) : 부처의 상호를 관찰하면서 그 공덕을 생각하며 선정에 드는 수행 방법. 입으로 아미타불의 명호를 부르며 수행하기도 한다.

아버린 채 잊고 있습니다.

　다섯 명을 앉혀놓고 첫 강의가 시작된 셈이었다.

　창고를 개조해서 새로 마루를 깔고 아담하게 단장한 열댓 평 넓이의 수련장이 마련됐지만, 그들은 가을 햇볕이 너무 좋아 밤나무 밑에다 평상 두 개를 겹쳐놓고 강의를 듣기로 했다.

　나문희와 민욱, 민욱의 대학 시절 친구이면서 시론(詩論)을 강의하고 있는 시인 허탄, 그리고 다른 두 사람은 나문희의 친구였는데 한 명은 현대 무용을 하는 그녀의 고등학교 동기생인 송수련, 다른 한 명은 그녀와 대학 시절에 전위 미술 운동을 앞장서서 했던 행위 미술가이면서 현재는 주로 문화 비평가로 활동하는 서명주였다.

　이처럼 굳이 예술 분야의 직업을 가진 사람들을 상대로 천 선생이 첫 가르침을 시작한 뜻이 따로 있는 것일까? 아무래도 예술가들의 새로운 세계에 대한 호기심이나, 생소한 세계에 대해 긍정적인 천성을 염두에 두었을 것이라고 민욱은 생각했다.

　천 선생은 헐렁한 검정색 도복을 입고 단정하게 가부좌를 하고 앉아 있었다. 그의 목소리는 마치 작은 여울 소리처럼, 또는 악기를 연주하듯 부드러우면서도 감미롭게 들려왔다.

　그렇게 강의를 하고 있는 그의 모습은 비스듬히 역광으로 비치는 가을 햇볕을 받아 신비스런 분위기까지 연출하고 있어, 그의 앞에 앉아 강의를 듣고 있는 다섯 명은 한껏 새로운 세계로 출발하는 감흥에 젖을 수 있었다.

여러분은 앞으로 육체를 통해 새로운 체험을 해나가게 되는 셈입니다.

우리는 육체를 가지고 살면서도 자신의 육체의 능력이나 가능성을 거의 모르고 있습니다. 자신의 육체가 가지고 있는 잠재된 능력이 얼마나 있는지 알지도 못한 채 극히 일부만을 한평생 사용하다가 그대로 땅속으로 묻어버리게 됩니다. 엄청난 보물 덩어리를 몇십 년 대충 써먹다가 쓰레기통에 던져버리는 꼴이 됩니다.

그래서 조금 전에 얘기했듯이 육체를 통해 보물을 찾아가는 여러 길들을 이미 여러 선각자들이 개척해놓았습니다.

이 자리에 이렇게 인연이 되어 앉아 있는 다섯 분은 나와 같은 길을 따라 그 보물찾기의 문을 열게 됩니다.

세상에는 뛰어난 도인들도 많습니다. 불가사의하다고 할 수 있는 신통력을 가진 사람들도 있습니다.

그러나 다섯 분이 길잡이로 선택한 사람은 여기에 있는 이 사람입니다.

그것이 여러분의 복이고 여러분의 운명입니다.

그렇기 때문에 책을 통해 또는 다른 정보를 통해 하늘을 날고뛰는 도인이 있는 줄 안다고 할지라도 여러분에겐 여러분이 인연이 되어 만난 길잡이가 최고이어야만 합니다.

여러분 바로 앞에 실체로 서 있는 길잡이 외에 모두가 허깨비고 여러분의 것이 아니어야 합니다. 그러한 확신과 믿음으로 서로가 다가설 때 여러분은 적어도 내가 가지고 있는 보물 지도를 옮겨갈 수가 있게 됩니다.

그러니 이 순간부터 다섯 분은 길잡이로 있는 이 사람을 절대(絶對)로 놓고, 거기에 대해 일어나는 의문들을 질문을 통해 풀어나가야 합니다.

여러분의 육체는 지금 깊은 잠에 빠져 있는 셈입니다. 자신을 직시하지 않고 사는 대부분의 사람들은 다 마찬가지입니다.

아무리 많은 학문과 지식을 갖추고, 오욕을 누릴 수 있는 명예와 부를 얻었다 하더라도 의식이 각성되어 있지 않은 상태에서의 삶은 우주적 생명의 섭리 속에서 한 걸음의 영적 진화도 없는 끝없는 윤회의 삶일 뿐입니다.

그러한 삶은 우주의 큰 생명 법칙에 순응해나가는 참 생명의 동반자로서 함께할 수 없는 삶입니다.

세상에 회자(膾炙)되는 인류의 역사와는 별개로 우주의 생명 법칙은 동참자들과 더불어 진화해가고 있습니다.

여러분의 육체가 잠에서 깨어나 의식의 각성 상태에서 자신의 삶을 직시할 수 있을 때, 비로소 여러분은 영적 진화의 삶을 살 수 있는 첫걸음을 내딛게 되는 것입니다.

자신들이 세속에서 어떤 모양을 갖추고 살건, 어떤 위치에 처해 있건, 그런 것은 문제가 되지 않습니다.

의식의 각성 상태에서 사는 사람들은 그가 있는 자리라면 어떤 곳이라도 그 자리에서 생명의 에너지를 발산하여 다른 사람들을 돕게 됩니다.

그것은 자신이 알고 있건 모르고 있건 법칙에 의해 일어나는 현상입니다.

여러분은 나와의 만남을 통해 앞으로 그러한 삶을 살게 될 것이고, 그것이 우리가 성취해야 할 첫째 목표이기도 합니다.

여섯 사람이 지금 한적한 시골에서 따사로운 가을 햇볕을 받으며 생명의 본질에 대해 얘기를 하고 있습니다.

우리 입장에서 우리를 안쪽이라고 본다면 우리를 제외한 바깥쪽의 세계에서도 나름대로 생명의 법칙성 안에서 각자의 삶들이 이루어지고 있습니다.

그 속에는 법칙성에 순응해가는 삶들도 있을 것이고 법칙성을 거스르는 삶들도 있을 것입니다.

언젠가 여러분이 개안(開眼)할 때 여러분은 앉은 자리에서 그 모든 생명의 흐름들과 하나가 될 수 있는 삶을 살아갈 것입니다.

그것은 실제로 어려운 일이 아닙니다. 깨달음이라는 것은 너무나 단순한 진리이기에 여러분들이 오히려 못 보고 있을 뿐입니다.

예술가로서의 여러분이 여러분의 자리에서 깨닫게 되면, 산 속에서 가부좌를 틀고 수십 년 면벽을 하면서 깨닫는 것과 아무런 차이가 없습니다.

깨달음은 모양에 있지 않습니다. 그냥 바로 이 자리에 있는 것입니다.

민욱은 잠이 오지 않았다.

작업실에 있는 괘종시계가 두 시를 알린 것이 한참 지났지만, 여간해서 쉽게 잠이 들 것 같지 않았다.

다섯 사람은 내일부터 천 선생을 모시고 보름 동안 계속해서 수련에만 집중하기로 했다. 허탄과 나문희 일행은 자리를 오래 비우는 것에 대비해서 서울에서의 일거리들을 정리해놓고 오겠다며 오후에 모두 올라간 터였다.

천 선생은 저녁 무렵 개울 쪽으로 산책을 다녀온 후 자신의 방으로 들어간 뒤로 내내 기척이 없었다.

오전 열 시부터 시작된 강의는 내리 네 시간 동안을 쉬지 않고 이어졌다. 본격적인 수련을 받아들일 마음자리를 잡기 위해 이 같은 긴 이야기가 필요한 것이라고 했다.

민욱은 낮에 들은 강의 내용들이 속속들이 가슴에 닿았다고는 할 수 없지만, 그동안 자신이 끙끙거리며 오랫동안 틀어 안고 있었던 문제들에 대한 답을 어느 정도 얻을 수 있으리라는 기대를 가져볼 만하다고 생각했다.

사실 민욱은 자신의 의지라기 보다는 나문희와의 인연에 의해 그녀와 천 선생의 계획에 동참한 것이었다. 그만큼 반신반의하고 있었고, 어디 좀 두고 보자는 생각을 하고 있었다.

그랬기 때문에 천 선생의 가르침이라는 것에서 무엇을 얻어 보자는 것보다 어떤 말을 하는지 일단 들어보자는 마음이 앞섰다. 종교적인 도그마나 어떤 논리의 비약 같은 것을 예상하며 거기에 빠지지 말자고 내심 자신을 다그쳤다고도 할 수 있다.

그런데 긴 강의를 듣는 동안 민욱은 그 단단했던 경계심이 상당하게 풀려버렸다. 풀려버렸을 뿐만 아니라 천 선생과의 인연이 자신의 항로를 찾는 데 도움이 될 수 있으리라는 생각을 하기에 이른 셈이었다.

민욱이 화가로서 활동을 시작하면서부터 그동안 끈질기게 다뤄온 작품의 주제는 '생명'이었다.

그녀가 떠난 후 그는 더욱더 이 주제를 천착했다. 그는 거기에서 어떤 정신적인 얻음을 성취해 탈출구로 삼으려고 했었다.

'생명'은 그의 삶의 화두인 것이며, 그것을 풀어내는 것이 그에게 주어진 절대 절명의 의무라고까지 생각하였다.

그는 자신이 추구하는 작품 세계를 이렇게 설명한 적이 있었다.

생명이란 종적(縱的)인 것과 횡적(橫的)인 것의 만남이다.

종적인 것이란 정신적인 것이고 영적(靈的)인 것이며 종교적인 것이다. 횡적인 것이란 물질적인 것이고 물증적(物證的)인 것인 동시에 현실적인 것이다.

종적인 것 곧 눈으로 볼 수 없는 것과, 횡적인 것 곧 눈으로 볼 수 있는 것이 만나 조화가 이루어졌을 때 우리 모두는 존재한다.

나의 작업은 이 조화 속에서 그 본질을 천착해가는 시도이며 그 본질에 접근해가는 것이 나의 작업이며 삶일 것이다.

돌이켜보면, 설익은 개념만이 성급하게 노출되어 있을 뿐 세상을 인지하는 지혜가 전혀 열려 있지 못했다. 치졸한 지식을 바탕으로 감히 생명 현상에 대해 어설픈 정의를 내리다니, 무례한 일이기조차 했다.

종적인 것으로 규정한 정신, 영(靈), 종교 같은 범주는 영적인 체험을 바탕으로 하지 않고는 접근할 수 없는 영역이다.

그러한 내적 체험을 바탕으로 하지 않은 접근은 지식이나 정보를 근거로 한 학문적인 연구일 뿐, 영혼을 뒤흔드는 실감이나 내적 변화를 체험할 수는 없는 것이다.

그럼에도 불구하고 체험은커녕 구체성 있는 지식조차도 없으면서 단언하듯 생명에 대한 정의를 내리고 있는 것은 젊음의 열정을 앞세운 돈키호테식 돌진일 뿐이었다.

그러한 돌진으로 손에 남는 것은 당연히 추상적인 개념일 수밖에 없었고, 거기에서 좀 더 나가보았자 막연한 상징으로서의 감(感)을 더듬어보는 데에 지나지 않는 것이었다. 그런 식의 더듬거림은 이내 자신의 작업에 대한 회의와 깊은 좌절감을 불러왔다.

그는 자신의 작업에 대한 확신을 잃었을 뿐만 아니라 삶의 자신감마저 잃고 방황의 세월로 접어들어야 했다. 만일에 그때 예술이라는 것이 궁극적으로 인간의 오욕[12]을 좀 더 고급스럽게 즐기는 것에 지나지 않는 것이라는 사실을 실감으로 알 수 있었다면, 아마도 예술가로서의 삶을 포기했을지도 모르는 일이었다.

그가 생명이란 것에 관심을 일찍 가지고, 이윽고 그것을 자신이 풀어내야 할 삶의 화두로 삼은 데에는 사춘기 시절의 한 체험이 중요하게 작용했다고 할 수 있다.

농업 고등학교에 입학했던 해의 봄이었다.

인문 고등학교와 달리 실습 과목이 많았기 때문에 수업의 대부분이 과수원이나 밭에서, 또는 우사나 돈사 같은 데서 실습 위주로 진행되었다.

도시에서 유학을 못 하고 읍내의 농업학교에 다니는 것만 해도 어려운 형편에 비추어 여간 다행스러운 일이 아니었지만, 항상 꿈은 예술가나 시인이었고, 때로는 종교인으로서 깊은 신비의 체험을 하고픈 욕망으로 종교적 지도자가 되고 싶다는 생각에 골몰하기도 했다.

---

12 오욕(五慾) : 색(色), 성(聲), 향(香), 미(味), 촉(觸)의 다섯 가지 경계에 의해 생기는 욕망으로서 물질욕, 색욕(성욕), 음식욕, 명예욕, 수면욕을 말한다. 일반적 사람들은 이 다섯 가지 욕망을 채우기 위해 온갖 삶의 목표를 정하고, 노력한다고 할 수 있다.

그런 정서를 타고난 그에게 학교생활이 재미있을 리가 없었다.

그런데 어느 날 처음으로 양잠실 당번을 하게 되었는데, 일주일 동안 누에를 관찰하면서 관찰한 내용을 일지에 기록하는 일을 해야 했다.

민욱이 실습을 할 무렵의 양잠실 누에들은 고치를 짓기 시작하는 시기였고, 민욱은 첫날부터 그 신비스런 몸짓에 매료되고 말았다.

투명한 몸뚱이를 꿈틀거리며 머릿짓을 할 때마다 은빛 실오라기를 뽑아내며 서서히 자신의 몸을 가둬가고 있는 수천 마리 누에들의 몸짓은 감수성이 예민한 소년 시절의 민욱을 경이감으로 가슴 설레게 하기에 충분했다.

끝없이 반복되는 몸짓을 통해 눈에 보이지 않게 서서히 자신을 닫아가는 모습은 외경스럽기까지 해 숨을 죽이고 들여다봐야만 했다.

일주일의 당번이 끝날 무렵엔 대부분의 누에들이 하얗게 변한 고치 속에 숨어버려 채반 위에 사각거리던 소리 대신에 고요함만이 그득했다.

그 후 민욱은 틈만 나면 양잠실을 찾게 되었고 누에의 변태 과정을 낱낱이 관찰하며 시간을 보냈다.

생명의 씨알인 좁쌀 같은 알이 채반 위에 모래처럼 뿌려지면 얼마 후 눈에 간신히 띌 만큼 작은 개미누에가 되고, 뽕잎에 달라붙어 있던 개미누에들은 이삼 주 지나면 약지만 한 애벌레가 된다.

애벌레의 크기가 장지만 해질 무렵, 그 왕성한 식욕을 멈추고 움직임이 둔해지면서 한곳에 자리를 잡기 시작한다.

이때 누에의 몸통은 젖빛 유리처럼 말갛게 투명해져 몸속이 들여다보일 정도가 된다. 몸 전체가 실을 뽑아내기 위한 원료가 되는 셈이다.

자리를 잡은 누에는 몸통 아래쪽을 한곳에 고정시켜놓고 투명한 실을 뽑아내기 시작하는데, 상반신을 상하좌우로 움직이면서 실을 뽑는 모습은 조각가가 오브제에 집중한 모습처럼, 연주가가 악기의 음률과 하나가 되어 연주하는 것처럼, 어쩌면 사제가 종교 의식을 치르는 것처럼 경건해 보이기까지 했다.

몸통을 둘러싼 실의 두께가 두꺼워지면서 누에는 반투명의 깍지 속에서 그림자처럼 움직인다. 내밀한 방의 창호지 문에 비치는 은근한 그림자, 그 움직임은 비밀스럽게 보이기 시작한다.

오랜 시간의 수고로움 끝에 깍지는 완전히 하얀 고치로 변하고, 그 고치 속에서 지금 무슨 일이 일어나는지 알 수가 없다. 가만히 귀를 대고 숨을 죽이면, 들릴 듯 말 듯 무엇인가 아직도 부단한 움직임이 있음을 느낄 수가 있다.

그 소리마저 그친 후 하얀 고치가 되어버린 누에는 침묵 속에 잠겨버린다.

그 침묵의 시간은 누에의 일생에서 가장 긴 시간이다.

엄청난 차원의 세계로 도약을 준비하는 명상의 시간이요, 과거의 자신을 새로운 에너지로 바꾸기 위한 침잠의 시간이다. 그러나 그 침잠의 시간 속에서도 고치 속의 누에는 아무에게도 보이지 않는 변신의 몸짓을 끊임없이 한다.

끝없이 이루어지는 에너지 바꿈의 운동은 그렇게 은밀하게 진행된다. 그리하여 얼마의 시간이 다시 흘렀을 때, 질기고 질긴 고치의 껍질을 뚫고 누에는 한 마리 나방이 되어 찬란한 나래짓으로 나타난다. 또 한 차원을 홀쩍 뛰어넘어 전혀 새로운 세계 속에서 삶의 환희를 구가하는 것이다.

그 시절, 이 누에의 변태 과정을 지켜본 민욱은 생명에 대한 경이로움과 신비함에 황홀해 했다.

그러나 그 경이로움에 취해 있던 것도 잠시뿐 이내 깊은 절망감에 빠져버렸다. 그 나이 또래의 감상적인 인생론이라고 해야 할까?

삶이란 무엇인가? 저 누에의 삶과 인간의 삶은 어떻게 다른 것인가. 한 삶을 살다가 늙어 죽어버리는 것이 인생의 끝이라면 굳이 미물이라고 하는 저 누에의 삶보다 인간의 삶이 나은 것이 무엇인가.

사람들은 말한다.

희망을 갖고, 명예를 성취하고, 부를 누리며 오욕락(五慾樂)을 완성하는 것이 삶의 목적이라고.

또 말한다.

학문을 이루어 자연의 이치를 알아내고, 그 이치를 길 삼아 자연에 접근할 수 있다고.

또 말한다.

종교를 통해 우주의 섭리를 알아 그 섭리 속에서 존재의 의미를 알 수 있고, 그 의미를 알고 나면 영원한 자유를 얻을 수 있다고.

당시 민욱으로서는 아무리 생각해봐도 인간의 삶이 누에의 일생보다 나아 보이지를 않았다.

누에의 일생을 다시 한번 살펴보자.

알이라는 하나의 세계가 있다. 그 알의 세계는 얼마 후 전혀 다른 차원의 개미누에의 세계로 변하고, 이내 애벌레로 성장한다. 그리곤 고치를 짓고 정적의 세계로 들어가 정(靜) 속에서 그만이 아는 동(動)의 세계를 소유한다.

그러다가 어느 날 몇 차원을 훌쩍 뛰어넘어 나방이의 모습으로 공간 속으로 날아오른다.

이렇게 차원을 훌쩍훌쩍 뛰어넘는 누에의 삶이 어찌 한 모양을 가지고 살다가 늙어 죽는 인간의 삶보다 낫지 않단 말인가.

이렇게 말할 수도 있을 것이다.

누에의 삶은 고작 몇 달에 지나지 않지만 인간은 적어도 칠팔십 년은 살지 않느냐. 생명을 누리는 시간의 길고 짧음을 언급하는 것이다.

시간이란 무엇인가.

시간의 길이란 느끼기 나름이지 시간 자체가 길고 짧은 것은 아니다. 고통의 시간은 더디게 지나가고 즐거움의 시간은 순식간에 흐르지 않던가.

지나간 시간은 고통스러웠던 시간이건 즐거웠던 시간이건, 몇백 년 전이건 하루 전이건, 또 한 시간 전이라 해도 이미 같은 차원 안에서 하나의 과거로 존재할 뿐이다.

어린 시절의 이 에피소드가 결국은 민욱을 예술의 길로 이끌었고, 그 예술 세계에서 온몸을 던져 추구할 테마를 만들어주었다.

그렇게 여러 해를 '생명'을 화두 삼아 씨름해왔지만, 그 화두는 예술이라는 양식에 얹어 풀어내려고 해서는 답을 얻을 수 있는 문제가 아니라는 것을 의식하게 된 것은 이곳 밤골로 오기 얼마 전의 일이었다.

예술가로서 게으르지 않게 온갖 노력과 열정을 쏟아 넣었던 삶의 양식이 애당초부터 답을 찾기 위한 공식과는 거리가 먼 엉뚱한 헤맴이었음

을 알아채기 시작했을 때의 허무감은 견디기 힘든 아픔으로 가슴을 후벼
팠다.

작업실 뒤편 숲에서 부엉이 울음이 들렸다.

민욱은 잠이 쉬 들 것 같지 않아 일어나 마당으로 나섰다. 거의 만월이
돼가는 달이 달무리를 두르고 하늘 가운데 하얗게 박혀 있었다. 방 안에
서는 멀리서 들리는 듯했던 부엉이 소리가 바로 집 뒤켠 숲에서 아주 가
깝게 나고 있었다.

민욱은 하얀 달을 올려다보며 윗주머니를 더듬거렸다.

아무것도 잡히는 것이 없다. 그렇지, 담배를 끊기로 하고 어제 아침 반
쯤 남은 담뱃갑을 아궁이 속으로 구겨 던졌었지.

민욱이 담배를 끊기로 한 것은 누구의 권유에서가 아니었다. 스스로
피우는 일을 삼가보자는 생각을 했다. 새로운 세계를 향한 여행을 시작하
면서 무엇인가 정화된 마음자리를 가져야 할 것 같았기 때문이었다.

그것은 다른 사람들도 마찬가지였다. 모두들 담배를 즐겨 피우는 편이
었는데, 누가 먼저랄 것 없이 묵계처럼 시작된 행동이었다.

민욱은 갈증을 느끼며 침을 꿀꺽 삼켰다. 그리곤 냉수를 한 모금 마실
양으로 뒤란 우물을 향해 작업실 모퉁이를 돌아서려다가 예상치 못한 인
기척에 흠칫 걸음을 멈추었다.

저만큼 앞에서 누군가가 움직이고 있었다.

누구라고 해야 있을 사람은 천 선생뿐일 것이었다.

민욱은 소리를 내서는 안 될 것 같아 숨을 죽이고 움직이는 그림자를

가만히 주시하기 시작했다.

달빛 속에 움직이는 모습은 천 선생이 분명했다.

귀 밑의 하얀 머리카락이 달빛에 유난히 빛나 보였다.

위통은 알몸인 채로 헐렁한 검정색 도복 바지를 입은 천 선생은 마치 물속을 유영하는 사람처럼 천천히 움직이고 있었다.

부드럽고 길게 뿜는 호흡 소리가 간간이 달빛의 파장에 실렸다.

춤을 추는 것일까?

무슨 무술의 형을 취하고 있는 것일까?

느릿하면서 춤추는 듯 그런 몸짓은 본 적이 없는 모양이었다. 춤이라기에도 그렇고, 무술이라고 하기에도 전혀 생소한 동작들이었다.

그가 춤추듯 원을 그리며 팔을 움직이거나 다리를 움직일 때 한 동작 한 동작에 범접할 수 없는 기운이 흐르는 것 같았다. 파란 달빛 속에 드러난 그의 상체는 깡마른 듯했으나 단단한 근육이 물결처럼 살아나고 있었다. 그는 천천히 움직였지만 빈틈이 없었고, 강철처럼 단단한가 하면 어느새 풀잎처럼 부드럽게 흐느적거렸다.

민욱은 천 선생의 신비스런 몸짓을 몰래 훔쳐보고 있다는 사실이 부끄러워졌다. 그래서는 안 될 것 같았다. 그는 죄스런 마음과 감동으로 두근거리는 가슴을 안고 살며시 방으로 들어와 잠자리에 누웠다.

나뭇가지 그림자 하나가 창에 비쳐서 살레살레 흔들리고 있었다. 천 선생의 길고 부드러운 호흡 소리가 아직도 들리는 듯했다.

민욱은 그의 그런 몸짓 속에 숨은 비밀을 머지않아 알게 될 것이라고

생각하며 이런저런 궁금증들을 밀어버리고 애써 잠을 청했지만, 의식은
점점 투명해지고 있었다.

7. 그대 하늘 소리에 귀 기울일 때 억겁으로 이어진
모진 습기의 껍질이 찢어지고 그대 큰 생명의 몸짓으로 기지개를 켠다.

보름 작정으로 시작한 집중 수련이 일주일째로 접어들었다. 하루에 오전 네 시간, 오후 네 시간, 여덟 시간을 반가부좌 자세로 앉아 백회[13]에 마음을 집중하는 공부로서 첫 단계의 수련이라고 했다.

두 시간 단위로 자세를 풀고 십 분 정도 경행[14]으로 경직된 근육을 푼 다음 다시 반가부좌 자세로 들어가곤 했다.

하루 여덟 시간 동안의 수련이 끝난 후에는, 산책을 하건 잠자리에 들건, 좋을 대로 하되 자신이 하고 있는 행동 하나하나를 지켜보는 자신을 놓치지 않는 것이 기본적으로 갖추어야 할 마음 자세였다.

수련에 들어가기 전 천 선생은 수련 기간 중에 갖추어야 할 경계[15]에 대해 짤막한 강의를 했다.

---

13 백회(百會) : 사람의 정수리에 있는 혈(穴)로 인체에서 가장 중요한 혈의 하나다. 인체의 모든 기운이 이곳을 중심으로 연결되어 있으므로, 명상이나 선을 하는 수행자들이 흔히 이곳에 마음을 집중시키는 수행법을 쓰기도 한다. 기공(氣功) 수련에서 통기(通氣)의 현상이 시작되는 곳도 주로 이 혈이다.

14 경행(經行) : 비하라(Vihara, 毘訶羅)의 음역. 좌선을 하다가 졸음을 쫓기 위해, 또는 병을 치료하기 위해 운동 삼아 가볍게 걷는 것. 이때 마음은 계속 집중 상태를 유지해야 한다.

15 경계(境界) : 사물이 어떠한 기준에 의하여 분간되는 한계. 불교에서는 인과응보의 이치에 따라 자기가 놓이게 되는 처지를 가리킨다.

우리의 육체에는 삼라만상 모든 공간 속에 흐르고 있는 큰 생명의 정기(精氣)와 우리 자신을 연결시킬 수 있는 문이 있습니다. 알고 보면 몸뚱이 전체가 이미 큰 생명의 기운과 연결되어 있는 것이지만 우리 스스로 문을 닫아 그 기운의 연결 통로를 폐쇄시켜놓고 있을 뿐입니다.

일반적으로 많이 알려진 수련법인 단전(丹田) 호흡도 그 연결 통로를 복원시키기 위한 방법의 하나입니다. 단전에 마음을 집중하고 호흡을 가다듬어 의지에 의해 기운을 모으고, 그 기운을 이용해 큰 생명의 통로를 열어가고자 하는 것입니다.

우리는 그 같은 방법에 의존하지 않습니다. 스스로 통로를 막고 있는 제 마음의 경계를 풀어냄으로 해서 자연스럽게 문이 열리도록 하고, 그로써 큰 생명의 기운이 몸으로 흘러들어오는 것을 자각하기만 하면 됩니다. 내 마음으로 문을 닫았으니까 내 마음으로 연다고나 할까요.

그렇게 하기 위해 가장 빨리 문이 열릴 수 있는 백회에 마음을 집중하여 백회의 문을 여는 것으로부터 우리의 수련은 시작됩니다. 백회는 정수리 부분에 해당하는 육체의 대표적인 혈(穴)이지요.

물론 사람의 체질에 따라 문을 여는 것, 곧 통기[16]가 되는 혈의 순서가 다를 수는 있지만, 우리는 이미 열려 있는 문을 자각하는 경계로 방법을 쓰기 때문에 한곳의 혈을 정해서 집중하면 됩니다.

집중을 한다는 것은 모든 잡념과 망상을 내버려두고 자신의 마음을

---

16 통기(通氣): 육체에 있는 기경팔맥(氣經八脈)은 본래 기의 흐름이 원활하게 흐르게 되어 있는데, 사람의 거친 마음이 병을 일으켜 스스로 기의 통로를 막게 되어, 몸에 이상을 일으키게 된다. 이 막힌 기의 통로가 뚫리는 현상을 일컫는 말로, 수행을 하다 보면 백회혈을 통해 뚫림의 느낌을 체험하게 된다. 육체뿐만 아니라 외부의 기운과 교류됨을 일컫기도 한다.

백회에 얹어놓는다는 뜻이지요. 집중하고 있는 도중에 어떤 느낌이 오건, 어떤 현상이 일어나건, 남의 일처럼 지켜보기만 하십시오. 육체를 통해 일어나는 어떤 변화나 현상에도 참견하지 말고, 또 하나의 내가 이만큼에 물러서서 나를 지켜보도록 하십시오.

집중하기 위한 하나의 방편으로 주문을 쓰기도 합니다. 불교의 어느 종파에서는 '아미타불'이나 '관세음보살'을 염(念)하며 집중 상태로 들어가기도 하는데, 아미타불이란 무량(無量)한 빛과 무량한 생명력을 뜻하는 상징 단어인 것입니다. 그러니깐 궁극적으로 성취해야 할 빛과 생명력을 한 단어로 함축해 주문으로 삼아서 집중의 방편으로 쓰는 것입니다. 관세음보살도 마찬가지지요. 우주 삼라만상의 모든 소리를 들어주는 것이 관세음보살이니까요.

기독교에서는 명상이나 기도를 할 때 성모 마리아나 예수님을 부름으로써 집중의 방편으로 삼기도 하지요. 자비와 사랑으로 모두를 포용해주는 성모 마리아의 정한 기운을 염하는 뜻으로 주문을 외며 기도 속으로 집중하다 보면 그러한 기운과 만나는 경계를 체험하게 될 것입니다.

어느 종교든지, 어떤 수련 방법이든지. 집중을 통해 닫힌 마음의 문을 열게 하기 위한 수단으로 이렇게 주문이라는 방편이 쓰이는 것이지요.

여러분은 자신이 받아들이기 편한 모습을 선택하십시오.

그냥 집중이 잘 되는 사람은 그대로 마음을 백회에 연결시켜놓으면 되고, 얘기했듯이 어떤 상징의 대상을 통해야 집중이 잘 되는 사람은 자신이 선택한 상징 주문을 통해 집중토록 하면 됩니다.

민욱은 이틀 전부터 머리 윗부분이 뻐근해지면서 마치 알콜을 발라놓은 것처럼 무엇인가가 시원하게 증발하는 느낌이 들기 시작했다. 때로는 박하향의 기운처럼 화한 느낌이 마른 수건에 스며드는 물기처럼 느껴지기도 했다.

천 선생은 민욱이 그런 느낌을 갖기 시작한 날부터 가끔씩 앉아 있는 사람들의 머리 위에 목사가 안수 기도를 하듯 손을 얹었다. 무언가 중얼거리며 주문을 외기도 했는데, 머리에 손을 대지는 않고 항상 간격을 약간 유지한 상태였다. 그렇게 천 선생은 자신의 기를 상대에게 보내 도움을 주는 것 같았다. 그런 도움을 받고 나면 백회 부분에서 느껴지는 감각은 더욱 뚜렷해졌다.

오늘은 마치 작은 소용돌이처럼 백회를 통해 바람이 빨려 들어오는 듯 강력한 느낌이 생기기 시작했다. 천 선생의 도움이 잦으면 잦을수록 그 느낌의 강도와 감각이 변해가고 있음이 분명했다.

머리 윗부분이 접시 모양의 밝은 형광등을 켜놓은 것처럼 은백색으로 빛나는 듯이 느껴졌다. 눈을 감았으나 마치 눈으로 보듯이 구체적인 느낌이었다. 그 빛으로 보이는 기운은 머리 속에서 농축될 대로 농축되어 이젠 머리가 터질 것 같은 고통스러움이 되었다.

민욱은 천 선생의 강의 내용을 기억해내면서 일어나는 현상들에 대해 관조하듯 초연해지려고 노력은 했지만, 머리가 터질 것 같은 고통스러움에 두려운 마음이 일어나는 것을 억제할 수가 없었다. 그런 민욱의 처지를 알고 있었던지 천 선생이 조용히 설명을 하기 시작했다.

두려움이나 고통스러운 느낌은 자신이 모르고 있는 일이나 상황이 나타날 때 생기는 감정일 뿐이지요. 인간은 구조적으로 모르는 것에 대해 두려움을 갖게 되어 있습니다. 그렇기 때문에 자신이 모르고 있는 것에 대해서는 본능적으로 부정하는 마음이 생깁니다. 이 마음이 우리의 영격을 높여나가는 데 가장 큰 장애 중의 하나이기도 합니다.

모르는 것을 그냥 모르는 것으로 놓아두고 가만히 지켜볼 수 있을 때 우리는 그 모르는 것으로부터 해방될 수 있는 에너지를 얻게 됩니다.

지켜본다는 것은 우리의 마음을 항상 각성의 상태에 놓아둘 수 있는 마음자리라고 보면 됩니다.

새로운 것이란 언제나 우리가 알고 있지 못한 미지의 세계이기 때문에 영적인 발전을 위해선 끊임없이 새로운 것을 수용하는 마음이 중요합니다. 그렇기 때문에 우리가 공부에 빠른 진전을 얻으려면 두려움이나 공포의 마음을 직시해서 풀어나가는 것부터 시작해야 합니다.

우리가 자신에 대해서 아는 것은 빙산의 일각에 지나지 않지요. 우리는 우리가 알고 있는 세계의 밑에 엄청난 크기의 미지의 세계가 존재함을 인정해야 하는 것입니다.

현대의 정신분석학자나 심리학자들은 그 세계를 잠재의식이나 무의식의 세계로 설명해놓고 있습니다. 그러나 현대의 정신과학이 얘기하는 무의식, 잠재의식 또는 심층 의식으로 표현되는 세계들도 우리의 본질적 세계의 한 부분에 지나지 않는 것이지요.

그렇기 때문에 여러분은 모르고 있는 엄청난 세계가 각자의 세계 속에 연결되어 있음을 마음에서 인정하고 받아들여야 합니다. 현재 수련 중에 일어나는 모든 느낌들과 현상들은 이 모르는 것으로의 접근을 위한 출발 신호인 것입니다. 모르는 것에 대해 긍정하는 마음이 생기면, 두려움이나 고통은 사라지지요. 두려움과 고통은 거부하는 마음이 긍정하려는 또 하나의 마음과 다투고 있는 마찰 현상에 지나지 않습니다.

민욱은 자신의 마음 상태를 일어나는 현상들과 더불어 추슬러보기 시작했다. 천 선생의 말대로 모르는 일들이 일어나고 있는 것에 대한 두려움과 그것을 받아들이려는 의지 사이에서 고통이 오는 것이 분명했다. 그러한 자신의 상태를 마음 깊이 받아들이기 시작하자, 어느새 터질 것 같던 머리의 고통은 사라지고 은백색의 빛으로 쌓여가는 기운은 더욱 강하고 밝게 머리속을 채우면서 서서히 척추 쪽으로 흘러내려가고 있었다.

그러한 기운은 어느 틈엔가 척추 속에 빛살의 기둥처럼 채워지더니 온몸으로 퍼져가기 시작했다. 마치 아침 햇살이 동산에서 솟아올라 온 누리에 뻗어가듯이.

"참으로 이상했습니다. 갑자기 온몸이 감전이라도 된 듯 전율이 생기더니 두 팔이 경련하기 시작했거든요. 내 의지와는 상관없이 마치 남의 팔처럼 제멋대로 떨리기 시작하면서, 나중에는 새가 날갯짓하듯 큰 경련이 계속됐어요."

허탄이 아직도 흥분이 가시지 않은 표정으로 말했다.

"다른 사람은 어땠습니까?"

천 선생은 고개를 끄덕이며 좌중을 둘러보았다.

오전 네 시간의 수련을 마친 후 밤나무 아래 평상에 모여 각자의 체험을 애기하는 시간을 가졌다.

　　"저는 사흘 전부터 몸에 진동을 느끼기 시작했는데, 오늘은 그 느낌이 특히 더했어요. 처음 며칠은 별 느낌이 없었어요. 그런데 사흘 전부터는 자세를 잡고 앉아 있으면 백회를 통해 뜨거운 불덩이가 쏟아져 들어오는 느낌이었고, 그 느낌은 눈을 감고 있는 상태에서 시각적으로 보여졌어요. 가늘고 기다란 불줄기가 수십 가닥 모여 한 묶음으로 된 것처럼 백회를 통해 들어와서는 가닥가닥 나뭇가지 뻗듯 온몸으로 퍼져나가면서, 실제로 몸 전체에 열이 나기 시작했죠. 그러더니 몸이 흔들리기 시작했습니다."

　　나문희가 몸이 흔들리는 시늉을 하며 말을 이었다.

　　"바람결에 버드나무 가지가 휘청휘청 흔들리듯이 몸이 움직이기 시작한 거죠. 정말 제 의지와는 전혀 상관없이 흔들리는 것 같아 마치 남의 육체를 보고 있는 것 같은 착각이 들기도 했어요. 고통스러움 같은 건 없었고 내 의지와는 별개로 움직이고 있는 육체가 신기하게 느껴져 가끔 백회에 집중하는 마음을 놓치곤 했지요. 그럴 때마다 휘청거리는 몸짓이 멈춰지곤 해서 안타까운 생각이 들기도 했습니다."

　　"송수련 씨는 어땠소?"

　　천 선생이 송수련에게 물었다. 다른 사람들이 애기하는 동안 눈을 감고 있던 그녀는 천 선생의 물음에 움찔 놀라며 눈을 떴다.

　　"전 아직도 감당하기 힘든 어떤 느낌 때문에 불안해요. 어제까지만 해도 그저 가슴이 답답하기만 해서 나는 무언가 바르게 집중이 되지 않는가 보다 했거든요. 그런데 오늘 갑자기 가슴 저 깊은 곳에서부터 엄청난 폭발물이 터지기 직전 팽창하는 듯 불안한 힘 같은 것이 느껴져 두려워지기 시작했고, 그 두려움 때문에 도저히 백회에 마음을 집중할 수가 없었어요. 아까 수련할 때보다는 덜하지만 지금도 폭발할 듯 속으로부터 팽창하는 기분은 여전해요. 선생님 전 뭔가 잘못되는 게 아닌지 모르겠어요. 겁이 나요."

그녀는 정말 겁에 질린 얼굴이었다. 계속 눈을 감고 있었던 것도 그 두려움을 아직까지 그대로 느끼고 있기 때문인 모양이었다.

그런 그녀를 다독거리듯 천 선생은 나직한 어조로 얘기하기 시작했다.

걱정할 것 없습니다. 두려워하는 마음이 생기는 것은 자신을 직시하는 것을 거부하는 마음 때문이라고 하지 않았습니까. 여러 번 얘기했듯이 무엇인지도 모르지만 나한테 이런 폭발할 것 같은 무엇이 올라오는구나, 그래 마음대로 올라오거라, 터질 테면 터져봐라 하는 식으로 여유를 가져야 합니다. 어떤 현상이 일어나건 잘못될 일은 없을 테니 걱정 말고 지켜보는 마음만 놓치지 말라는 것이지요.

우리가 못 보고 있는 우리의 잠재 세계에는 가장 추한 것에서부터 가장 환희로운 것까지도 들어 있기 때문에 어떤 모습의 내가 나타나더라도 아 이런 나도 있구나 하면 되는 것이라오. 우리는 살아오면서 보기 좋고 자랑스러운 자신의 모습은 많이 꺼내 보이면서 살아왔기 때문에, 잠재된 세계에 보기 좋은 모양의 나보다는 추하고 역겹고 드러내 놓기 싫은 모습들만이 주로 남아 있는 것은 뻔한 사실 아니겠습니까. 우리가 눌러놓고 감추어놓았던 놈들이지요. 그 놈들이, 닫아놓았던 마음의 문이 열리려고 하니까 누르고 감추어놓은 만큼 튀어나오려는 것은 당연한 이치인 것입니다.

어쨌든 부정하는 마음만 놓아버리면 두려움을 직시할 수 있는 힘은 저절로 생기지요.

진동을 체험하고 있는 분들도 마찬가집니다. 휘청거리건 경련하듯 떨리건 몸뚱이가 자신의 의지와 관계없이 움직이는 것은 긍정하는 마음과 부정하는 마음의 다툼의 모습일 뿐입니다. 이런 현상이 일어나는 것 또한 당연한 것입니다.

단박에 우리 자신의 모든 것을 긍정하는 것은 불가능합니다. 이런 두 가지 마음의 다툼 속에서 점차 받아들이는 마음의 에너지가 자리 잡게 될 것입니다. 앞으로 이삼일 동안은 더 격렬한 현상이 일어날 수도 있습니다.

겨우 기(氣)의 통로가 열렸는데 마음 한쪽에선 열린 문을 통해 욕심껏 기운을 받아들이고 있으니, 좁은 고무관에 강한 수압으로 물을 보내는 것과 마찬가지지요. 고무관이 내보낼 수 있는 한계치의 수압을 넘어서면 고무관이 몸부림치듯 떨리는 것은 당연한 현상인 것입니다.

어쨌든 자신의 육체를 남의 것처럼 내버려두고 이만큼에서 지켜보는 마음자리만 놓치지 않으면 저절로 모든 현상들이 다음 단계로 다스려나 갈 것입니다. 그리고 나중에는 자신의 참 실체를 보기 시작하는 순간과 만나게 될 것입니다.

진동 현상은 기의 통로가 열리기 시작하는 것으로, 나중에는 그 진동이 기의 흐름을 통해 자신에게 잠재된 어떤 모습을 형상화시키면서 부드러운 몸짓으로 변하게 됩니다. 이것은 모양으로 보면 기공의 움직임이지요. 그러나 이 움직임은 그대로 명상으로 이어지는 움직임입니다. 이를테면 모양으로는 기공 몸짓이고 내용으로는 몸짓 명상이라고 할 것입니다. 앞으로 여러분의 모든 몸짓은 바로 이 기공 몸짓으로 연결되어야 하고, 몸짓 명상으로 이어져 선(禪) 그 자체가 되어야 합니다.

오늘 수련은 여기서 마치고 오후엔 각자 마음 가는 대로 시간을 보내세요. 누누이 얘기하는 점이지만, 앉아 있을 때만 수련하는 것이 아님을 알고 있으면 됩니다. 참으로 선(禪)을 행하는 사람은 행주좌와어묵동정[17] 어떤 모양으로 있어도 선의 상태에 있을 수 있는 것이지요.

지켜보는 마음만 놓치지 않고 잡고 있으면 모든 것이 선이 될 수 있다는 말입니다.

자, 그럼 난 모처럼 산책 좀 하겠습니다.

말을 마친 천 선생은 평상 아래 벗어둔 운동화를 신고 끈을 조여 맸다.

"참, 선생님, 궁금한 게 있습니다."

민욱이 뒤미처 생각이 났다는 듯이 급하게 천 선생 앞을 가로막듯 다가섰다. 천 선생은 무슨 얘기냐는 듯 민욱을 바라보았다.

"아까 수련 중에 선생님께서 제 마음을 읽고 있다는 생각이 들었습니다. 제게 일어나는 현상에 대해 마음을 안정시키지 못하고 갈팡질팡할 때, 바로 제 상태를 예로 드시면서 구체적인 방법을 말씀해주셨거든요. 이번뿐만 아니라 가끔 그런 경우가 있어 마치 제가 도둑질하다 들킨 기

---

17 행주좌와어묵동정(行住坐臥語默動靜) : 걷거나 안주해 있거나 앉거나 눕거나 말하거나 입을 닫고 있거나 움직이고 있거나 고요함 속에 있거나 어떠한 경계 속에서도 마음을 놓쳐서는 안 된다는 뜻으로 쓰인다.

분을 가진 적도 있었구요."

"궁금한 게 무어지요?"

"상대의 마음을 미리 읽어내는 것이 정말 가능한가 해서요."

천 선생은 민욱의 질문이 좀 어이가 없었는지 허허 하고 웃었다.

"내가 읽는 것이 아니라 상대가 얘기를 해주기 때문에 알 수 있지요."

"무슨 말씀인지…."

"사람은 입을 통해 얘기를 하지 않아도 자신의 감정이나 의지를 온몸을 통해 상대에게 드러내놓게 되어 있는 것이라오. 어쩌면 말로 하는 것보다 더 정확하게 자신의 뜻을 육체를 통해 보여주는 셈이오."

"…."

"저 작대기를 집어보겠소?"

천 선생이 밤나무 밑에 기대어 세워진 한 팔 길이의 나무 봉을 가리켰다. 밤을 까기 위해 썼던 작대기였다.

민욱은 영문을 몰라 하면서 시키는 대로 그 작대기를 집어 들었다.

"자, 그 작대기로 나를 찔러 보시오."

천 선생은 약간 다리를 벌린 자세로 민욱을 향해 섰다. 민욱과 천 선생의 사이는 두 걸음 정도여서 민욱이 작대기를 내밀면 바로 천 선생을 찌를 수 있는 거리였다. 민욱은 자신이 어떻게 천 선생을 찔러야 할지 망설였다. 아무리 몸이 빠르다 해도 이 거리에서 갑자기 찌르면 누구도 피하기 어려울 것으로 보였다.

"의심하지 말고 어느 부위든 상관없으니 마음대로 힘껏 찌르시오."

천 선생의 말이 너무 확신에 차 있었기 때문에 민욱은 찌를 것을 결심하고 공격 자세를 취했다. 얼굴을 겨냥할까 하다가 아무래도 위험할 것 같아 가슴을 겨누고 힘껏 작대기를 내밀었다. 그러나 어느새 작대기는 천 선생을 비껴 그의 어깨 옆으로 지나가버렸다.

"의심하지 말라니까요. 왜 얼굴을 찌르려고 했으면 그대로 찌를 것이지 망설이는 게요. 연속적으로 몇 번 찔러보시오."

천 선생은 민욱이 처음 얼굴을 겨냥하려 했던 마음까지도 읽고 있었다. 민욱은 슬며시 오기가 생겼다. 이번엔 정한 대로 사정없이 찌를 것이라고 다짐을 하곤 그의 어깻죽지를 향해 힘껏 찔렀다. 역시 작대기는 슬쩍 천 선생의 어깨를 비껴나가고 말았다. 민욱은 연이어 정통으로 얼굴을 향해 온 힘을 다해 작대기를 내밀었다. 작대기는 아슬아슬하게 그의 얼굴 옆으로 지나가버렸다.

민욱은 어이가 없어 손을 내리고 천 선생을 물끄러미 바라보았다.

"아시겠소?"

첫 선생은 빙긋 웃으며 말했다.

민욱은 이해할 수가 없었다. 이렇게 가까운 거리에서 힘껏 찌르는 속도를 어떻게 앞설 수 있는 것인지.

"민욱 군이 나를 찌르기 전 이미 얼굴과 몸 전체로 어디를 찌를 것인가를 가르쳐주고 있기 때문에, 나는 상대가 가르쳐주는 데 따라 몇 센티씩만 몸을 움직여주면 피할 수가 있는 게요. 자신의 감정이나 분별심을 버린 상태에서 상대만 있는 그대로 직시할 수 있으면 누구든지 해낼 수 있지요. 특별한 능력이 필요한 것이 아니라오. 고도의 수련을 쌓았거나 상당한 마음 경계를 성취한 사람이면 몰라도, 누구든 아무리 감추려 해도 자신의 육체에 그 마음과 생각이 드러나게 마련이오. 그렇기 때문에 여러분이 굳이 얘기를 하지 않아도 그 생각하고 있는 바가 대체로 읽혀져요. 이제 이해할 수 있겠소?"

천 선생은 아직도 어리둥절해 있는 민욱의 어깨를 부드럽게 두드려주고는 휘적휘적 돈울산으로 향했다.

오후 수련이 없었기 때문에 저녁 무렵에는 다섯 명이 모처럼 한가하게 모여 앉아 일주일 동안의 체험들을 나눌 수가 있었다.

나문희는 오늘까지의 경험으로 어떤 확신 같은 것에 도달했는지 하루종일 밝은 얼굴로 즐거워하고 있었다. 다른 네 명도 다 전혀 예기치 못했던 체험들을 했기에 흥분을 간직하고 있었지만, 한편으론 아직도 두려움을 말끔히 떨쳐버리지 못한 것도 사실이었다.

"기독교에서 말하는 성령(聖靈)의 체험이란 것이 혹시 이런 것이 아닐까? 하느님에 대한 열망으로 기도에 집중해 있는 가운데 통기의 현상이 일어나는 것 말야. 대부분 성령의 불덩이를 받아들이는 부위가 머리 쪽인 것을 보면 어느 순간에 백회의 문이 열리는 체험을 하는 것이 성령의 체험인지도 몰라."

나문희가 말했다.

어려서부터 기독교적인 정서 속에서 자랐고, 또 대학 시절까지만 해도 기독교인으로서 여러 집회나 산상 기도의 경험이 있었던 터라 그녀 나름으로 짚이는 것이 있는 것 같았다.

"나 선생 말에 공감해, 어느 책이 생각나는데, 산속에서 기도와 명상의 길을 가는 수도사들의 글이 실린 책이었어. 이런 내용이 있었지. '어느 순간 나의 머리는 하늘로 열렸다. 당신의 숨결은 열린 내 머리로 너무나 뜨겁고 찬란하게 와 닿아. 나는 당신이 바로 내 곁에 있음을 비로소 알았다. 그 후 내 머리는 항상 열려 있어 기도를 하든 잠을 자든 나의 일상과 더불어 당신의 숨결이 닿아 있음을 느끼는 것이다.' 대충 이런 것이었는데 지금 내가 같은 기분이거든, 머리 윗부분이 완전히 하늘을 향해 뻥 뚫려 있거나 열려 있다는 느낌말이야. 그 오랜 수련을 쌓았을 사람과 나를 비교하는 게 미안한 일이긴 하지만."

요 며칠 사이에 별로 말없이 심각한 표정만 짓고 있던 서명주가 오랜만에 입을 열었다.

"생각해 보자구. 하느님의 존재가 무엇인가. 하느님이란 의인화된 자연의 섭리, 또는 우주의 섭리라고 일단 이해하면 어떨까? 구약 성경에 나오는 하느님을 보면 인간과 거의 같은 감정을 가진 존재로 표현돼 있어. 당시 깨어있던 선각자들이 그 시대 사람들의 수준에 맞추어 신이란 존재를 대중이 이해하기 쉬운 존재로 끌어내려 설명하려고 시도하지 않았을까? 구약의 하느님은 자신의 뜻에 거스르면 엄청난 집단 살생도 서슴지 않고, 분노의 하나님, 질투의 하나님이라는 표현까지 하고 있으니깐. 그 시대의 사람들에겐 그런 수준의 하느님이 필요했다고 봐야겠지. 예수 시대에 오면 좀 더 다른 수준의 하나님으로 등장하게 되거든. 구약 시대처럼 인간에게 밀접하게 접근해 있는 하느님이 아니라 항상 저 위에 계시면서 아래쪽을 주관하고 계시는 하느님인 셈이지."

나문희는 네 명의 눈에서 공감하는 표정을 읽으면서 말을 계속했다.

"예수는 자신이 깨달은 것을 자신의 민족에게 가르치기 위해 유대 민족의 정서에 맞게 각색했을 것이라고 믿고 싶어. 우주의 섭리를 의인화한 신으로서의 하느님이라고 본다면 온통 비유로 되어 있는 성경을 이해하기가 좀 더 쉬울 수도 있을 거야. 얘기가 좀 엉뚱해지긴 했지만 우리가 하는 수련이 하나하나의 체험을 이치적으로도 완전히 이해하고 나간다는 데 묘미가 느껴지거든. 의심 많은 우리 같은 지식인들에겐 더 없는 스승을 만났다는 생각이 들어."

"우선 나 선생님께 감사 드려야죠."

민욱이 과장된 몸짓으로 나문희에게 합장하는 자세를 해보였다.

"물론이지."

허탄이 맞장구를 쳐주었다.

"그런데 나는 이런 게 이해하기 어렵군요. 통기 현상이라고 하든 무어라고 하든 우리가 지금 겪고 있는 것들은, 내가 들어 아는 상식으로는 상당한 수련 기간을 거친다든가 대단한 노력 끝에 얻어져야 하는 것으로 아는데, 이렇게 빨리, 그것도 다섯 명 전부가 각자 나름대로 체험하기 시작했다는 것이 이상해요. 나 선생 같은 분은 처음부터 소질이 있었다고 하겠지만 나야 이런 소질이 없는 사람인데."

허탄은 불과 일주일 사이에 이런 체험들을 하고 있다는 것이 아무래도 실감되지 않는 모양이었다.

"글쎄… 나도 뭐 모르기는 마찬가지죠. 모든 것이 천 선생님 도움 덕택이 아닌가 생각해요. 그분이 우리에게 기운을 전해주는 자세를 줄곧 취하셨던 것으로 보아 아무래도 천 선생님의 기운을 빌려 빠른 통기의 체험이 이뤄졌다고 봐야 할 것 같아요."

나문희의 말에 모두들 수긍했다.

불교의 어느 종파에선 오랜 기간 기도에 들어갔던 사람이 어쩌다 육체의 진동 체험을 하게 되면 큰 경사가 난 듯 여기며, 그 체험을 한 사람은 한 경계를 얻은 것으로 생각한다고도 한다. 이런 점은 여러 수련 단체에서도 마찬가지로 눈에 띈다.

민욱은 다른 네 사람의 표정에서 현재 자신들이 하고 있는 체험이 앞으로 어떤 식으로 발전할지, 궁금증과 기대로 설레는 마음을 읽을 수 있었다. 그러나 한편으로 민욱은 어쩌면 이런 현상들이 천 선생의 강한 최면 작용 때문인지도 모른다는 의심도 하고 있었다.

저녁 땐 각자 편하게 행동하기로 했다. 일찍 잠자리에 들건 개인적으로 수련을 하건 자신의 행동 하나하나를 지켜보는 마음만 놓치지 않으면 될 터였다.

깜빡 잠이 들었었던가. 민욱은 이상한 느낌에 눈을 떴다.

자신의 팔과 다리가 물속을 허우적거리듯 움직이고 있었다. 양쪽 팔은 마치 불규칙하게 돌아가는 풍차 날개처럼 빙글빙글 돌아가고, 다리는 안쪽으로 비틀려 오므라들었다가는 내뻗듯 발길질을 해대기도 했다. 도무지 자신의 육체를 통제할 수가 없었다. 이게 어찌된 영문인가?

민욱은 황당한 기분을 다스리며 지켜보는 마음을 놓치지 않으려고 애쓰면서 사지가 움직이는 대로 자리에서 일어났다.

창으로 비치는 달빛이 방 안을 물속 같은 분위기를 만들어놓고 있었다.

어찌된 일일까? 수련하려는 자세로 앉아 있지도 않았는데, 더욱이 잠들어 있는 상태에서 제멋대로 몸뚱이가 움직이다니, 무슨 일이 일어나고 있는 것일까?

한 방에서 저만큼 누운 허탄은 잠이 깊은지 이불을 턱까지 끌어올린 채 기척이 없었다.

민욱은 억지로 용을 쓰며 반가부좌를 틀고 앉았다. 그러나 강력한 용수철을 누르고 있는 것처럼 온 몸뚱이가 용틀임을 치며 억제하고 있는 자신을 밀어내고 있어, 도저히 견딜 수가 없었다. 민욱은 허탄의 잠을 방해할 것 같아 살며시 방문을 열고 나와 수련장으로 자리를 옮겼다.

육체가 어떻게 움직이든 끝까지 지켜보리라는 단단한 마음가짐이었다. 억제하고 있던 마음을 풀어놓자 몸뚱이는 후닥닥거리며 정신없이 솟아오르고 뒤틀리고 돌아가기 시작했다. 그러다가는 어느 순간에 손가락이 뾰족하게 모아지면서 몸을 두드려가기 시작했다. 지금까지 천방지축 뒤틀리던 몸짓과는 달리 어떤 리듬이 있어 보였다. 강하게 또는 약하게 몸의 어느 길을 따라 일정한 순서를 가지고 두드려 가는 것으로 보아, 애기로만 들었던 치료를 위한 진동 자세가 아닌가 싶었다.

처음 통기가 시작되면 사람에 따라 자가 치료 현상이 나타나기도 한다고 했다. 그 현상은 통기가 되면서 잠재된 의식이 자신의 육체에 맺혀 있는 혈을 뚫기 위해 스스로 치료하는 진동으로 이어진다는 것이었다. 잠재의식 속의 자신은 자신의 육체가 어느 곳에 문제가 있는지를 이미 알고 있기 때문이라고 한다.

양쪽 손은 맡은 구역이 나누어져 있는 것처럼 각각 정교하게 혈(穴)을 찾아 두드려가고 있음이 분명해 보였다.

민욱은 확신하는 마음의 여유가 생기자 이 신기한 현상을 감격스러워 하면서 지켜보기 시작했다.

두드리는 손이 닿기 힘든 부위가 되면 정말 희한하게 몸이 비틀리며 그곳을 두드려갈 수 있도록 자세가 취해지게 되었다. 평소에 흉내낼 수 없는 기묘한 각도의 자세까지 저절로 움직여 취해지는 것이었다.

시간이 얼마나 흘렀을까. 제법 여러 시간이 지난 것 같은데 전혀 힘들거나 지치지 않았다. 의식은 더욱 명료해져 자신의 육체 구석구석까지 섬세하게 느껴지고, 투명하고 맑은 기운이 온몸에 차오르고 있었다.

두드리는 동작이 시작된 것이 언제였던가? 모든 혈을 찾아 두드리던 진동이 서서히 멎어가면서 양쪽 팔이 인형이 춤을 추듯 너울너울 움직이기 시작했다. 다리도 마찬가지였다. 이제 격렬한 동작은 잦아들었다. 그는 수련장 안을 무대 삼아 무용수처럼 돌아다니면서 양팔을 너울거리며 몸짓을 하고 있었다. 때로는 몸이 구부러졌는가 싶다가도 순간적으로 튀어 오르기도 했다.

민욱은 어느 정도 움직임이 진정되자 자리를 잡고 반가부좌를 틀고 앉았다. 그랬더니 이번엔 앉은 자세 그대로 몸이 튀어 오르기 시작했다. 마치 공이 튀듯이 통통 튀어 오르며 수련장 마룻바닥을 돌아다니는 것이 아닌가. 탄력이 어찌나 센지 이삼십 센티미터씩은 튀어 오르면서 수련장 안을 누비기 시작했다. 몸 자체가 탄력 있는 공이 되어버린 듯했다.

어느새 아침이 뿌옇게 밝아오고 있었다.

민욱은 꼬박 밤을 새웠다. 그러나 몸도 마음도 가뿐했다. 쉴 새 없는 진동으로 몸을 격렬하게 움직이며 밤을 새웠지만 전혀 피곤이 느껴지지 않았다. 아침이 밝아오면서 진동은 저절로 멈추었다.

민욱은 자신에게 왔던 현상들을 곰곰이 음미하며 뜨락을 거닐었다. 몸이 새털처럼 가벼웠다. 내딛는 한 걸음 한 걸음이 전혀 처음 걸어보는 걸음처럼 새삼스러웠다.

아침 햇살 속에서 돈울산이 붉게 타올랐다. 온통 단풍으로 물든 늦가을의 돈울산, 허리에 분홍빛 안개를 두른 풍경은 어렸을 적에 민욱의 내면 깊숙이 인장처럼 새겨졌던 그 모습의 돈울산이었다. 안개 낀 돈울산을 배경으로 저 아래 새벽 산책을 마치고 돈울천을 건너는 천 선생의 모습이 아득하게 보였다.

수련 시간이 되어 모두 모였을 때, 민욱은 지난밤에 일어났던 일에 대해 천 선생에게 설명을 했다. 천 선생은 민욱의 얘기를 듣고 난 후 다른 사람들은 어땠는지 물었다. 나문희 역시, 민욱의 경우와는 달랐지만, 여러 현상들을 체험했노라며 자신에게 있었던 일을 얘기했다. 다른 사람들은 비몽사몽간에 꿈을 꾸며 환상 같은 것을 보았다고도 하고, 실제 같은 생생한 꿈을 꾸었다고도 했다.

천 선생은 민욱에게 수련장 가운데로 나와 서게 했다. 다른 사람들은 물러서서 민욱을 주시했다.

"백회에 마음을 집중하고 어제 느꼈던 에너지를 다시 자신의 육체에 연결시킬 것을 염(念)하시오. 그리고 자신을 지켜보시오. 어떤 일이 일어나건 몸뚱이에 맡겨놓고 상관하지 마시오."

천 선생이 시키는 대로 마음 집중이 되자 몸이 움직이기 시작했다. 백회로부터 연결되는 기운이 몸 전체로 퍼져나가고 있음을 뚜렷하게 느낄 수 있었다.

"기운의 흐름에 몸을 맡겨놓으면 되는 것이오. 육체를 흐르는 기운에 얹어 흘려보내듯 내버려두시오. 그리고 그것을 지켜보는 자신을 놓치지 마시오."

천 선생은 기묘한 모습으로 움직이고 있는 민욱의 동작에 맞춰주듯 민욱과 조금 떨어져 함께 몸짓을 하기 시작했다.

민욱의 동작은 무엇인가를 비틀어버리거나, 강하게 뿌리치는 듯, 또는 짓눌렀다 메다꽂는 듯한 거친 동작들로 이어졌다. 그 동작은 몸에 흐르는 기운의 흐름에 따라 격렬하기도 했고, 멈추었다가 폭발하듯 작열하는 동작이 되기도 했다. 민욱은 지난밤의 동작이 천방지축 혼동스러웠던 것에 비하면 지금의 동작은 어떤 갈래 같은 것이 있다는 느낌을 갖고 있었다.

"천천히 의지를 세워 멈추도록 하시오. 몸속에 흐르는 기운을 마음으로 다스려 단전에다 모은다는 기분으로 마무리를 짓고 자리에 앉으시오."

민욱은 자신의 의지를 세워 동작을 멈췄다. 멈추려고 해도 멈추어지지 않던 간밤과는 달리 의지가 서자 육체는 곧 그 의지를 따르는 것이었다.

천 선생은 다른 네 사람 또한 자리에 둘러앉게 하고 말을 이었다.

민욱 군에게 가장 크게 잠재해 있는 에너지는 공격적인 에너지, 불교에서 말하는 살생업(殺生業)의 에너지라고 볼 수 있습니다. 인간으로 태어나면서 우리의 육체는 살생(殺生), 투도(偸盜), 사음(邪淫)의 세 가지 큰 습기(習氣)를 가지고 태어난다는 것이 불교의 설명이지요.

내가 불교의 용어를 빌려서 얘기하는 것은 이편이 내가 알고 있는 이치를 설명하기에 가장 적절하기 때문이오. 수많은 종교의 경전이 우주의 이치를 설명해놓고 있지만, 불교의 경전만큼 정교하고 과학적인 체계로 정리되어 있는 경전은 없다는 것이 내 생각이기도 합니다. 그렇기 때문에 앞으로도 내가 알고 있는 이치는 불교에서 쓰고 있는 법이나 용어를 통해 설명하게 될 것입니다.

육체를 통해 가지고 나오는 이 세 가지 습기 외에 입을 통해 저지르는 구업(口業)의 습기가 네 가지 있습니다. 거짓말(妄語), 꾸미는 말(綺語), 변명하거나 합리화시키는 말(兩舌), 거칠고 악한 말(惡口)이 그것들입니다.

그리고 의업(意業) 곧 생각으로 업을 짓는 세 가지 고약한 습기가 있지요. 탐욕하는 마음(貪), 화내는 마음(瞋), 어리석은 마음(痴)이 그것들입니다.

이 고약한 열 가지 습기들을 십악업[18]이라고 하는데 인간으로 태어나게끔 하는 원인인 동시에 결과인 셈이지요. 기독교의 표현을 빌린다면 이 열 가지 나쁜 인자가 원죄라고 할 수 있겠지요.

민욱 군의 경우 이 열 가지 잠재해 있는 습기 중에 살생에 대한 습기가 가장 크다고 볼 수 있는 것은, 백회로부터 연결되는 기운과 더불어 제일 먼저 드러나는 것이 살생업의 형상이기 때문입니다. 명상이나 기도를 통해 참회에 이르게 될 때 그 사람이 갖고 있는 가장 큰 업보의 에너지부터 드러나는 경우와 마찬가지라고 하겠지요.

---

18 십악업(十惡業) : 몸(身)과 입(口)과 생각(意)으로 짓는 열 가지 악으로서, 살생(殺生), 투도(偸盜), 사음(邪淫), 망어(妄語), 양설(兩舌), 악구(惡口), 기어(綺語), 탐욕(貪慾), 진에(瞋恚), 치암(癡暗)을 이른다. 이 열 가지 악은 누구나 처음부터 그 씨앗을 가지고 태어나는 원죄인 셈이다.

우리가 수련을 통하여 공부를 한다는 것은 바로 이 십 악업을 완성시켜 나가는 것이라고 생각하면 될 것입니다.

"선생님, 십 악업을 완성시킨다는 말씀이 무슨 뜻인지요? 나쁜 습관을 없애면 없앴지, 어떻게 완성시킨다는 것인지?"

민욱이 천 선생의 말을 듣고 있다가 손을 들었다.

우리는 태어나면서부터 이 열 가지 습기에 의해 행동하고 생각하며 살아가는 것입니다. 이 습기가 없다면 이미 다른 차원의 세계에 존재하게 됩니다. 우리는 이 습기를 결코 없앨 수가 없지요. 육체를 가지고 있는 한 말입니다.

육체가 할 수 있는 것은 이 습기를 없애는 것이 아니라 완성시키는 일입니다. 완성시킬 수 있을 때에 초월의 발판이 마련되는 것이지요.

어떻게 완성시키는가?

살생의 완성은 살리는 것이 됩니다. 투도의 완성은 베푸는 것이 되며, 사음의 완성은 청정함의 경계를 얻는 것이 됩니다.

이렇게 열 가지 습기를 완성시켜나가는 것이 우리가 통기를 통해 몸짓으로 드러내면서 해결해야 할 공부의 과제인 셈이지요.

자, 나를 잘 보세요.

천 선생은 말을 마치고 수련장 가운데로 나섰다. 잠시 눈을 지그시 감았다 뜨고는 합장하듯 두 손을 모으고 호흡을 가다듬었다. 그리곤 천천히 몸을 움직이기 시작했다. 그 움직임은 얼마 전 한밤중에 달빛 속에서 민욱이 몰래 훔쳐보았던 것처럼 부드럽기도 하고 강렬하게 느껴지기도 하는 미묘한 흐름의 몸짓이었다.

　오 분여 동안 몸짓을 하던 천 선생은 서서히 동작을 멈추었다.

　"지금 본 몸짓이 무엇인 것 같소?"

　"무술의 동작이라고 하기엔 너무 부드러운 것 같고, 그러나 춤이라고 하기엔 좀 다른 느낌이 듭니다. 어쨌든 조화로운 리듬감과 무언가 설명할 수 없는 힘이 느껴집니다."

　민욱이 처음부터 느꼈던 것을 얘기했다.

　"그럼 다시 한번 잘 보고 느낌을 말해 보시오."

　천 선생은 자세를 가다듬고 다시 몸을 움직이기 시작했다. 조금 전의 움직임과는 분명히 차이가 있는 몸짓이었다. 무엇이라고 말할 수는 없지만 어떤 무술의 동작이라는 것을 금방 알아챌 수 있는 동작들이었다. 어떤 리듬의 강약을 가지고 있으면서 찌르고, 치고, 메치는 듯, 뛰어넘는 듯, 그러다간 나르듯 솟구쳐 오르기도 했다. 잠시 멈추는가 하다간 격한 몸놀림이 되기도 했다. 그러한 동작들이 무술의 형상으로 보이는 것은 분명했지만, 그 느낌은 전체적으로 부드러운 원의 속에서 강함을 느끼게 하고 있었다.

　"자, 이 동작들은 어떻게 보았소?"

　천 선생은 저고리의 소매를 걷어 올리며 물었다.

　"어떤 무술의 형 같습니다. 주로 공격적인 형이 중심을 이루면서 취해지는 무술의 형 말입니다."

　허탄이 대답했다. 그도 천 선생의 몸짓이 무술의 동작으로 보였던 모양이었다.

"나는 나의 살심(殺心)을 몸으로 흘려보내 드러내놓았던 것이오. 처음에는 내게 잠재해 있는 살심의 에너지를 몸 전체로 흘려보내면서 그 살심의 에너지가 움직이는 대로 따라갔었소. 아무리 격한 살심의 에너지가 충격적으로 치고 올라와도 바로 몸 전체를 통해 흘려보내면 첫번째 동작처럼 부드럽게 흐르는 에너지로 바뀌어 춤을 추는 형상으로 드러나지만, 한순간 그 에너지를 의지에 따라 맺고 끊으면 바로 강한 공격의 몸짓으로 바뀔 수도 있지요. 두 번째 몸짓은 바로 그런 의지를 세워 살심의 에너지를 풀어 보인 것이오. 찌르는 마음을 이용해 그 살심의 에너지를 보내면, 전혀 예기치 못한 형상으로, 찌르는 모습으로, 육체를 통해 살심의 에너지가 드러나지요. 무술에 이용하면 바로 무술이 될 수 있는 에너지인 것이오."

민욱에게는 천 선생의 이야기가 하나하나 새로운 것이었다. 다른 사람들도 마찬가지인 듯 다들 숨죽여 듣고 있었다.

"내공[19]으로 무술을 닦는다는 것이 바로 이런 원리로 무술을 익히는 것이라오. 중국 무협 소설이나 영화에 나오는 내공의 무술들이 전혀 이치에 맞지 않거나 허구는 아니오. 다만 과장해서 흥미 위주로 꾸몄을 뿐이지 원리나 이치는 그대로 맞는 얘기들이오. 내공(內功)에 의해 기운을 조절할 수 있으면 외공[20]으로 전혀 무술을 익힌 바가 없어도 단시일에 고수(高

---

19 내공(內功) : 마음의 힘으로 육체에 잠재해 있는 기를 조절하여 그 작용을 터득하는 수련 방법. 내공에 의해 육체 속에서 작용하는 기(에너지)를 다룰 수 있게 되면 모든 무술의 원리를 새삼스레 익히지 않는다 해도 그냥 알 수 있는 능력이 생긴다. 마음 작용 자체도 기의 움직임이라 할 수 있다.
20 외공(外功) : 정해진 형(型)을 통해 반복된 훈련을 함으로써 기의 원리나 흐름을 익혀 무술로서 완성시키는 수련 방법, 궁극적으로는 내공의 힘을 얻기 위해 하는 수련이라고 할 수 있다.

手)의 동작과 원리를 터득할 수 있지요. 수련에 도움이 될 것 같아 무술에 대해 얘기를 해보겠소."

천 선생은 무술의 형이 형성하게 된 동기와 그 원리에 대한 얘기를 여러 예를 들어가며 설명했다. 그 내용들은 대충 이러했다.

세상에는 여러 가지 무술이 있는데 그 많은 무술의 형(型)이 맨 처음에는 어떻게 시작되었겠는가.

나라마다, 민족에 따라 각각의 정서에 맞는 수많은 무술의 형들을 처음으로 만들어낸 누군가가 있었을 것이다. 그것은 오랜 옛날부터 육체의 수련을 통해 마음공부를 하던 수도자들이나 도인들로부터 시작되었을 것이다.

명상이나 깊은 선(禪)의 경계에 들게 되면 우주적인 큰 생명의 기운과 연결되기 시작하는 통기(通氣)의 체험을 하게 되는데, 일반적인 명상이나 좌선 법에선 육체를 고정시켜 놓고 자신에게 일어나는 모든 현상들에 무관해 하는 것이다. 기(氣)가 몸에 돌기 시작하여 육체를 뒤흔들어놓으려고 해도 짐짓 의지를 세워 꼼짝하지 않는다. 그러면서 그것을 직시하고 있는 자신의 마음만 지키고 있으면 된다.

그런 수련법에 주로 하나의 화두를 잡고 그것에 집중하는 마음 외엔 모든 느낌과 현상을 부정적인 것 곧 마군[21]으로 보면 된다. 이때의 결가부좌 자세는 오로지 화두에만 자신의 몸과 마음을 묶어놓는다는 결인(結印)의 상징인 것이다.

---

21 마군(魔軍): 악마의 군대라는 뜻으로, 흔히 수행을 방해하는 모든 여건이나 상대를 일컫는 말로 쓰인다.

그러나 그와는 반대되는 수도 방법도 오랜 옛날부터 인도나 중국, 또는 우리나라에도 전해왔었다.

큰 생명과 연결된 기운의 통기를 이용해 자신의 육체를 그 기운에 맡겨놓는 방법이 그것이다. 장식[22] 깊은 곳에 잠재해 있던 자신의 모든 모습들을 드러나게 하는 방법이다. 그 드러난, 이제껏 있는 줄조차도 몰랐던 모습들을 지켜봄으로써, 자신의 부정적이고 추한 모습들을 인정하며 풀어놓아 버리는 것이다.

좌선이 자신을 묶어놓고 직시하는 것이라면 이런 방법은 자신의 모든 경계를 드러나게 하고 그것을 직시하는 방법이다. 곧, 기의 흐름과 더불어 육체를 움직임으로써 그 형상들이 드러나게 된다.

이런 과정에서 도인들은 자신의 살생 습이며 투도 습, 사음 습 같은 것들을 몸으로 드러내놓으며 육체를 통해 그 습관들을 다루는 방법들을 터득하였을 것이다. 거기에서 이를테면 살생 습이면, 그 살생 습의 에너지가 흐르는 형상을 하나의 모습으로 완성시킬 수 있게 된다. 그 드러나서 흐르는 형상의 기운을 다룰 수 있게 되면 그것이 저절로 하나의 무술형(武術型)이 될 수 있는 것이다.

그렇다면 굳이 고정된 어떤 형을 만들어놓을 필요가 있었을까?

도인들에겐 제자들이 따랐을 것이고, 그 제자들에게 자신이 성취한 경계를 전해주어야 했을 것이다. 그러나 석가가 가섭에게 법을 전한 이심

---

22 장식(藏識): 불교에서 사람의 식(識)을 여덟 가지로 나누는데 여덟 번째 식이 장식이다. 장식은 한 인간의 모든 것을 담아놓고 있는 식으로서 심리학에서 말하는 심층 의식보다도 더 크고 깊은 뜻을 가진다. 이 장식 속에 모든 선악의 습기는 말할 나위 없고 깨달음에 이르는 불성(佛性)까지도 잠재시켜놓았다고 한다. 사람의 근본 심식(心識)으로 결코 없애거나 잃어지는 것이 아니라는 뜻에서 무몰식(無沒識)이라고도 한다.

전심의 높은 경계의 방법만으로는 전수가 어려웠으리라. 상근기[23]의 소수 제자 외에, 일반적으로 전체를 지도할 수 있는 방법이 필요하였으며, 그 필요에 따라 어떤 모양을 만들게 된 것이다. 그렇게 만들어진 어떤 형이 외공으로 닦아갈 수 있는 하나의 무술형이 될 수 있었을 것이다.

중국의 소림사(小林寺)의 예를 들어보기로 하자.

소림사는 전통적으로 무술을 통해 마음 경계를 공부시키는 종파로서 유명한 곳이다.

깨달음의 지혜를 얻기 위한 스님들이 굳이 무술을 통해 수련을 한 까닭은 무엇일까? 무술이란 결국 상대와 다투는 일로, 또는 자신을 외부로부터 보호하기 위해 쓰는 방편인데, 상대 세계를 초월해서 참 자기를 찾아가는 구도자로서의 스님들에게 집단적으로 무술을 익히게 한 뜻은 무엇일까?

소림사의 대표적인 권법으로 용권(龍拳), 호권(虎拳), 표권(豹拳), 사권(巳拳), 학권(鶴拳) 등 다섯 가지 대표적 권법이 있다. 이것을 흔히 소림오권(小林五拳)이라고 한다. 이 다섯 가지 외에도 여러 동물의 형상을 가지고 만들어놓은 많은 권법이 있지만, 이 다섯 권법이 흔히 대표적인 권법으로 지금까지도 전수되고 있다.

용, 호랑이, 표범, 뱀, 학. 왜 동물의 형상을 이용해 권법의 형을 만들었을까?

인간의 경계에서 자신이 알고 있는 자아라는 것은 빙산의 일각일 뿐

---

23 상근기(上根機) : 수승한 지혜가 있어 높은 수행을 능히 감당할 수 있는 능력. 상근기를 가진 사람은 이미 전생에서부터 닦아온 능력이 바탕으로 있다고 보아야 할 것이다.

이라고 했다. 빙산의 밑부분 같은 무의식이나 잠재의식 속에 드러나지 않은 온갖 모습들이 가득 차 있다고 하지 않았던가.

사람이 겉으로 드러내어 풀어버려야 할 나쁜 습성들은 주로 여러 동물의 품성에 비유할 수 있는 성품들이다.

용(龍)이란 어떤 동물인가? 뛰어난 초자연적 힘을 가지고 있지만, 음흉하고 권위적이고 지배적이다. 그리고 모든 것 위에 군림하려는 유아독존적인 성품을 지니고 있다.

호랑이는 포악하고 위협적이다. 자신의 능력을 믿고 독선적인 힘을 휘두른다. 약자를 항상 짓누르고 약자 위에서 자신의 권위를 누리는 성품의 소유자다.

표범은 어떤가? 잔인하고 표독스럽다. 자신의 날래고 뛰어난 능력을 가지고 가차 없이 잔인한 성품을 드러내놓는다.

뱀은 사악함을 상징한다. 간교로운 성품으로 상대를 질리게 한다. 소리 없이 다가가 한순간에 상대에게 치명적인 상처를 준다.

학은 편협하다. 언제나 자신의 주위를 경계하고 포용할 줄 모른다. 그것은 천박한 성품이다.

이렇게 동물의 성품에 비교되는 여러 가지 부정적인 품성은 인간의 잠재의식 속에 포괄적으로 들어 있는 성품이다. 이 성품들을 풀어내어 그 부정적인 나쁜 성품에서 바른 성품으로 닦아나가는 것이 일차적인 수도의 목적일 것이다.

소림사에서는 이 다섯 가지로 대별되는 인간의 부정적인 성품을 교정시켜 나가는 방편으로 권법의 형을 완성하였을 것이다.

형을 만들기로 한 도인들은, 먼저 백회로 받아들인 큰 생명의 기운의 흐름을 이용해서 자신에게 잠재해 있는 그런 성품들을 각각 다른 기의 흐름의 모양으로 파악했을 것이다. 그 다음에 자신에게 잠재해 있는 그런 성품들이 육체를 통해 형상화되는 모양을, 하나의 무술 형으로 삼아 한꺼번에 많은 제자를 가르칠 수 있는 방편으로 개발하였을 것이다.

도인 자신이 체험한 경계를 근기 낮은 제자들에게 바로 터득시키기는 어렵다. 하나의 형으로 완성된 무술의 형을 외공으로 닦아가다 보면 어느 순간에 그 기운의 흐름을 알아챌 수 있는 때가 올 것이다. 그렇게 외공으로 형을 닦아가다 보면 또 자신의 몸짓을 통해 잠재한 여러 성품과 만날 것이고, 그 부정적인 성품을 인정하면서 성품을 완성시켜 나가는 것이 외공의 무술 수련을 통해 마음 경계를 찾아가는 방법이 되는 것이다.

그래서 다섯 가지 동물의 성품을 가지고 무술의 형을 만들어 자신 속의 축생(畜生)의 마음 경계를 닦아가도록 하였다. 말하자면 소림사 권법은 무술의 형을 통해 축생의 마음을 직시해가도록 하는 수련의 방편으로 만들어진 것이다.

용권(龍拳) : 이 권법을 익혀가면서 수련자는 스스로 자신의 내부에 음흉하고 권위적이며 유아독존의 군림하려는 용의 나쁜 성품이 있음을 실감하고 이를 완성시켜 나간다. 이 성품을 완성시키면 인간계 위에 있는 천상계(天上界)의 마음상을 얻게 된다. 권위적이고 유아독존적인 성품이 바뀌고 전체를 포용할 수 있는 능력자로서의 성품을 얻는다.

호권(虎拳) : 포악하고 위협적이며 독선적이고 권위적인 호랑이의 나쁜 성품을 완성해나가면 위엄과 존경스러움을 얻게 된다. 약자에게 품위를 가지고 믿음을 갖게 할 수 있는 성품을 얻는 것이다.

표권(豹拳) : 잔인하고 표독한 표범의 성품을 완성하면 자상하고 우아한 성품을 얻을 수 있다.

사권(巳拳): 뱀의 사악하고 비정하고 간교한 성품을 완성하면 지혜의 눈이 열리고, 완성된 기교를 가지고 상대를 이끌 수 있는 성품을 얻을 수 있다.

학권(鶴拳) : 편협하고 의심이 많은 외곬의 천박성을 완성하면 고고하면서도 포용력있는 성품을 얻을 수 있다.

천 선생의 긴 설명이 끝났다.

민욱은 자신에게 가장 큰 에너지로 잠재해 있는 것이 살생업(殺生業)이란 말이 인정되었다. 그는 많은 인간관계에서 기분이 틀리다고 느끼면 칼로 자르듯 관계를 끊어 버릇했다. 이것은 강한 살생습(殺生習)의 한 단면일 것이다. 주위의 여건에 순응하면서 사람들과 더불어 어울리지 못하고, 하루아침에 결정을 내려 이곳 밤골로 옮겨온 행위도 같은 차원에서 설명할 수 있었다.

그렇다면 어떻게 해야 좋은가? 몸짓으로 나타난 형상을 무술의 형으로 완성시켜나가면 자신의 성품을 승화시킬 수 있다는 결론에서, 민욱은 천 선생과의 인연이 모처럼 소중하게 여겨졌다.

천 선생의 지시에 따라 나문희도 지난밤에 혼자 경험했던 것을 드러내보였다.

민욱은 그녀의 몸짓을 보고 있는 동안 야릇한 감정이 일어남을 어쩔 수 없었다.

민망스럽게 비비꼬다가 부드럽게 풀어지면서 선정적인 율동의 춤동작으로 이어지기도 했다. 그녀가 드러나고 있는 자신의 기운에 취한 듯 이상한 신음까지 내자, 천 선생은 그녀가 지켜보는 마음을 놓치고 감정에 빠져 있다고 지적했다. 그녀는 그 말에 멈칫했다가 마음을 다잡은 듯 다시 동작을 풀어나갔다.

민욱은 그녀에게서 느껴지는 색정적인 감정을 어찌할 수 없어 슬며시 다른 쪽으로 시선을 돌리고 말았다. 너무도 적나라하게 색심(色心)을 불러일으키는 동작들이었다.

천 선생은 다른 사람들의 거북스러움을 알았는지 그녀의 몸짓을 중지시키고 좌중을 둘러보며 웃어보였다.

"드러내놓으려면 나 선생처럼 이렇게 확실하게 드러내야 하는 것이오. 우리에겐 감출 것이라곤 아무 것도 없다는 것을. 지식으로는 알면서도 행동으로 옮기기는 쉽지 않지요. 공부의 지름길은 성품을 솔직하게 드러내놓는 것에서부터 시작되는 것이오. 여러분이 민망해할 정도로 느꼈듯이 나 선생의 가장 크게 잠재된 습(習)은 사음 습이오. 그것을 기의 흐름에 따라 완전하게 풀어내지 못했기 때문에 욕망적인 색심의 형상으로 드러난 것이오. 색심(色心)의 에너지 자체를 완벽하게 드러내어 그 흐름에 육체를 얹어놓으면 욕정을 느끼게 하는 몸짓이 아니라 환희를 불러일으키는 몸짓으로 드러날 수 있는 것이오. 그렇게 드러나는 몸짓은 본인은 물론 보는 이들에게도 환희의 감정을 일으키지요."

천 선생의 말에는 언제나 진지함이 깃들어 있었다. 엄숙함과는 다른 것이었다. 그는 늘 온화한 표정으로 나직나직하게 말했다. 그러나 침범할 수 없는 권위가 느껴졌다.

"우리에게 잠재해 있는 모든 습기의 흐름을 다루는 능력이 생기고, 그래서 그것들이 자유자재로 다루어졌을 때 악습이라고 생각했던 십악업의 습기들은 승화되어 오히려 우리의 영격을 높일 수 있는 에너지로 바뀌지요. 여러분도 통기의 체험을 통해 자신의 무의식의 세계를 볼 수 있는 방법을 터득한 셈이오. 이제 여러분은 각자의 공부 진전에 따라 자신의 운명을 보아내어 운명조차도 조절할 수 있는 단계에 이를 수도 있어요. 이제껏 여러분의 운명을 조절해왔던 컴퓨터 칩을 스스로 원하는 칩으로 교환하는 작업을 하게 된다는 것이지요."

천 선생의 설명을 듣는 동안 다섯 사람은 자신들에게 일어난 현상들이 지식으로 확실하게 이해되었으며, 수련에 대한 열정이 한껏 커졌다.

창밖은 어느새 어둠에 물들었고, 그들은 자세를 가다듬고 백회를 통해 육신의 문을 새롭게 열기 시작했다.

8. 지식의 문은 생명의 노래를 닫아놓고
그대가 소리쳐 불러도 돌쩌귀 소리는 들리지 않는다.

그녀는 모래밭 한가운데 서서 바다를 바라보았다. 바다는 달리의 그림속 풍경처럼 초현실적인 분위기로 매끄럽고 투명해져 있었다. 이렇게 잔물결 하나 없이 완전히 매끄러운 바다를 보는 것은 처음 있는 일이었다.

하늘에 둥실 뜬 흰 구름 몇 조각이 그대로 바다에 빠져 있었고, 파란하늘을 안고 있어서 바다는 더욱더 푸르렀다.

그녀는 이런 풍경들이 좀 생경스럽게 느껴졌지만 지금까지 못 보았던세계에 발을 들여놓게 된 흥분으로 가슴이 설레었다. 그녀는 짐짓 기분을돋구며 아이처럼 까치발로 깡총깡총 모래톱을 향해 뛰기 시작했다. 그녀의 뒤로 까치 발자국처럼 깨끗한 모래밭에 발자국이 찍혔다.

그녀는 모래톱에 도착하여 뒤를 돌아보았다. 그녀의 바로 뒤까지 따라와 있는 발자국은 모래밭 저쪽으로 가물가물 사라져 있었다. 발자국이 사라져간 모래밭은 끝없이 아득하였다.

그녀는 자신이 어떻게 이 바닷가까지 왔는지 생각해낼 수 없었다. 그러나 그녀가 서 있는 바로 이곳까지 발자국이 찍혀 있음은 그녀가 이 끝없는 모래밭을 지나왔다는 증거였다.

그녀는 뻐근한 허리를 두어 번 콩콩 두드리고 나서 가슴을 활짝 폈다. 그리곤 두 손을 입에 모아 소리를 질렀다.

"보라! 나는 이 광활한 모래밭을 지나왔다. 그리하여 이렇게 유리처럼 투명한 바다 앞에 서 있다. 아, 나는 지금 가슴 가득한 설렘으로 여기 있음을 외치고 있다."

그녀의 목소리가 메아리처럼 잠시 여운을 남기고 모래벌판 너머로 사라져 갔다. 그리곤 이내 정적이 흘렀다. 그녀는 불현듯 이 정적이 불안했다.

그런데 갑자기 주위에서 킥킥거리는 웃음소리가 들리기 시작했다. 그 웃음소리는 처음에 입을 막고 애써 참는 소리인 듯하더니, 나중엔 깔깔거리는 노골적인 것으로 변했다.

여러 사람이 한꺼번에 웃는 그 웃음소리는 사방에서 불규칙하게 들려왔다. 그녀는 그 웃음소리 앞에 자신이 부끄러워졌다. 뭐가 부끄러운지 알 수 없으면서 그냥 부끄러웠다.

한참 동안을 그렇게 깔깔거리던 소리는 긴 여운을 남기면서 어디론가 사라져버렸다.

웃음소리가 사라져버리자 그녀는 화가 치밀었다. 괜히 부끄러워했던 것 같아 더욱 화가 났다. 멸시를 당한 듯해서 기분이 몹시 상했다.

그러다가 그녀는 옷을 활활 벗어 붙이기 시작했다.

알몸이 된 그녀는 자신의 몸을 훑어보았다. 언제 보아도 자신의 육체는 자랑스러웠고 생명감이 넘쳐흘렀다. 그래서 그녀는 거울 앞에 서서 자신의 알몸을 보는 것을 즐겨 했다. 영원히 자신이 사랑해야 할 실체(實體)였다. 그것은 존재의 확인이었다.

"나의 이 찬란한 육체는 이 모래밭을 뛰어왔어! 까마득히 뻗은 내 발자국을 보라구. 나는 지금 이렇게 당당하게 바닷가에 서 있는 거야."

그녀는 다시 두 손을 입에 대고 소리를 질렀다.

그러자 또다시 웃음소리가 들리기 시작했다. 이번에는 처음부터 노골적으로 깔깔거리는 소리였다. 그 소리 사이에는 '웃긴다. 그지?' 하는 소리도 섞여 있었다.

그녀는 다시 부끄러워졌다. 부끄러워서 어쩔 줄을 몰랐다. 너무 부끄러워 옷을 입으려고 벗어놓은 옷을 찾았으나 옷은 온데간데없어졌다. 그녀는 옷을 찾으려고 허둥거렸다. 그러다간 또다시 화가 치밀었다. 내가 부끄러워할 이유가 뭐야, 나는 당당한 거야, 그렇게 생각하면서 옷을 찾는 것을 포기하고 떳떳하게 몸을 바로 일으켰다.

"나는 내 몸뚱이를 바다 속으로 던질 수도 있단 말야! 바다에 뛰어들 수가 있다구. 내가 없어질 수도 있단 말야!"

그녀는 거의 발악처럼 소리를 질렀다. 그러나 웃음 소리는 더 요란스럽게 울렸다.

아득한 모래 벌판이 온통 깔깔거리는 소리로 가득 찼다.

그녀는 몸을 돌려 바다를 향했다. 바로 한 발자국 앞에 깊이를 알 수 없는 투명한 바다가 남실거렸다.

그녀는 바다로 뛰어들기로 결심했다. 자신을 바다 속에 빠뜨려 없애버림으로써 저 듣기 싫은 소리를 그치게 해야겠다고 생각했다.

좀 두려웠지만 두 눈을 꼭 감고 모둠 뜀으로 껑충 바다로 뛰어들었다. 그러나 아무런 느낌이 없어 눈을 떠보니 바다는 아직도 한 발자국 앞에 있었다.

웃음소리는 이제 머리 위에서 소나기처럼 쏟아졌다.

그녀는 눈을 뜬 채 바다를 향해 넓이 뛰기 선수처럼 힘껏 뛰어들었다. 그런데 어찌된 일인지 바다는 여전히 한 발자국 앞에 있었다.

그녀는 초조해지기 시작했다.

자신의 몸뚱이를 바다 속에 빠뜨릴 수 없다면 자신은 아무것도 아닌 존재였다. 웃음소리가 그렇게 말해주고 있었다.

그녀는 이를 악물고 한 발짝 앞에 있는 바다로 뛰어들었다.

그러나 바다는 여전히 한 발짝 앞이었다.

그녀는 울고 싶었다.

이젠 몸도 지쳐 더 이상 달릴 수도 없었다.

그녀는 그만 무너지듯 모래밭 위에 엎드리고 말았다.

깔깔거리는 소리가 그녀의 전신을 휘감고 있었다.

그녀는 귀를 막고 머리를 마구 흔들었다.

나문희는 눈을 떴다.

방 안은 캄캄했다.

꿈인 줄 알면서도 어디선가 깔깔거리는 소리가 들리는 것 같아 어둠 속을 두리번거렸다.

창 밖에서 들리는 소리였다. 바람이 불고 있는지 무더기로 쌓였던 뒤뜰의 낙엽 날리는 소리가 쏴르르 쏴르르 꿈결처럼 울리고 있었다.

나문희는 윗몸을 일으켜 어둠 속을 조용히 응시했다.

꿈이란 잠재해 있는 마음들이 상징적으로 드러나는 것이라고 했던가. 그렇다면 이 꿈은 어떤 상징으로서 의미를 가지는 것일까?

육체를 통해 순수한 정신을 드러냄으로써 예술의 완성을 얻으려고 했던 자신에 대한 부정적인 메시지일까?

그랬었다. 몸짓이란 독특한 표현 방법을 내세워 자신의 예술 형식을 만들어냈고, 그 형식 속에 하나의 단단한 세계를 구축하려고 노력했던 의지가 한계에 부딪쳤던 것은 사실이었다. 그래서 그 벽을 넘기 위해 파리로, 뉴욕으로, 인도로 방황했던 것이다.

그러나 천 선생을 만나면서 오히려 육체의 소중함과 육체를 통한 무한한 가능성을 다시 확인할 수 있었다. 더욱이 이번 집중 수련을 통해 얻은 체험들은 얼마나 소중한 것인가.

그렇다면 지금 꿈을 통해 스며드는 이 불안감은 무엇일까?

꿈에서 발가벗은 자신이 몹시 부끄러웠다. 자랑스러운 삶의 도구인 육체를 그녀가 부끄럽게 생각한 적은 한 번도 없었다. 그런데 자신을 비웃는 웃음소리 속에서 부끄러움을 느껴야 했다. 결국 바다 속으로 자신을 숨기려고 했으나 실패하고 말았다.

무엇이 부끄러웠던 것일까? 그 부끄러운 감정 속에는 두려움도 있었던 것이 분명했다.

내가 아직 볼 수 없는 잠재의식의 부끄러운 부분들을 직시하기를 두려워하는 것일까?

어떠한 자신의 모습이라도 보이는 대로 긍정하고 직시할 수 있을 것 같은데, 또 하나의 나는 부끄러워하고 두려워하고 있는지도 모른다. 그래

그럴지도 몰라….

어느새 창이 뿌옇게 밝아오기 시작했다. 작업실 쪽에서 괘종시계가 여섯 번 울렸다.

천 선생은 어제 낮 해남 두륜산으로 떠났다. 갑자기 다녀올 일이 생겼다고 하며 일주일 후에 돌아오겠다고 했다.

어제로 열하루째 수련을 마쳤다. 본래 보름 동안 수련을 계속한 다음 각자 자신의 생활로 돌아가 거기에서 살아가는 모습을 방편으로 공부를 하면서 저녁이나 새벽 시간을 이용해 함께 명상의 시간을 내어 공부하기로 했다. 그리고 매주 토요일 저녁, 밤골 수련장에 모여 일주일 동안의 공부 결과를 천 선생에게 점검받기로 했다.

천 선생이 없는 동안 나문희와 허탄은 그대로 민욱과 함께 머물기로 했으나 송수련과 서명주는 집으로 갔다가 일주일 후에 다시 오겠다고 하고 어제 떠났다.

웬지 그녀들 두 사람은 아직도 불안함과 두려움을 다 떨쳐버리지 못하고 있었다. 특히 송수련은 자신의 내부에서 일어나는 일들을 긍정적으로 받아들이는 것이 무척 어려운 듯 곤혹스러워하는 표정을 감추지 못했다.

나문희는 밖으로 나와 뒤뜰을 거닐었다. 십일월의 문턱을 넘어선 싸늘한 이른 아침 공기가 얇은 스웨터를 걸친 그녀의 어깨 위에서 을씨년스러웠다.

그녀는 스웨터의 목을 턱 밑까지 끌어올렸다.

무릎 높이만큼 돌을 쌓아올려 만들어놓은 우물 턱은 걸터앉기에 안성맞춤이었다. 그녀는 우물 턱에 비스듬히 몸을 걸치고 아래를 내려다보았다.

깊지 않은 우물에는 낙엽 몇 개가 한쪽으로 몰려 맑은 물 위에 떠 있었다. 출어의 계절이 지나 포구 한쪽에 정박시켜놓은 작은 어선들처럼 한쪽에 머리를 박고 모여서 우물 벽을 타고 휘도는 바람결을 따라 흔들거렸다.

낙엽이 흔들리면서 일으키는 물결 위에서 그녀의 얼굴이 불규칙하게 일그러지고 있었다.

이목구비가 뚜렷하지 않은 모습으로 검게 드리워졌던 얼굴은 마치 흐물흐물 녹아 없어졌다가는 다시 형상을 찾곤 했다. 그리곤 물결이 일면 또다시 녹아지듯 흩어졌다.

그녀는 그렇게 우물 속에 비친 자신의 모습을 들여다보며, 어린 시절의 기억 한 토막을 길어올리고 있었다.

일곱 살쯤이었던가.

질금질금 장마가 시작되더니 내리 사흘을 거의 쉬지 않고 장대비가 쏟아졌다.

동네 개울이 이미 넘쳐버려서 사람들은 무릎까지 옷을 걷어 올리고 골목길을 다녀야 했다.

어린 문희는 마루에 쪼그리고 앉아 웅덩이처럼 물이 가득한 마당을 내려다보고 있었다.

마당 앞 뜨락 화초밭은 백일홍들이 허리께까지 물에 잠겨 있었고, 한

창 흐드러지게 피던 활련화가 군데군데 겨우 목만 내밀고 얼굴을 붉히고 있었다. 밭 가장자리에 줄지어 심어놓은 채송화 무리는 아예 보이지 않을 정도다.

마당에 가득한 물은 이제 댓돌 밑에까지 올라와 있었다. 어쩌면 마루까지도 물이 찰지 몰랐다.

문희는 물이 불어나는 것을 보며 점점 가슴을 졸였다.

어느새 날이 저물어 깜깜한 마당은 빗소리로만 가득 찼다.

어머니는 일찍 자라고 했지만 문희는 빗소리에 귀를 뗄 수 없었다.

마루 밑 한 구석에 그녀의 비밀이 있었다.

문희는 곤충들을 좋아했다. 곤충뿐만 아니라 움직이는 모든 벌레는 그녀에게 호기심을 일으키는 귀여운 친구들이었다.

연둣빛 배추벌레를 손바닥에 올려놓으면 오물오물 움직이는 모양이 귀엽고 재미있었다. 간질거리는 손바닥의 느낌도 그녀가 좋아하는 것이었다.

어느 날 그런 문희를 본 어머니는 질색을 하고 딸을 나무랐다. 다른 곤충이나 갑각류 벌레를 가지고 노는 것을 보고도 질색을 했던 터라 그날 어머니는 딸의 종아리에 회초리질까지 했다. 계집애가 소꿉장난 같은 놀이는 뒷전에 두고, 놀아도 어찌 그리 별나게만 노느냐며 몹시 실망하며 화를 냈다.

그녀는 어머니를 이해할 수 없었다. 벌레나 곤충이 왜 징그러운 것인지 알 수가 없었다. 어머니는 벌레는 더러우며 물리거나 침에 쐬면 병이 들어 심하면 죽을 수도 있다고 했다. 그러나 그녀는 벌레건 어떤 곤충이

건 움직이는 작은 것들과 멀어지기 어려웠다.

어머니에게 호되게 야단을 맞은 뒤로 그녀의 벌레들과의 놀이는 비밀스러워져야 했다. 그녀는 은밀한 장소를 찾아 벌레 친구들과의 밀회를 즐길 수밖에 없었다.

마을 개울가나 개울 건너 동산에 가면 어디에고 그녀의 친구들은 기다리고 있었다. 그녀는 항상 캐러멜 갑이라든가 약을 담았던 종이 갑을 가지고 다녔다. 특별히 정이 든 친구들을 담아서 집 뒤꼍 댑싸리로 울타리 쳐진 자기만의 장소로 가져왔다.

비단벌레, 딱정벌레, 쇠똥구리, 여치, 메뚜기, 개미, 사슴벌레, 무당벌레, 땅강아지, 하늘소. 냄새가 고약한 노린재까지도 그녀의 친구가 될 수 있었다. 그녀는 노린재가 냄새를 뿜어내지 않도록 종이 갑에 옮겨놓는 방법도 알았다. 어느 벌레나 외부로부터 어떤 위험의 조짐을 느끼지 않는 한 보호 무기를 사용하지 않는다. 노린재도 가만히 손가락을 내밀면 스스럼없이 손가락 위로 기어 올라왔고, 그녀는 살며시 상자 안으로 그 노린재를 유도할 수 있었다.

하루를 그녀와 함께 놀이를 끝낸 벌레들은 다시 개울가 풀섶이며 화단 화초밭으로 풀어주어 그녀의 손을 떠났다.

그녀가 친구들을 만나기 위해 돌아다니다 보면 담장 밑이며, 오솔길 풀섶 또는 도랑가에서 죽어 있는 벌레들을 자주 볼 수 있었다. 그녀는 그런 죽은 벌레들을 바닥이 낡아 못 신게 된 그녀의 꽃무늬 고무신에 정성스럽게 담아 어머니에게 들키지 않도록 마루 밑 깊은 곳에다 숨겨 놓았다.

어느새 모여진 죽은 벌레들은 그녀가 갖고 있던 고무신 두 짝에 그득

차 어머니의 헌 고무신까지 이용해야 했다.

그녀는 그 벌레들이 언젠가 살아날 것임을 확신하고 있었다. 그녀는 죽은 벌레가 다시 살아나는 것을 이따금 본 적이 있었다.

처음 본 것은 울타리 나뭇가지에 붙어 있던 한 마리 죽은 벌레였다. 그 것은 언제부터인가 아무런 움직임이 없이 가지의 일부처럼 거기에 단단히 매달려 있었다. 만져보아도 움직임이 없었고 껍데기도 메말라 있었다.

어느 날 그 울타리 앞에서 놀던 그녀는 그 죽었던 벌레가 움직이는 것을 보았다. 분명히 움직임이 있었다. 그녀는 마른 침을 삼키며 숨을 죽였다.

메마른 껍질이 오물오물 움직이더니, 등 쪽에서부터 껍질이 갈라지면서 무엇인가 빠져나오고 있었다. 그녀는 놀랍고 신기해 입이 딱 벌어졌다.

틀림없이 살아서 움직이는 것이었다. 메마른 껍질을 힘들게 헤집으며 조금씩 솟아났다. 벌레였다. 쭈글쭈글하게 생긴 벌레는 마침내 껍질 위로 올라왔다. 그것은 자신이 간신히 헤집고 나온 껍질 위에 앉아 몸을 떨었다. 그리고 잠시 후 날개를 폈다. 화려하고 눈부신 두 날개.

그녀는 너무도 감격스러워 두 손을 꼭 쥐고 부르르 떨었다.

오색영롱한 날개를 가진 나비가 된 벌레는 가늘고 부드러운 더듬이를 움직이며 날개를 너울거렸다. 이윽고 나비는 그녀의 볼을 살짝 스치며 하늘로 날아올랐다.

파란 하늘 저쪽으로 가물가물 사라지는 나비를 바라보며 그녀는 두 손을 활짝 벌려 만세를 불렀다. 그리곤 깡충깡충 뛰며 춤을 추었다.

그 후부터 그녀는 죽은 벌레를 보면 모아놓기 시작했다. 그 죽은 벌레들도 언젠가 자신이 보았던 것처럼 화려한 날개를 달고 또 다른 한 마리의 나비가 되어 하늘로 날아오를 것을 믿었다.

아침에 눈을 뜬 문희는 비가 그친 것을 보았다.

그녀는 마루 밑 고무신에 숨겨 논 벌레들을 생각하고 팅기듯 마루로 뛰어나갔다.

눈부신 아침 햇살이 얼굴을 찡그리게 만들었다. 마당 가득했던 빗물이 어느새 빠져나가고 없었다.

그녀는 마루 끝에 엎드려 고개를 빼고 밑을 살폈다. 마루 밑에도 물이 들었던 것이 틀림없었다. 버팀목에 걸려 떠내려가지 못한 너절한 잡동사니들이 보였지만, 그녀의 헌 고무신짝들은 흔적이 없었다.

마당으로 내려가 구석구석을 돌아보아도 헌 고무신들은 행방을 알 수 없었다.

"뭘 찾는 거니?"

장마 뒷감당을 하던 어머니가 물었지만 문희는 대답할 말을 못 찾고 얼버무려야 했다.

그 많았던 친구들이 다 빗물에 떠내려가 버리고 말았다. 예쁜 날개를 펼치고 찬란한 모습으로 새로 태어나야 할 그 친구들이 모두 사라지고만 것이었다.

문희는 울고 싶었지만 엄마가 있어 내색도 하지 못하고 시무룩해져 뜨락 화단 앞으로 가서 쪼그리고 앉았다.

물에 잠겼던 채송화 무리가 어느새 활짝 피어나고 있었다. 노랑꽃, 분홍꽃, 흰꽃, 빨강꽃, 백일홍도 생기를 되찾고 있었고 활련화도 다시 피어나고 있었다. 문희는 아직 물기 머금은 꽃들을 물끄러미 바라보다가 활련화 꽃무리 밑에 고무신 콧등이 비죽이 나와 있는 것을 보았다. 죽은 벌레들을 모아두었던 그녀의 꽃무늬신이 분명했다. 빗물에 떠내려가다가 활련화 줄기에 걸렸던 모양이었다. 그녀는 반가워 화초 넝쿨을 제치고 고무신을 꺼냈다. 고무신에 흙물이 가득 차 있을 뿐 죽은 벌레들은 하나도 보이지 않았다. 모두 물에 씻겨 떠내려간 모양이었다.

그런데 어찌 된 일일까?

작은 은빛으로 빛나는 물고기 한 마리가 고무신의 흙물 속에서 헤엄치는 것이 아닌가.

헌 고무신이 마치 요술을 부리고 있는 것 같았다.

문희는 고무신을 조심스럽게 받쳐 들고 댑싸리울이 쳐진 그녀의 장소로 가지고 가서 쪼그리고 앉았다.

고무신의 물을 갈아주었다. 너무 귀엽고 신기한 생명이었다. 물고기가 움직이지 않고 가만히 있으면, 고무신 바닥 저 깊은 곳엔 파란 하늘이 강물처럼 흘렀다. 그 강물에는 하얀 구름들도 무리지어 흘러갔다. 그리고 그 위에 그녀의 얼굴이 둥실 떠 있었다. 그러다가 물고기가 살랑살랑 꼬리를 흔들며 헤엄치면 그녀의 둥실 떠올랐던 얼굴은 흩어져 깊은 곳으로 스며들어가버리는 듯했다.

문희는 이 작은 물고기가 사라져버린 친구들의 다른 모습이라고 생각했다. 그리고 자신도 어느 날 물고기가 될지도 모른다고 생각했다. 물고기가 되어 멀리멀리 헤엄쳐나갈 것이라고 생각했다.

톨게이트를 벗어나 중부고속도로에 들어서자 허탄은 액셀러레이터를 지그시 밟았다.

일요일이었지만 나들이 차들이 움직이기에는 아직 이른 시간인지 고속도로는 한산했다.

성능 좋은 허탄의 차는 앞서가는 차들을 추월하면서 달렸다.

"두륜산에 천 선생님의 암자가 있다고 했던가요?"

허탄이 백미러로 나문희를 보며 말했다.

"인도 여행을 떠나시기 전에 작은 암자 하나를 지으셨다고 했는데… 석포암(石浦港)이라고 했어요. 글쎄, 그곳에 계실지 어떨지는 자신 없지만."

바깥 풍경에 시선을 던져놓고 있던 나문희가 대답했다.

"무슨 중요한 일이 있어서 가신 것 같은데, 허락도 없이 불쑥 찾아 가서 방해가 되지 않을까요?"

민욱이 뒷자리에 앉아 있는 그녀를 돌아다보며 물었다.

간밤의 어수선한 꿈에서 깨어나 새벽의 우물곁에 앉아 어린 시절의 기억에 잠겼던 나문희는 불현듯 초조하고 불안한 기분이 엄습함을 느꼈다.

어디서 오는 초조함이며 불안일까?

간밤의 꿈과 어린 시절의 기억 사이에 무슨 연관이 있는 것일까?

돌이켜보면 어제부터 이런 느낌은 시작되고 있었다. 서울로 떠난 송수련과 서명주만이 아니라 자신의 내부에도 어떤 흔들림이 있었던 것이다. 그녀는 이 초조함과 불안의 정체를 당장 찾아내지 않고는 견딜 수 없을 것 같았다.

천 선생은 자신이 돌아올 때까지 각자 수련을 하면서 새로운 현상이 일어나 스스로 받아들일 수 없는 문제점이 생기면 수련을 중단하고 호흡법을 통한 명상만 하라고 일러주었었다.

그러나 나문희는 이 초조함과 불안이야말로 자신의 어떤 본질과 부딪히려는 현상이라는 생각이 들어 조금도 지체할 수 없다는 심정이 되었다.

그래서 민욱과 허탄을 설득해서 천 선생을 찾아 나선 것이다.

천 선생은 막연히 두륜산에 갔다가 일주일 후에 올라오겠다고만 했지, 어느 절이나 어느 암자에 있겠다고 머물 곳을 구체적으로 밝히지 않고 떠났기 때문에, 두륜산을 찾는다 해도 곧바로 천 선생을 찾을 수 있을지는 모르는 일이었다.

천 선생은 나문희에게 들려준 이야기 속에서, 언젠가 어떤 인연으로 자신이 여러 해 공부했던 두륜산 어느 구석에 암자를 짓게 되었다고 했었다. 자세한 연유를 얘기하지 않았지만, 암자가 완성되자 천 선생은 얼마간 국내에서 만행을 하다가 인도 여행을 떠났었다. 그러니 그 암자는 천 선생이 지어놓고도 일 년이 넘도록 비워놓았던 셈이었다.

인도에서 귀국한 뒤로 밤골로 오시기까지 거기에 머물렀을까? 지금 과연 거기에 계실까?

"정말 이렇게 찾아가도 괜찮을까요? 어제 출발하셨는데 하루만에 예고도 없이 들이닥치면 꽤나 어이없어하실 텐데."

민욱의 물음에 나문희의 대답이 없자 허탄이 다시 물었다. 그도 이렇게 갑작스럽게 찾아가는 것이 찜찜한 듯했다.

"찾아오지 말라고 하신 적도 없어요. 하루가 아니라 한 시간이라도 급하면 찾아갈 수 있는 것 아니겠어요."

"급하다뇨? 지난밤에 뭔가 특별한 일이라도 있었습니까?"

민욱은 그녀가 무슨 일이 있었기에 서둘러 천 선생을 만나려 하는지 궁금했다.

"뭐 특별한 현상이 있었던 건 아니구. 어쨌든 당장 찾아뵈어야 할 것 같아. 구체적으로 설명하기 어려운 부분이야."

"암자의 위치도 모른다고 했잖아요. 쉽게 찾을 수 있을까요?"

"두륜산에 가서 절을 다니며 스님들한테 물어보면 찾을 수 있지 않을까. 절에 딸린 암자는 아니겠지만, 서로 주변 소식쯤은 알 만하지 않을까."

"좋습니다. 어쨌든 그곳에서 제일 큰 절이 대흥사니까 우선 그곳으로 가보죠."

유성을 지나 호남고속도로를 달리게 되자 저만큼씩에서 흘러가는 자연의 선이 한결 부드러워져 있었다. 황소 잔등 같은 야트막한 산등성이에도 늦은 단풍이 아름답게 타오르고 있었다.

넓게 트인 평야에서는 멀찌감치 보이는 올망졸망한 마을들이 부드러운 산자락들을 끼고 정겨운 풍경으로 다가오기도 했다.

나문희는 비스듬히 시트에 기대앉아서 깊은 생각에 빠진 듯 차창으로 스치는 풍경에 초점 없는 시선을 던져놓고 있었다.

민욱은 지난 열하루 계속된 수련을 통해 자신의 내부에서 어떤 변화들이 일어나고 있음을 느끼고 있었다. 그것은 천 선생에 가졌던 부정적인 선입관의 변화이기도 한 셈이었다. 그 변화가 무엇인지 구체적으로 파악

되진 않았지만, 그것이 앞으로 자신의 내부에 어떤 확신을 형성할 수 있는 에너지로 바뀔 것이라고 생각되었다. 그러나 그도 이유를 알 수 없는 초조함과 불안 같은 것을 동시에 느끼고 있었다. 나문희의 경우는 자신과 어떻게 다른지 모르겠지만, 좀 더 심각한 상태일 것이라고는 짐작되었다.

"이번 경험으로 내 시(詩)가 추구해야 할 세계를 확실하게 정리할 수 있을 것 같은 기분이야. 나는 여태껏 학습으로 배운 지식이나 일상 체험이 아닌, 다른 통로를 통해서야만 가능한 어떤 것들이 있으리라고 막연히 생각했지. 이제 그것들을 실감으로 찾아낼 수 있다는 확신이 서."

한참 동안 계속된 차 안의 침묵을 허탄이 깼다.

"글쎄… 앞으로 생각하는 관점이나 주어지는 상황을 인식하는 방법에 상당한 변화가 있을 것 같은 예감은 들지만, 난 아직 어떤 확신 같은 것을 얘기하기는 이른 것 같아. 그래 자넨 어떤 확신이 선다는 겐가?"

눈을 감고 있던 민욱이 옆으로 고개를 돌려 허탄의 옆얼굴을 쳐다보았다.

우뚝한 코가 견고하게 자리잡은 잘생긴 얼굴이다. 시인의 얼굴이라기보다는 애정물 영화의 주인공으로 써먹을 만한 얼굴이다.

그러나 그런 분위기는 옆에서 볼 때만이었다. 정면에서 보는 허탄의 얼굴은 전혀 다른 모습이다. 약간 처진 듯한 짙은 눈썹은 오히려 그를 좀 바보스러워 보이게 만들고, 항상 겁먹은 듯한 눈은 사람들의 접근을 용이하게 만드는 점은 있지만, 남자로서의 신뢰감을 주기는 어려운 표정이었다.

어쨌거나 그의 얼굴을 볼 적마다 어떻게 한 얼굴이 앞과 옆에서 보는 각도에 따라 그렇게 다른 모습을 갖고 있는지 신기하게 생각되었다. 그래서 대학 시절에 친구들은 그를 반쪽 미남, 또는 두 얼굴의 사나이라고 부르기도 했다.

"백회혈은 우주와 교신할 수 있는 안테나인 셈이야. 백회혈을 통해 들어오는 우주적 에너지가 곧 기(氣)가 아닌가. 이 기운을 이용해 지금 우리는 자신의 무의식 세계에 들어 있는 무수한 자신의 모습을 봐 내어 완전한 실체를 파악하는 것이 가능하다는 사실을 실감한다는 말이야."

허탄의 눈이 모처럼 활기로 번득였다.

"그렇다면 수련하기에 따라 이 기운을 외부로도 연결시켜 다른 차원의 세계와도 접촉이 가능하리라고 생각해. 기라는 것은 곧 우주 전체와 교신할 수 있는 전자파라고도 할 수 있을 거야. 천 선생님은 이 기운을 방편 삼아 우리가 얻을 것은 궁극적으로 깨달음이라든가 지혜의 완성이라고 하지만, 솔직히 그런 것은 내겐 감도 안 오는 얘기야. 그 대신에 내가 지금까지 막연하게 찾던 나의 메시아의 개념이 구체성을 띠고 다가온다는 확신이 선단 말이야."

"한동안 잊었는 줄 알았는데, 드디어 메시아 타령이 나오는구먼."

허탄의 시에는 메시아가 자주 등장했다. 그의 메시아가 상징하는 것은 엉뚱하게도 우주인(宇宙人)이었다. 시의 내용에는 구체적으로 우주인이라는 것을 드러내지 않았지만, 술자리에서나 허물없는 친구들한테는 자신과 또 이 지구의 인류를 구원할 존재가 자기 시에 나타나는 메시아 곧 우주인이라고 말하곤 했다.

그는 민욱에게 자신은 지구상의 인간이 우주인의 후예임을 믿는다고 했다. 그의 믿음의 논거는 대강 이러했다.

수메르 문명이 갑자기 나타날 수 있었던 이유를 어떻게 설명할 수 있겠는가? 이전의 어떤 문명의 영향을 받은 흔적도 없이 갑자기 고도의 문명을 이룰 수 있었던 것은 우주인들이 어떤 필요성에 의해 인간에게 자신들의 지식을 일부 전수시켰기 때문이다.

그러한 흔적들은 여러 군데서 볼 수 있다. 잉카 문명도 마찬가지이고, 마야 문명에서도 그런 흔적을 볼 수 있다. 이런 문명들은 한순간에 화려하게 나타났다가 이유도 없이 한순간에 사라져간 문명들이다. 다른 문명들처럼 발전의 단계나 오늘로 이어지는 맥이 없는 것은 어찌된 일일까? 그것은 우주인들이 필요성에 의해 일정 기간 그들을 이용했다가 필요가 없어지자 기술의 전수를 끊어버렸기 때문일 것이다.

현대의 과학으로도 풀 수 없는 수수께끼의 유물들인 스톤헨지, 이스터 섬의 거석 군상, 피라미드의 비밀, 잉카의 석관에 새겨진 우주선의 내부 모형도 수없이 많은 수수께끼의 이런 유물들은 모두 우주인들과 관계되는 것들일 것이다. 전설로 내려오는 아틀란티스 대륙 또한 우주인이 인간을 통해 무엇인가 시험의 장으로 썼던 흔적이다. 그것에 대한 기록은 여러 고문헌에 나타나고 있으며, 과학자들조차도 이제 그 실체를 인정하고 있는 단계다.

그렇다면 우주인들은 어떤 목적으로 지구의 인간에게 끊임없이 접근하고 있는 것인가. 그것은 인간이 그들의 피조물이기 때문이다.

구약 성경의 창세기에 나오는 신에 의해 인간이 창조되는 내용은 곧 우주인이 인간을 만들어내었음을 상징하는 것이다. 성경에서처럼 인간이 흙으로 빚어진 것이 아니라 기왕의 어떤 존재가 새로운 종(種)으로 개량된 것이다.

성경에도 아담과 이브가 창조되었을 때 이미 다른 인류가 있었음을 기록하고 있다. 그 다른 인류는 진화 과정에 있는 원시 상태의 인류였을 것이고, 아담과 이브는 그 원시 상태의 인류로부터 우주인의 유전 인자를 이용해 자신들과 좀 더 비슷한 존재를 만들어낸 것이다.

인류가 원숭이에서 진화되어 현대인의 모습이 된 것이란 주장은 근본적으로 잘못되었다. 그 이론이 오류투성이임은 이제 모든 과학자들이 인정하고 있는 터이다.

진화론자들이 얘기하는 인류의 조상이라고 불리고 있는 원생 인류의 두개골 부피는 600 내지 700 입방 센티미터이며, 현대인의 시작이라고 하는 호모사피엔스의 두개골 부피는 1500 내지 1600 입방 센티미터이다. 그런데 어찌하여 그 중간 정도의 뇌수 용적을 가진 두개골, 곧 800, 900, 1000, 1200, 1300 입방 센티미터의 두개골은 전혀 발견되지 않는가? 더구나 그러한 뇌수 용적을 가진 인류는 더 가까운 시대에 살고 있었을 것이므로, 유인원의 두개골이나 뼈보다 더욱 쉽게 더 많이 발견되어야 이치에 맞을 텐데 그런 중간 과정의 두개골이 발견되지 않는 이유는 무엇이란 말인가?

진화론적으로 볼 때에 유인원에서 호모사피엔스가 되는 과정에는 이처럼 잃어버린 고리가 커다랗게 있는 셈이다. 그것의 해답은 유인원으로부터 바로 현대인의 원조인 호모사피엔스로 종(種)의 개량이 되었다는 데서 찾을 수밖에 없다. 그 종의 개량은 당연히 우주인에 의해서 이루어진 것이고, 그 종의 개량이 시작됨으로써 인류의 역사가 시작된 것이라고 보아야 할 것이다.

우주인들이 자신들과 비슷한 인간을 만든 목적은 알 수가 없다. 인간의 처지에서 볼 때 그것은 곧 신(우주인)의 뜻에 속한다. 인간이 지혜가 그 뜻을 알 수 있는 수준이 되었을 때 비로소 인간의 정신적인 또는 영적인 진화도 완성되는 것이다.

수없이 흥미의 대상이 되고 있는 유에프오의 정체도 우주인이 어떤 메시지를 전하기 위해 나타내는 모습들일 것이다. 인류가 할 일은 그 메시지를 받아들이고 그 뜻을 알아내어 그들의 의지에 합류하는 것이다.

허탄이 가지고 있는 우주인에 대한 지식이나 정보는 상당히 폭이 넓었다. 민욱은 그의 얘기들이 흥미롭기는 했지만, 우주인이 인간을 창조 또는 개량했다는 논리에는 심한 비약이 있다고 여겨졌다.

태양계가 속해 있는 은하계 안에만 해도 지구와 같은 조건을 갖춘 별들은 엄청난 숫자라는 것을 과학자들은 계산해냈다. 그렇다면 은하계 속의 지구라는 아주 작은 별에만 인간이 존재한다는 것은 상식적으로 넌센스임이 분명하다. 지구보다 훨씬 문명이 앞선 별이 있으리라는 것은 당연한 이치인데, 우주인의 실체를 부정하는 것은 오히려 무지와 편협된 인간의 진화되지 못한 영성(靈性) 때문이다.

여기까지 인정한다고 하자. 이런 대목에서는 분명히 인류가 아닌 다른 별에서의 어떤 존재를 부정할 수 없을 것 같다. 그러나 그 인류보다 앞선 존재가 굳이 지구의 인간을 창조했다는 것은 논리의 비약이며 그 우주인을 창조해낸 존재는 무엇이란 말인가?

허탄은 이런 의문에서는 그것이 바로 신의 영역 같은 부분이기 때문에 인간의 능력으로는 알 수가 없는 것이라고 했다.

아무튼 허탄은 우주인의 존재를 매우 현실적인 존재로 이해했다. 그는 또 이처럼 좀 더 황당하게 들리는 얘기도 들려주었다.

인류를 우주인들의 영적 수준에 가깝게 끌어올리기 위해 그들은 인간의 모습으로 그들의 대리자를 지구에 보냈는데, 역사에 나타난 대부분의 유명한 성인들이 바로 그 대리자들이다.

특히 예수나 석가 같은 성인들은 그들의 탄생이 인간의 교합으로가 아닌 인간의 몸만 빌리는 것으로 이루어짐으로써 우주인이 인간 세상에 왔음을 증명하고 있다.

그 성인들은 인간의 무지를 깨우쳐 그들의 세계로 끌어올리려고 노력했던 우주인의 사자였을 것이다. 그들이 보여준 기적이나 신통력은 우주인들이 가진 능력일 것이고, 그들은 필요에 따라 자신의 능력을 인간에게도 전수해 줄 수 있었다.

그리고 인류의 역사 시대 개시 이후 오늘날까지의 문명에 앞서, 우리가 상상할 수 없는 아득한 옛날에도 지구에는 고도의 문명이 있었으며, 그것은 한 번에 그친 것도 아니었다. 지구에는 인류가 다시 원시생활로 되돌아가고 마는 원점으로의 복귀 곧 선사 시대의 반복이 몇 번이고 되풀이되었다.

그것을 증명할 수 있는 신비에 싸인 유물들이 세계의 각 박물관에 비밀리에 보관되어 있으나, 알려진 유물들만 가지고도 충분히 설명할 수 있다.

잉카 석관의 우주선 모형도 그 하나이지만 이라크 사막에서 발견된 수만 년 전의 유물인 신기한 건전지도 중요한 증거이다. 그리고 핵전쟁을 치른 뒤에 나타날 수 있는 여러 증표들이 이곳저곳에서 과학자들에 의해 발견되고 보고되고 있다. 고대의 문헌이나 구전 설화 쪽으로 가면 그런 자료들은 수없이 나타난다.

산스크리트의 고문헌인 「라마야나」에는 다음과 같이 씌어 있다.

'하늘을 나는 기계 비마나는 구체(球體)이며, 수은에 의해 강한 바람을 내쏘고 하늘을 난다. 비마나를 타고 있는 사람은 순식간에 멀리까지 갈 수가 있다. 비마나는 조종사의 뜻대로 아래에서 위로, 위에서 아래로, 앞으로, 또 뒤로, 기계의 위치와 경사에 의해 자유롭게 날 수 있다.'

이것은 현재 유에프오라고 부르는 우주선에 대한 묘사임은 두말할 나위가 없는 것이다.

인도의 또 하나의 고문서 「사마르」에는 분명히 '불꽃과 엄청난 폭음을 내며 땅 위에서 솟아오르는, 수은을 싣고 쇠를 매끄럽게 이어 맞춘 기계'의 이야기가 적혀 있고, 산스크리트어로 적힌 역사의 집대성이라고도 할 「사마강가나 수트라드하라」에는 그 조립 방법까지 상세하게 기록되어 있다.

허탄의 이러한 지식이나 정보들은 그런 쪽의 학자들이나 호사가들에 의해 만들어진 책자나 보고서를 통해서 얻은 것들이다. 그로서는 반박할 다른 이론적 무장이 없는 한 받아들일 만한 것들이었으리라.

그런 허탄의 입장을 알고 있는 민욱은 그가 이번 수련을 도대체 어떤 방향으로 연결시키려고 하는지 궁금해졌다.

"우리가 기다려야 할 메시아가 없다면 삶이 너무 허무해지지. 어느 시대건 그 시대의 메시아는 있게 마련이고, 그 존재가 사람들의 마음에 있는 한 메시아는 존재할 수밖에 없는 거지. 그러나 항상 메시아는 추상적이고 관념적이었는데 나는 구체적으로 메시아의 존재에 접근할 수 있으리라는 예감이 든단 말이야. 우리가 사는 이 시대엔 정말 구체적인 메시아가 필요하다구."

허탄은 조금 흥분하고 있었다.

"아직도 자네 메시아가 우주인이라는 생각은 변함없다는 얘긴가?"

민욱이 허탄을 다시 쳐다봤다. 허탄은 고개를 끄덕였다.

"분명한 역사적 사실이 될 날이 멀지 않았다고 할 수 있어. 우리가 살아 있는 동안 그 엄청난 사실을 확인하게 될지도 모르지."

"백회를 열고 우주인과 교신을 한다는 말이지?"

민욱이 좀 빈정거리듯 말했다.

"자네가 듣기엔 허황된 얘기 같을지 모르지만, 요즈음 명상에 들면 백회로 들어오는 에너지를 통해 어떤 메시지가 연결되리라는 믿음이 생기는 건 사실이야. 우주인과의 교신은 아니라고 하더라도 어쨌든. 다른 차원에서의 메시지들을 감지할 수 있을 것 같다는 거지. 지금까지 지식으로만 이해했지 이런 느낌을 실감하는 건 처음이거든."

"이거 공부가 삼천포로 빠지는 것 같은데… 어쨌건 그런 느낌들을 천선생님께 질문해보면 어떤 답을 얻을 수 있겠지."

"특이한 주장을 하는 가까운 대학 선배가 있는데, 난 그 선배가 엉뚱한

데 관심을 가진다고 생각했었지. 그런데 이젠 뭔가 이해를 할 수 있을 것 같아."

"그건 또 무슨 소리야?"

"국문과 선배인데, 그 선배는 민속을 연구하기 시작했지. 전래 민속품이나 각종 장식에 나타나는 문양이나 형상을 통해 그 시대 사람들의 정서와 문화 행태를 연구했는데 그러다가 흥미 있는 사실을 발견했다는 거야. 청동기 시대부터 근세에 이르기까지 끊임없이 나타나는 공통되는 문양이 있는데 그것이 새와 소용돌이 무늬라는 거야."

"새와 소용돌이? 그거야 흔한 장식 무늬 아닌가."

"그 선배는 그것들이 단순한 장식 이상의 의미를 가진다고 보았지. 많은 문양이나 형상이 새를 주축으로 이루어졌다는 데 착안한 것 같아. 거기에 주술적인 요소가 있다고 보았지. 특히 고대로 올라갈수록 그 점은 뚜렷하다는 거야. 청동기 시대의 출토품 제기(祭器)들을 보면 뚜껑 윗부분에 대부분 새의 형상이 있는데 그 형상은 우리나라에서 발견되는 청동기뿐만 아니라 중국이나 다른 지역에서 발견되는 유물들에서도 공통으로 나타난다는 거야."

"오, 그래? 그런데 새의 종류도 같다는 이야긴가?"

민욱이 호기심을 보였다.

"대체로 수리를 형상화한 것으로 본다는 거야."

"수리라니?"

"보통 솔개라고 부르지. 매의 일종으로 종류가 다양한데, 그 종류의 무리를 통칭해서 수리라고 한다네."

"그 수리의 형상이 상징성을 가진다는 것이겠구먼."

"그렇다는 거지. 수리의 형상이 항상 맨 위쪽에 그려져 있거나 조각되어 있는 것으로 미루어 신앙의 대상이었을 것으로 추측한다네. 시대의 흐름에 따라 그 형상이 여러 형태로 변하면서 전해왔지만 신앙의 대상으로서 상징성은 손상되지 않았다고 해."

"왜 우리 민속 중에 솟대라는 것도 있잖아? 그 꼭대기에 새를 앉힌."

"솟대는 대표적인 수리 신앙의 보기라고 할 수 있겠지. 지금도 동해안 지방에서는 심심찮게 볼 수 있어. 마을 제사도 지내지. 그 선배는 농악놀이 때 꼭대기에 꿩의 깃털을 단 장대를 앞세우고 놀이가 시작되는 것도 수리 신앙의 흔적이라고 말하지. 그 같은 변형된 새의 형상은 무당의 복장에도 나타나 있다는 것이 그 선배의 주장이야."

"무당도 머리에 꿩의 깃털을 달잖아?"

민욱은 맞장구를 쳤다.

"무당은 그 옷부터 새의 형상을 하고 있거든. 게다가 새의 깃을 머리에 꽂기까지 하지. 말하자면 자신이 새라는 거야. 그런데 그 선배의 말로는 이건 우리나라만이 아니고 세계 어느 지역에서나 볼 수 있다는 거야. 이 같은 사실은 새의 형상이 국가와 민족을 뛰어넘어 인류에게 공통적으로 주는 메시지가 있다는 것이지."

"이해돼. 그렇지만 새삼스럽게 들리지는 않는걸. 잘은 모르지만 지금 같은 얘기는 그럭저럭 알려져 있는 얘기잖아?"

민욱은 허탄의 말을 자르려고 했다. 그 선배라는 사람이 그다지 독창적인 주장을 하고 있는 것 같지 않았다.

"잠깐 더 기다려봐. 아직 본론은 아니니까."

허탄은 여유 있게 받았다.

차는 순조롭게 달리고 있었다.

허탄은 이야기를 계속했다. 그의 이야기의 요체는 이런 것이었다.

알라스카 인디언이나 북아메리카 인디언의 토템 기둥 끝에 조각되어 있는 불새라고 불리는 뇌조(雷鳥), 짐바브웨의 돌기둥 끝에 새겨진 솔개의 조각상, 남로디지아의 상징 마크로 사용되는 각주(角柱)의 꼭대기에 있는 매의 조각상, 이집트의 전설에 나오는 불사조의 상. 우리의 솟대도 그렇듯이 새의 형상이 이처럼 곧은 기둥 위에 앉혀져 있는 점이 공통적이다. 세계 여러 지역에서 거의 같은 형상으로 전해져 내려오는 새의 이미지가 어떤 공통된 의미를 가지는 것이라고 상상하기는 어렵지 않을 것이다.

많은 학자들이 이미 이런 상징물들이 무속 신앙의 형태 속에서 주술적인 역할을 하는 매개체로서 가지는 의미를 밝혀놓았다. 그러나 그 선배는 이 형상들에 관한 이미 알려진 설명들만 가지고는 만족할 수 없었다.

여러 견해들이 새를 신(神)의 상징으로 설명하고 있다. 가장 높이 날 수 있고 강력한 힘을 과시하는 수리의 형상은 신의 능력의 표현인 것이다. 고대인들에겐 하늘 높이 나는 수리의 모습이 지상의 모든 존재들보다 큰 능력으로 보였을 것이다. 그리하여 수리가 조형의 형식을 빌어 기둥이나 긴 장대의 머리에 초청되었을 때 그것은 인간과 신과의 통로가 되었다. 무속에서 그것은 바로 강신(降神)을 의미하는 것이기도 하다.

그러면 인간은 그것을 통해 신에게서 무엇을 받기를 원했고, 또 구체적으로 무엇을 받았기에 끊임없이 그 형상을 신성시해온 것일까?

여기에서 그 선배는 좀 색다르게 들리는 자신의 견해를 피력하기 시작한다.

그 선배는 수리 같은 새의 형상이 신을 상징하는 것이라면, 그 시대에 신은 어떤 존재로 받아들여졌을까, 하는 의문을 가져볼 만하다고 생각했다.

여기에 대답을 얻는 방법으로 우선 그는 '神'이라는 글자 자체에 주목했다. 중국의 청동기 시대 유물에서 새의 형상은 수없이 발견되고 있으며, 그 무렵부터 神이라는 글자가 사용되기 시작했다는 사실에 착안하였다. 상형 문자로서 한자의 특성 속에서 어떤 단서를 찾아보려고 한 것이다.

神을 파자해보면 示(시)와 申(신)이 된다.

보다, 보이다, 계시하다 같은 뜻을 지닌 示는 본래 제물을 차려놓는 제단의 모양을 상형화한 글자이고, 펴다, 말하다 같은 뜻을 지닌 申은 번갯불이 퍼지는 모양을 상형화한 글자이고 보면 흥미 있는 점을 발견할 수가 있다.

직설적으로 연결시켜보면 제사를 지내다가 번갯불을 통해 어떤 얘기를 들었거나 무엇을 보았다는 것이 되는데, 바로 그런 행위를 통해 얻은 것을 신(神)이라고 이름 지었다고 볼 수 있다.

더욱이 申 자가 변해온 과정을 거슬러 최초의 글자를 보면 무언가 좀 더 구체적인 답을 찾을 수 있는 실마리가 잡히는 듯한 느낌을 가지게 된다.

申은 본래 번갯불이 퍼지는 것을 형상화한 글자이기 때문에 이 글자에서 번갯불이 무엇인가를 뚫고 들어오는 이미지를 얻는 것은 자연스럽다.

그렇다면 번갯불이 어디로 들어와서 무엇을 보았느냐(示)를 밝힌다면 그 시대의 神의 의미를 밝히는 단서가 열린다고 할 수 있다.

그런데, 그것은 아주 간단한 상상력으로 밝혀진다.

그 번갯불은 제사를 지내는(示) 사람 곧 제주에게 내려왔을 것이다. 글자가 상징하는 것으로 보아 제주의 머리를 통해 몸속으로 들어 왔다고 할 수밖에 없다. 신은 하늘에서 번갯불처럼 머리를 통해 내려와 어떤 것을 보여주는 존재였던 것이다.

그 하늘에서 번갯불처럼 내려오는 신의 형상화가 수리였다. 솔개나 수리는 하늘을 상징하며, 강신의 이미지까지 부여하기에 가장 적절한 존재라 할 수 있다. 새를 떠받치는 기둥이나 장대는 번갯불을 뜻한다고 보아도 좋다. 아메리카 인디언의 토템에서 보이는 뇌조는 바로 번갯불을 동반하고 내려오는 신의 극명한 상징이다. 그들은 그 상징의 새를 불의 새라고 부르기도 한다.

허탄의 얘기는 길게 이어졌다. 그는 민욱을 돌아보며 잠깐 뜸을 들였다가 다시 입을 열었다.

"그런데 그 선배는 여기서 벽에 부딪혔어. 과연 그렇다면 그 번개나 불 또는 새는 도대체 무엇이냐, 하는 의문과 만났거든, 고대인들이 번개로 표현했고, 불로 표현했고, 새의 형상으로 드러낸 신의 존재가 구체적으로 어떤 존재인지를 알 수 없었지."

"그야 당연한 일 아닌가. 말 그대로 신인데, 그 세계는 옛날이나 지금이나 깨달음의 세계, 정신적인 체험의 세계이지 지식의 세계가 아니지 않은가.”

민욱이 좀 어이없다는 표정으로 허탄을 돌아다봤다.

“물론이지. 그 선배도 자신의 한계를 당연한 것으로 받아들였지만, 나로서는 좀 다른 방향에서 그 의문을 풀 수 있다고 생각했지.”

“자네가 그 신의 정체에 도전한다? 그 무슨 불경한 소리….”

민욱이 말투에 장난기를 살짝 실었다. 그러나 허탄은 개의치 않고 진지했다.

“선배가 연구한 새의 얘기는 그 선배가 자신이 생각한 방향대로 문제의 맥 점을 끌고 간 것이고, 그래서 한계에 부딪힐 수밖에 없었던 것인데, 나는 다른 관점에서 거기에 접근하는 것이지.”

“다른 관점이라….”

“내 견해로 볼 땐 그런 셈이지.”

“자네, 다시 자네의 메시아 얘기로 돌아가려는 것 아냐?”

민욱이 허탄의 의도를 눈치채고 어이없다는 웃음을 지었다.

“자네도 사고의 혁신을 할 줄 알아야 해.”

빈정거리는 기색이 완연해진 민욱을 허탄은 못마땅해했다.

“내 말을 좀 새겨들어 보라구. 아메리카 인디언의 뇌조나 이집트 신화의 불사조 같은 새들이 우주선의 형상화가 아니라는 증거는 아무 데도 없네. 오히려 뒷받침하는 자료는 많지만.”

“드디어 본론이로군.”

“고문헌이나 여러 민족의 전설 속에 불새에 관한 얘기들이 많이 있다는 것쯤은 자네도 알잖아. 산스크리트어로 된 고문헌 중에 ‘불꽃 수레’에 관한 이런 얘기가 있어. 그는 태양처럼 빛나며 우레처럼 폭음을 울리는 수레를 타고 하늘을 날아올랐다. 그 수레는 한여름의 밤하늘에 불꽃처럼 타면서 유성처럼 날아 마치 태양이 빛나는 듯했으며, 하늘은 휘황하게 밝아졌다. 또 고대 아메리카의 전설에도 불새를 타고 나는 사람들 얘기가 나오지. 이집트의 전설에도 '왕은 불길을 내뿜으며 하늘에서 내려온 하얀 괴물의 뱃속으로 피신했다'는 구절이 있어. 이런 예를 일일이 들자면 끝도 없을 거야. 길게 얘기할 것 없이 내 결론은 불새든 다른 새든 그것이 우주인의 비행 물체라는 것이지.”

“전설 속의 이야기를 현실로 받아들이는 것은 비약이 과한 것 같은데?”

“아인슈타인도 유에프오에 대해 자신의 견해를 이렇게 발표한 적이 있어. 하늘을 나는 미확인 비행 물체는 엄연히 존재하는 것이다. 그리고 그것들의 주인공은 수만 년 전부터 지구를 왕래했던 우리 인류의 친척들이다. 그들은 지구에 남아 있는 인류의 역사를 살펴보기 위해 나타나는 것이다.”

“그래? 그게 정말이야?”

“그럼 정말이고말고. 그래서 나는 우주인의 존재에 더욱 관심을 가지게 되었고, 마침내 그들이 어떤 목적을 달성했을 때 불새의 전설처럼 다시 우주선이 인류 앞에 나타날 것이라는 확신을 하게 되었지.”

허탄이 자신의 얘기에 골똘하게 빠진 듯, 차의 속력이 잠깐 무뎌지고 있었다.

“결국 자네가 신이 우주인이고 우주인이 신이라는 얘기를 하려는 거잖아?”

민욱이 심드렁하게 받았다.

"그래, 적어도 얼마 전까지는 그랬어. 그러나 이 문제를 좀 새로 보아야 하지 않을까 하는 생각을 하게 되었지."

잠시 침묵을 지키던 허탄이 다시 입을 열었다.

"이건 뜻밖인데. 그럼 자네의 메시아가 우주인이라는 걸 수정한다는 얘긴가?"

민욱은 허탄에게서 의외의 말을 듣고 놀랐다.

"이번 수련 중에 고대인들이 표현한 불새의 정체를 전혀 다른 차원에서 파악할 수 있으리라는 아이디어 같은 것이 생겼거든."

"그으래?"

"아까 얘기했듯이 불새나 수리가 신을 상징하는 것이고, 그 신이 번갯불을 타고 내려와 무엇을 보여줬다는 것인데 그 무엇이란 것이 수련 중에 얻었던 체험으로 설명이 가능하지 않을까 싶었어. 자네가 수련에서 얻은 체험을 얘기했지만 나도 같은 경험을 한 셈이지. 백회혈이 열리면서 어떤 불같은 기운이 머리로부터 척추를 통해 불기둥처럼 내려오는 느낌, 그 느낌 속에서 전혀 새로운 생명의 힘이라고 해야 할, 이제껏 경험하지 못했던 기운을 실감할 수 있었거든."

"자네도 그랬군? 새로운 생명의 힘이라는 말에 나도 공감해."

"내가 불과 십여 일 사이에 강력한 힘을 느낄 수 있었던 것으로 미루어, 고대인들이 신비한 우주의 생명력에 외경심을 갖고 제사를 통해 깊은 명상에 들었을 때, 우리 체험과는 비교할 수 없는 아주 강력한 통기(通氣)의 체험을 했을 것이라는 생각이 들었어. 그 체험 속에서 그들은 우주의 섭리를 이해했고, 존재의 의미를 터득했을 것이라면, 그것을 통해 얻은 신의 형상을 그들은 어떤 식으로 표현하려고 했을까? 神이란 글자는 바로 그 신의 체험을 형상화한 부호가 아니겠는가. 그 글자 속에 우리가 체험하고 있는 느낌이 얼마나 구체적으로 표현되어 있는지 자네도 금방 인정할 수 있을 거야."

"음, 아주 그럴듯한데."

"결국 그들의 신이란 우주 생명력의 근원인 기(氣)를 얘기한 것이며, 수리나 솟대 같은 것은 백회혈을 통한 통기의 체험을 표현한 것이 아닌가 싶어."

"나는 아직 그런 것까지 생각하지 못했지만 어쨌든 우주인 쪽보다는 설득력 있게 들리는걸. 다만 우리가 아직 시작 단계에 있으니까 판단은 될 수 있는 대로 나중에 하는 것이 좋겠어. 시인의 상상력은 지나치게 앞서 달릴 위험이 있는 거니깐."

"그러지. 그러나 나도 자네도 상상력을 무시해서는 안 되는 사람들임은 잊지 말게."

허탄은 모처럼 유쾌한 웃음을 터뜨렸다. 그는 기분이 가벼워져서 신이니 기니 하는 얘기를 더 발전시켰다. 그는 절의 당간(幢竿)에 대해서도 언급을 했다.

"지금 대부분 기단석만 남은 형편이지만, 삼국 시대 때부터 절 앞에 당간을 세웠지. 하늘을 찌를 듯 높이 말이야. 그 거대한 기둥들은 철이나 돌로 만들었는데, 다양하게 장식한 다른 불교의 구조물과는 달리 아무 장식 없이 그냥 높은 기둥 하나만 달랑 세워놓았단 말야. 그 당간을 불가에선 흔히 불, 보살의 위신과 공덕을 표시한 장엄구라 하고. 또는 생을 지휘하고 마군들을 굴복시키기 위한 상징물이라고도 하지만, 그 단순한 형태의 기둥에 그런 의미를 부여한다면, 불교의 표현 양식으로 미루어볼 때 매우 이질적인 예라고 할 수밖에 없단 말이야. 그렇다면 다른 시각에서 접근해 봐야지. 더욱이 절에 들어서자마자 첫 대목에 세워놓았다는 것은 상당히 중요한 의미를 가진 구조물이라는 뜻이거든."

자동차는 추수가 끝난 들판을 끼고 달리고 있었다. 빈들에 밝고 따뜻한 햇살이 가득 쏟아지고 있었다.

"당간도 결국은 불새에서 유래된 솟대의 한 변형으로 보면 틀림없을 것 같아. 백회를 통한 통기의 체험으로 우주의 생명력과 하나가 되는 경지에 이른 것을 나타낸 수리나 솟대의 표현 양식이 사찰에 수용되면서 좀더 단순하고 세련된 양식으로 정착했지 싶어. 그러니깐 옛 고승들도 통기의 체험을 바탕으로 깨달음을 얻었겠지. 틀림없을 거야."

허탄은 자신의 생각이 마음에 썩 든다는 듯 민욱을 쳐다보며 싱긋 웃었다. 민욱도 따라 웃었다.

"이봐요. 아저씨들!"

뒷자리에서 나문희가 갑자기 목청을 높였다. 여지껏 그녀를 잊고 있었던 두 사람은 웃음을 머금은 채 뒤를 돌아보았다.

"주무시지 않았군요?"

"하도 희한한 얘기들을 하니까 머리가 조용할 수 있나. 이 노총각들이 공상을 시작하더니 망상에 이르러 치암(癡暗)으로 내닫는 꼴이 어디 가만 있을 수가 있어야지. 뜬구름 잡는 생각은 떨어버리고 자신들의 실상을 보라구. 서푼어치 지식을 가지고 마치 세상 이치 다 알아낸 것처럼 설치는 건 신상에 해로울걸. 안 그래요, 아저씨들?"

"허지만 나 선생님, 제 고상한 생각을 그렇게 공상, 망상으로 몰아 한 몫에 쓸어버리는 건 좀 심합니다. 민욱이 안 그런가?"

"재미있는 발상이기는 해. 그러나 천 선생님은 자신을 지켜보라고 하셨어. 우린 지금 자신의 무의식 세계에 묻힌 스스로의 것들을 들여다보는 게 중요하다고. 그렇지 않아? 민욱 씨."

민욱의 동의를 얻으려는 허탄의 말끝을 잡아채며 오히려 그녀가 민욱에게 다그쳤다.

"맞습니다. 우리 몸뚱이 속에 알알이 박혀 있는 고약한 모습의 내 실상을 찾는 게 무엇보다 중요하구 말구요. 그런데 전 지금 속을 들여다보니 배 속이 비었다 이겁니다. 우선 이것부터 채우는 게 최우선 과제가 아닐까요. 자, 보십쇼. 휴게소 간판이 보입니다. 저게 바로 우리 세 사람에게 때맞추어 나타난 메시아가 아닙니까?"

민욱이 너스레를 떨었다.

세 사람이 탄 차는 널찍한 휴게소 주차장으로 달려 들어갔다.

9. 선악(善惡)이 어디에 있던가

그대의 분별심이 선악일세. 그대 정수리에 하늘 문이 열릴 때 오롯이 나타나는 그대의 실체를 보게 되리니.

세 사람이 대흥사 밑에 도착한 것은 세 시 조금 지나서였다. 두륜산 일대는 아직 가을의 짙은 정취가 한껏 남아 있었다. 거기다가 일요일이어서 도립 공원으로 지정된 곳답게 대흥사 들목은 온통 등산객과 놀이꾼들로 들떠 있었다.

두륜산을 처음 찾은 세 사람은 다소 실망스런 기분이 들었다. 넓은 주차장을 빼곡 메운 자동차들 틈을 간신히 비집고 들어가 차를 세웠다.

"한적한 절집 분위기를 상상했던 것이 내 무지의 소치였음을 깨닫겠는걸."

민욱이 작은 가방을 어깨에 걸치며 엄지손가락으로 자신의 머리를 찌르는 시늉을 했다.

"물 좋고 산 좋은 곳이면 어디나 마찬가지지, 좁은 땅덩어리에 사람은 많고 갈 곳은 뻔하고, 다들 참고 사이좋게 살아야지. 이렇게나마 베풀 수 있는 자연이 아직 있다는 게 고마운 일이지."

허탄이 짐짓 목소리를 깔고 말했다.

대흥사로 가는 길은 기념품 가게며 음식점들로 붐볐다. 오가는 사람들로 북적거리는 몇십 미터 저잣거리 같은 길을 지나니 대흥사 경내로 이르는 돌다리가 나왔다. 돌다리를 지나면서부터 양쪽으로 노송들이 숲을 이루고 예스러운 정취를 풍겼다.

사람의 행렬은 여전했지만 다리를 사이에 두고 속세와 절집이 갈라지듯 분위기가 바뀌었다. 민욱은 답답했던 가슴이 풀리는 것을 느꼈다. 숨을 깊이 들이마셨다. 두 사람도 여유를 찾는 듯했다.

사람들의 울긋불긋한 옷차림이 단풍과 어우러져 무르익은 가을의 숲길을 축제를 향한 오색 터널처럼 만들고 있었다.

절이 나타났다. 고졸한 기와지붕이 좀 답답하다 할 만큼 밀집해 있었다. 그 앞에서 숲은 사찰 건물들의 양편 계곡을 끼고 산자락을 따라 올라갔다.

행락객들은 대부분 절 주변의 개울 옆에 자리를 잡고 있었고, 산마루까지 오르려는 등산객들은 사찰 옆으로 이어진 길로 접어들었다.

세 사람은 사찰 경내로 들어섰다. 이름난 절 치고는 경내의 마당이 좀 협소한 듯이 느껴졌다. 스님들이 기거하는 요사체가 대웅전에서 조금 떨어진 곳에 담장 하나를 끼고 서 있었다.

그들이 요사체 쪽으로 가는 돌층계를 내려서자 마침 앳된 스님이 소매를 걷어붙이고, 장작을 한 아름 안고 지나갔다.

"스님, 말씀 좀 여쭙겠습니다."

민욱이 공손한 말투로 불러 세우자 어린 스님은 걸음을 멈추고 그들을 돌아보았다. 이마에 잔뜩 돋은 여드름이 정다워 보였다.

"석포암이라는 암자를 찾는데, 혹시 어디에 있는지 알 수 있겠습니까?"

"석포암유?"

어린 중은 고개를 갸웃했다.

"지는 츰 들어보는 이름인개뷰. 조오기 사무실에 가시믄 총무 시님 기신데 거기서 여쭤보세유."

어린 중이 턱 끝으로 대문에서 가까운 유리문이 달린 요사체의 방 하나를 가리켰다.

중년의 나이로 접어들었을 안경 낀 총무 스님도 석포암이라는 이름은 처음 듣는다고 했다. 두륜산에 있는 암자라면 자신이 모를 리 없다고 했다. 자기가 모르는 것으로 보아 종단에 속한 암자는 아닐 것이고, 최근에 지어진 작은 개인 암자라면 자신이 모를 수도 있다고 했다. 그렇지만 이 삼 년 전에 지어진 것이라면 개인 암자라 해도 웬만하면 다 소문으로라도 들은 적이 있을 텐데, 하고 덧붙였다.

세 사람은 맥이 빠졌다.

두륜산에 가기만 하면 어떻게든 못 찾으랴 했는데, 이 지역의 일들을 소상히 안다는 총무 스님까지 고개를 저으니 난처하지 않을 수 없었다. 나문희가 천 선생에 대해 아는 대로 자세한 설명을 해보았지만 총무 스님은 고개를 내저었다. 분명히 여러 해를 두륜산 어디엔가 머물러 있었다는 사실을 아는 나문희로서는 답답한 노릇이었다. 더욱이 천 선생의 도력으로 미루어 이 근처 불가(佛家) 쪽에 전혀 알려지지 않았다는 것도 이상한 일이었다.

세 사람은 어찌해야 좋을지 서로 얼굴만 쳐다보았다.

"그 사람 혹시 구족 거사라는 양반 아닌감?"

사무실 옆에 딸린 방문의 미닫이가 열리더니 쪼글쪼글한 노승이 쉰 목소리로 물었다.

"구족 거사요? 네, 어쩌면 천 선생님께 다른 이름이 있을지도 몰라요. 노스님께선 구족 거사라는 분에 대해서 아세요?"

나문희가 반색을 하며 노스님에게 다가갔다.

"구족 거사라면 솔메 마을로 들어가야 돼. 여기하고 방향이 다르지."

노스님은 말하기가 힘든지 잔기침을 했다.

"스님이 잘 아는 사람예요?"

총무 스님이 정리하던 장부를 밀어놓고 관심을 보였다.

"십여 년 전에 산에서 더러 마주쳤지. 대단한 근기(根氣)로 용맹 정진 하는 사람이었는데 그 후론 어쩌다 소식만 들렸어. 그런데 그 사람도 떠난 것이 몇 년 됐다지, 아마?"

"스님, 그 분이 천 선생님 맞을 거예요. 그곳 위치 좀 가르쳐주세요."

나문희의 눈이 생기를 되찾고 반짝거렸다.

"근데 암자 얘기는 들은 일이 없어. 몇 년 전에 듣기로는 같이 정진 하던 괴짜 도반이 하나 있었는데, 그 사람이 어디로 가버리자, 그 구족 거사도 따라서 가 버렸다드만."

"암튼 그곳을 가보면 알게 되겠죠."

나문희는 총무 스님의 도움을 받아, 노스님이 말해주는 내용을 수첩에 적었다.

"스님, 그럼 축지법을 쓴다는 거사가 그쪽 어디엔가 있다는 말이 들리던데 그게 그 사람인가요?"

총무 스님이 안경을 치켜 올리며 물었다.

"축지법인가 뭔가 제법 신통력도 얻었다고 말이 나긴 났지. 찾는 사람이 그 사람이 맞는지 모르겠지만, 하여튼 내 귀로는 이삼 년 전에 그곳을 떠났다고 들었으니 알아서들 하시게."

노스님은 다시 잔기침을 몇 번하고 미닫이문을 닫았다. 세 사람이 고맙다는 인사를 미닫이문을 향해 올리고 사무실문을 나서려는데 노스님의 목소리가 다시 들렸다.

"혹시 구족 거사를 만나거들랑 한번 이곳에 들러주면 고맙겠다고 전해주시게. 청운이라고 하면 알 게야."

솔메 마을은 대흥사하고는 방향이 전혀 달랐다. 대흥사 들목에서 갈라져 들어간 길은 굽이굽이 에움길로 이어져서, 설명으로는 그다지 멀랴 싶었던 길이 족히 이십 리는 되었다.

덜컹거리는 길을 얼마쯤 갔을까, 이십여 호 남짓한 작은 마을이 대숲을 배경으로 나타났다.

동구 밖 두 아름은 됨직한 느티나무 앞에서 차를 세웠다.

느티나무 주변으로 제법 널찍하게 쉼터가 있는 것으로 보아 마을 사람들이 여름날 쉼터로 쓰거나 마을 행사를 치르기 위해 애써 다져놓은 것 같았다.

거기서 마을 안까지는 차가 다니기에 버거울 만큼 길이 좁아지고 있었다. 그 길에는 사람의 왕래가 눈에 띄지 않았고, 마을은 고즈넉했다.

어느새 해는 서쪽으로 성큼 기울어 있었다.

차에서 내린 세 사람이 마을로 들어서자 누렁이 한 마리가 어슬렁어슬렁 다가와 코를 벌름거렸다. 낯선 사람들이긴 했지만 적개심을 가질 필요가 없다고 생각했는지 짖을 품새는 아니었다. 누렁이를 따라 나온 머리수건을 쓴 아낙이 웬 사람들인가, 하는 표정을 지었다.

"아주머니, 말씀 좀 여쭙겠습니다. 석포암으로 가려면 어느 길로 가면 됩니까?"

허탄이 등산모를 벗고 꾸벅 인사를 했다.

"석포암유?"

아낙은 모르겠다는 표정을 지었다.

"저… 천구벽이라는 분이 계신 곳인데. 참, 구족 거사라고 불리기두 하죠."

나문희가 아낙 앞으로 나섰다.

"아, 구족 거사라요? 그분이 기셨던 곳이라문 이쪽 계곡으루 한참 올라가야 쓸 틴디… 저기 보이는 미륵봉 꼭대기까지 다 올라가야 할게비여."

아낙이 잘 안다는 듯 고개를 치켜들며 노랗게 물든 계곡으로 이어진 봉우리 하나를 가리켰다.

"근디 그 거사님 요새사 안 계실 틴디. 한 이태 가까이 되얏지… 거그 떠나신 지가."

아낙이 고개를 흔들었다.

"엊그제 이곳으로 오셨을 텐데… 혹시 보신 분 없을까요?"

나문희가 다시 물었다.

"글쎄라. 오셨드래두 저쪽 지름길루 다니셨으니깐 우린 알 도리가 없지라. 이태 전 떠나신 후 통 안 보이셨으니깐 잘은 모르겠구먼이라. 그때 무슨 집을 하나 지어놨다는 말은 들은 것 같은디."

아낙은 할 말을 다 했다는 듯이 집 마당으로 들어갔다. 누렁이만 남아서 낯선 방문객의 기색을 살폈다.

세 사람은 한껏 기운이 났다.

목적지가 정해진 셈이니까 이제 천 선생이 계시고 안 계시고는 운수에 맡겨놓고 산을 오르기만 하면 될 것이었다.

미륵봉까지는 눈대중으로 부지런히 걸으면 해가 떨어지기 전에 닿을 수 있을 거리로 보였다.

산길은 밑에서 보기보다 가팔랐다.

사람에 길들지 않은 돌이 많이 널린 너덜겅 비탈길이라 걷기가 여간만 까탈스러운 게 아니었다. 산길에는 제법 익숙하다고 자부하는 민욱도 숨이 쉽게 찼다. 속옷이 금방 땀으로 흠뻑 젖어 불편하였다.

얼마를 걸었을까. 세 사람은 너럭바위를 만나서 쉬기로 했다.

두 남자는 넉장거리로 넘어지듯 벌렁 드러누웠다. 백 년 나이는 다 넘었을 산 동백나무와 상수리나무, 소나무 등이 어우러져 하늘을 가리며 제법 깊은 숲을 만들어놓고 있었다. 한결 부드러워진 석양이 나뭇잎들을 어루만지고 있었다.

나문희는 가쁜 숨을 다스리면서 눈을 감았다. 조금 전 산중턱을 넘어섰는가 했는데 그 무렵부터 백회혈에 이상한 느낌이 오기 시작했다.

마치 작은 소용돌이 바람이 백회를 통해 빨려 들어오는 느낌이었다.

너럭바위에 앉아 마음을 백회로 집중하자 그런 느낌은 더 강해져 이젠 온몸이 작은 소용돌이의 기운으로 가득 차 몸 자체가 소용돌이로 변한 듯한 기분이었다. 수련장에서라면 소용돌이 돌아가듯 몸짓으로 드러내놓았을 강한 기운의 흐름을 애써 누르고 있자니 온몸이 뒤틀리려고 했다.

"자, 출발하자구."

그녀는 아무래도 앉아 있기보다는 움직이는 것이 나을 것 같아 서둘러 두 사람을 재촉했다.

"두 사람은 어떤 느낌 같은 것 오지 않아?"

나문희는 민욱과 허탄도 자신과 같이 무언가를 느끼는지 어떤지 궁금했다.

"조금 전부터 몸 전체가 저린 것 같은 감각이 있는데, 나 선생님도 무슨 느낌이 있으신 모양이죠?"

민욱도 무언가를 느끼고 있었다.

"그래. 나도 느낄 수 있어. 난 발끝에서부터 전류가 흘러 들어오는 기분이야."

허탄이 자신도 어떤 느낌이 있음을 얘기했다.

"셋 모두 무언가를 느끼고 있는 거야. 어쨌든 느낌은 느낌대로 놔두고 어서 가자구. 천 선생님에게 여쭤보면 원인을 알 수 있을 테니…."

나문희는 소용돌이 같은 기운을 몸으로 흘려보내는 기분으로 너덜겅 길을 오르기 시작했다. 그녀는 말은 꺼내지 않았지만 천 선생을 반드시 만나게 되리라는 믿음이 생겨 있었다.

신기한 일이었다.

몸에 팽창하는 기운을 흘려보낸다는 생각을 하며 걷기 시작하니 걸음이 저절로 옮겨지는 것이었다.

크고 작은 돌투성이 오르막이어서 거의 지쳐버린 형편이었는데 이제 강종거리며 징검다리 건너듯 가볍게 걸음이 옮겨지는 것이었다.

나문희는 마치 춤을 추듯 두 팔까지 너울거리며 뛰는 듯한 걸음으로 걷기 시작했다. 민욱과 허탄은 금세 멀찌감치 뒤떨어졌다.

얼마쯤을 그렇게 소용돌이 기운과 더불어 올라갔을까. 갑자기 눈앞이 확 트이며 석양에 물들기 시작한 오렌지 빛 하늘이 스크린처럼 드러났다. 그리고 그 하늘을 배경으로 작은 암자 하나가 정좌한 구도자처럼 그렇게 모습을 나타냈다.

돌 층계를 올라서니 단아하게 꾸며진 뜰로 이어졌다. 암자를 가운데 두고 그리 넓지 않은 마당 한쪽에 대밭이 울타리처럼 둘러져 있고, 대밭 사이에 박힌 듯 작은 집 한 채가 따로 있었다. 요사체로 쓰이는 집인 모양이었다.

나문희는 까닭 모르게 편안한 기분으로 암자를 마주 보며 서 있었다. 천 선생을 불러볼까 하다가 이 편안함을 좀더 간직하고 싶어서 가만히 있었다.

"아니, 어떻게 된 겁니까? 마치 날개라도 달린 것 같군요. 어디 그런 힘이 남아 있었습니까?"

한참을 지나서야 민욱과 허탄이 헐떡거리며 돌층계를 올라왔다.

"선생님은 어디 계십니까?"

민욱이 아직도 가쁜 숨을 몰아쉬며 물었다.

"글쎄… 아직."

나문희가 잠에서 깨어나듯 새삼스럽게 주위를 돌아보았다.

"저 집에 가볼까요?"

허탄이 대밭의 작은 집으로 가서 소리를 내었으나 아무 기척이 없었다.

"기다려봅시다. 빈 암자가 아닌 것은 분명합니다. 마당도 잘 손질되어 있고… 난 우선 땀부터 씻을랍니다."

허탄은 대밭 가에 있는 샘으로 가서 얼굴을 적셨다. 샘에서는 작은 개울이 흘러 대밭으로 들어가고 있었다.

암자는 열댓 평 될까 싶게 아담한 규모였다. 아직 단청이 올려져 있지 않아 기둥의 맨살이 옅은 갈색으로 은근해 보였다. 서까래가 가지런한 처마 밑에 '石浦庵'(석포암)이란 현판이 단정하게 붙어 있었다. 질박하면서도 단아한 기품이 풍겼다.

암자 뒤로는 대밭에 잇대어 나지막한 바위 언덕이 있었다. 노송이 제법 무성한 바위 언덕을 뒤에 둔 암자는 양 옆과 앞이 훤히 트여 있다. 마당에서 그들이 타고 온 산비탈이 까마득히 굽어보였다.

날은 이내 저물 듯싶었다.

세 사람은 방으로 들어가서 기다리기로 했다.

해는 저물었고 한껏 흘렸던 땀이 식은 터라 선뜻 부는 바람결이 살풋으로 기어들자 제법 한기를 느낄 정도였다.

방은 둘로 나뉘어 있었다.

한쪽 방문을 열어보니 주인이 쓰는 방인 듯 몇 가지 생활 용품과 궤 하나가 구석에 놓여 있었다. 보던 물건들은 아니었지만 천 선생의 살림살

이일 거라는 느낌을 주었다.

세 사람은 다른 방에서 쉬기로 했다. 창호에 비쳤던 잔광이 이윽고 사라지자 금방 날이 어두워졌다.

"혹시 볼일이 있어 산을 내려가신 건 아닐까?"

옆방에서 가져온 호롱에 불을 붙이고 난 허탄이 좀 불안해하는 투로 말했다.

"글쎄… 그럴지두 모르지. 허지만 이제 아무려면 어떤가. 기다리다보면 내일은 오시겠지."

민욱이 벽에 기대앉으며 느긋한 표정을 지었다.

"방문이 잠기지 않은 것으로 보아 멀리 가시진 않은 모양인데."

허탄이 여전히 불안해하며 말했다.

"아예 잠금 장치가 없잖아. 올 사람도 별로 없겠지만 누가 와서 쉬었다가도 좋다는 것이겠지. 어쨌거나 오시겠지. 그보다는 저녁 요기를 어떻게라도 해야 할 것 같은데."

시장기를 느낀 민욱이 눈으로 두 사람의 의향을 물었다.

"난 아직 괜찮은데… 준비해온 것 가지고 두 사람이 해결하시도록."

방문을 향해 앉아 아까부터 무언가 생각에 잠겨 있던 나문희가 의견을 제시했다. 민욱의 가방에 빵과 과일을 몇 개 넣어온 것 가지고 적당히 저녁을 해결하라는 얘기였다.

"난 밖에서 산보 좀 하다가, 천 선생님이 안 오시면 저쪽 방에서 자도록 할 테니 오늘밤은 각자 알아서들 하자구."

나문희는 자신의 가방을 건넛방에 옮겨놓고 스웨터를 걸치고 밖으로 나갔다.

오늘이 보름이었던가?

동쪽 산마루에 어느새 보름달이 환하게 걸려 있었다.

달이 떠오르기 시작하자 암자 주변의 풍경들이 연극 무대처럼 은근한 모습들을 드러내놓았다.

그녀는 엷은 달그림자가 비껴 흐르고 있는 암자 쪽으로 걸음을 옮겼다. 격자무늬로 짠 앞문은 안쪽에서 잠긴 듯했고, 옆벽에 난 작은 문은 문고리에 자물쇠가 채워져 있었다.

요사체에 아무런 잠금 장치를 하지 않은 것과는 달리, 단단히 문단속을 해놓은 것으로 보아 암자의 내부를 공개하기 싫다는 주인의 뜻이 짐작되었다.

암자 뒤란으로 돌아서니 대밭에 잇대어 솟은 바위 언덕이 밝았을 때 보기보다 한결 괴괴하고 까마득해 보였다. 그런데 대밭 사이로 작은 길이 뚫려있는 것이 보였다. 어디로 가는 길일까? 거기에 길이 있다는 것은 그 길에 연결된 다른 장소가 있다는 뜻이리라.

뒷간으로 가는 길일까? 그러나 뒷간은 아까 요사체 뒤에 있는 것을 보았다. 그렇다면 바위 언덕으로 이어지는 길? 어쩌면 천 선생 혼자만 아는 비밀 통로인지도 모른다는 생각이 들었다.

달이 숲 위로 솟아오르자 주위가 한층 밝아졌다. 암자 주변의 풍경들이 더할 나위 없는 신비한 실루엣으로 떠오르기 시작했다. 그녀는 더 이상 호기심을 억제하지 못하고 대밭으로 들어섰다.

대밭은 그다지 깊지 않았다. 거기에서 벗어나자 좁은 오솔길은 병풍 같은 바위벽을 끼고 이어 아래쪽은 거의 벼랑이다 싶게 경사가 가팔라서 달빛이 없으면 도저히 한 발짝도 뗄 수 없을 지경이었다. 그 길마저 얼마 뒤에는 겨우 눈짐작으로 발 디딜 곳을 찾아야 할 만큼 희미한 선으로 변해버렸다.

시간을 의식할 겨를도 없이 바위벽에 의지하며 앞으로 나아가는 데만 골몰했던 그녀는 문득 저만큼에 시커먼 공동(空洞)이 입을 벌리고 있는 것을 보고 흠칫 동작을 멈추었다. 그것은 사람 하나가 허리를 굽히고 드나들 만한 구멍이었다. 바위굴의 입구인 것 같았다.

그녀는 더 이상 앞으로 나아가지 않는 것이 좋겠다고 생각했다. 그것은 두려움 때문이라기보다는 순간적으로 그 바위굴이 의미하고 있는 것을 그녀의 직관이 알고 있기 때문일 것이었다.

그녀는 잠시 머물러 서서 동굴 입구를 응시하다가 몸을 돌렸다.

암자로 돌아온 그녀는 암자 문 앞 흙바닥에 조용히 가부좌를 틀고 앉았다.

휘황한 달빛 아래 저 멀리 숲과 산줄기들이 깊은 바닷 속 풍경처럼 아련하게 흘러가고 있었다.

그녀는 백회 위로 상서로운 기운이 느껴짐을 의식하며 지그시 눈을 감았다.

그 동굴엔 천 선생이 있을 것이었다. 천 선생은 지금 그곳에서, 그녀로서는 연유를 헤아릴 길 없지만, 깊은 명상에 들어 있음이 분명할 터였다. 그녀는 그 사실을 그냥 알 수가 있었다.

얼마 동안이 지나자 기분 좋게 느껴지는 기운으로 마음이 아주 편안해졌다. 땅바닥에서 올라오는 한기도 오히려 상쾌한 기운으로 전해져 몸뚱이가 마치 어린 새의 부둥깃처럼 나붓나붓 떠오르는 것 같았다. 얼마쯤 시간이 흘렀을까. 그렇게 깃털 같은 가벼운 기분이 스러지고 저 내면의 깊은 곳에서 무언가 알지 못할 불안한 것이 스멀스멀 솟아오르기 시작했다. 이곳으로 내려오기 전 밤골에서 느끼기 시작했던 그런 것이었다.

나문희는 더 이상 명상에 드는 것이 두려워져 눈을 떴다.

마당 끝에 누군가가 산 아래를 향해 서 있는 것이 보였다. 달빛 밑에서 검은 그림자로만 보였지만 그녀는 첫눈에 천 선생임을 알 수 있었다.

"선생님, 역시 계셨었군요."

그녀는 가슴 뭉클 하는 감동을 맛보았다.

"오는 줄 알고 기다렸소."

천 선생이 돌아서며 말했다.

"혹시 못 뵙게 되면 어쩌나 했죠. 어디 계셨습니까?"

"알고 있지 않소?"

"네에, 굴에 계셨었군요. 거기 계실 거라는 느낌은 있었지만…."

"처음에 와 닿는 느낌이 진실인 게요. 궁리가 뜨거나 분별이 시작되면 이미 진실과는 멀어지고 말지요."

"참, 이 사람들 선생님 오신 줄도 모르네."

나문희가 허탄과 민욱을 부르려고 하자 천 선생이 손을 저었다.

"잠이 든 것 같소. 내버려두시오. 아침에 보면 될 것을."

천 선생은 마당 끝에 놓인 바위에 걸터앉았다. 그녀도 그 앞에 놓인 통나무 등걸에 가서 앉았다. 대밭에서 쏴아 하고 바람이 일었다.

"무슨 급한 일이 있었소?"

천 선생의 나직한 목소리가 따뜻하게 들렸다.

"혼자 버텨볼까 했습니다만, 선생님 오실 때까지는 도무지 견딜 자신이 없어 무작정 찾아 나서기로 했어요."

나문희는 이틀 동안에 경험했던 자신의 현상을 설명하면서 갑작스럽게 몰려오는 불안감을 풀어내지 않고는 명상에 들 수가 없음을 하소연했다.

"자신의 가장 큰 근[24]과 만나기 시작하는 조짐이오. 피하지 말고 직시해서 받아들여야 하오. 지금 일어나고 있는 불안감이나 두려움은 자신의 본질을 긍정하지 않으려는 마음에서 오는 것이오."

"근이란 구체적으로 무엇을 뜻하는 건지요?"

"내 표현이오. 일반적인 용어로 얘기하자면 자신을 형성하고 있는 본질이라고 할까. 언젠가 얘기했듯이 사람은 많은 습기(習氣)의 인자를 가지고 있지요. 태어날 적부터 가지고 나온 인자도 있고, 태어난 후 새로 심어진 인자들도 있소. 그런 인자들은 대부분 무의식 속에 잠재되어 있어 그 사람의 성품으로 자리잡게 되는 게요. 일반적으로 겉으로 드러나는 자신의 모습은 그 인자들 중에서 자신이 스스로 골라 쓰고 있는 지극히 작은 부분의 투영이라는 얘기를 했을 것이오. 지금 나 선생이 부딪치고 있는 부분은 자신이 인정하기 싫은 자신의 실체지요. 자신이 긍정하기 힘든 자신의 모습일수록 무의식 속에 숨겨진 가장 큰 자신의 본질이라고 보면

---

24 근(根) : 본질을 이루고 있는 뿌리. 사람에게 있는 모든 습기들은 전생으로부터 이어진 각각의 근에서 비롯한다고 볼 수 있다.

될 게요. 그러니 한 단계 공부가 올라서기 위해선 그것을 봐내야 하오. 그리고 그것을 참으로 인정해서 내 것으로 끌어안을 수 있어야만 스스로 영격을 높여갈 수 있는 거라오."

"어떤 마음으로 명상에 들어야 그것을 볼 수 있겠습니까?"

"불안한 마음이 올라오거나 두려운 마음이 생기면 그 마음이 현재의 내 마음이니까, 그 마음을 지켜보고 있으면 되오. 그러다 보면 그 실체가 구체적으로 드러날 것이오. 지켜보는 가운데 백회의 에너지와 연결시키는 것을 놓치지 말아야 하오. 그것이 직시하는 방법이오. 어떤 진동 같은 에너지로 전해오면 수련 중에 했듯이 온몸으로 흘려보내 몸짓으로 따라가면 저절로 그 실체를 자신의 마음이 읽을 수 있을 것이오. 지금 바로 시작해보도록 하시오."

천 선생은 일어나 암자로 갔다. 나문희도 따라 일어섰다.

암자 안으로 들어서자 천 선생은 호롱불을 밝혀 벽에 걸어놓았다.

여느 절 같은 꾸밈은 아니었으나 불단 같은 것이 정면 벽 중앙에 설치되어 있고 그 위에 무엇인가가 흰 천에 싸여 있었다. 싸여 있는 형상으로 보아 좌불상(坐佛像) 같았다. 탱화라든가 불교적 장식은 전혀 되어 있지 않아 휑한 분위기를 자아냈다.

"이곳에서 명상을 하다 보면 아주 강한 기운을 느끼게 될 게요. 그 기운은 나 선생이 자신의 한 실체를 봐내는 데 도움이 될 테니 오늘밤 한 경계를 풀어보도록 하시오. 나는 아래채에 가 있겠소. 견디기 힘든 현상이 일어나면 오시오."

천 선생이 문을 닫아주고 나가자 암자 안은 정적이 흘렀다.

창호를 통해 스며드는 달빛이 마룻바닥 위에서 은빛으로 흘렀다. 그녀는 그 차고 맑은 달빛이 자신의 의식을 투명하게 비추고 있다고 생각하면서 자리를 틀고 앉았다. 그리곤 몸을 가볍게 흔들어 자세를 잡고 백회를 열고 마음을 집중했다.

명상에 든 지 얼마 안 된 시간이었지만 백회를 통해 느껴지는 기운은 강력한 전류가 흐르듯 온몸을 저리게 했다. 그녀는 그러한 기운과 더불어 스물스물 기어오르는 불안함의 에너지와 한 덩어리가 되기 시작했다.

자신의 몸뚱이 속에서 두 가닥의 소용돌이가 뒤엉켜 엄청난 에너지로 증폭하였다. 그녀는 자신의 육체가 폭발물이 된 것 같았다. 금방 터져버릴 것 같은 불안감이 엄습했다.

그녀는 몸을 부르르 떨었다.

뒤엉킨 에너지의 흐름을 직시하지 못하고 불안한 감정에 빠져든 것이었다. 그러나 그녀는 이내 지켜보는 자기를 놓치고 있음을 스스로 알아차리고 관조하는 마음을 챙겨 백회 위에 얹을 수 있었다.

그 엄청난 소용돌이의 에너지가 몸 전체로 흐르는가 하자 그녀의 몸뚱이가 마룻바닥으로 기울어지며 진동하기 시작했다. 그녀의 육체는 뱀이라도 된 듯 뒤틀고 비꼬면서 기어 다니는 형상으로 움직인다. 뺨을 바닥에 비비기도 하고 교접하는 동물처럼 하반신을 격정적으로 흔들기도 했다.

그녀는 그러한 움직임을 낱낱이 지켜보면서 자신이 아직 긍정하지 못하고 있음을 깊이 실감하였다.

'아, 내가 이렇게 의지를 세워도 직시하기 두려운 어떤 나의 것들이 있

구나!'

이런 마음자리가 잡히자 그녀의 움직임이 부드럽게 흐르기 시작했다. 이제 그녀는 바닥에서 일어나 춤사위 같은 몸짓으로 뒤엉켜 있던 기운을 흘려보내기 시작했다.

창백한 달빛이 불그스레한 호롱불 빛을 감싸고 도는 공간에서 그녀의 너울거림은 은밀한 의식을 치르는 비장감 같은 것을 띠었다.

흐르는 듯 너울거리는 율동 속에서 그녀는 자신의 실체들이 영상으로 드러나면서 파노라마처럼 지나가는 것을 지켜보고 있었다.

자신의 육체는 마치 성욕(性慾)으로 뭉쳐진 하나의 고깃덩어리 같았다. 욕망을 채우기 위해 모든 남자는 하나의 도구일 수 있어야 했고 그녀의 눈에 띈 상대들은 모두 그녀의 잠자리를 거쳐야 했다. 그래야만 만족할 수 있었다. 욕망을 채우기 위해선 수단과 방법을 가릴 이유가 없었다. 그녀의 욕망을 거스르는 상대는 가차 없이 짓밟아 수모를 겪게 해야 했다. 쾌락을 극대화시키기 위해서 상대는 그녀의 명령대로 어떠한 모습이라도 취해야 했다. 욕망은 끝이 없어, 세상의 모든 남자를 다 겪어본다 해도 채워질 수 없는 것이었다.

아름다운 여자도 끌어들여야 했다. 여자인 그녀가 여자의 육체를 탐하는 것은 또 다른 쾌락이었다. 선택된 여자는 그녀의 발밑에서 노예처럼 순종해야 했다. 육체는 색욕을 돋우도록 건강해야 했지만 머리는 어리석어야 했다. 그녀보다 더 나은 생각을 할 수 있는 여자는 존재하지 않아야 했다. 그녀를 마땅치 않게 하는 것들은 그녀의 감정의 발길질 아래 썩은 호박처럼 짓밟히고 뭉개져야 했다. 그녀는 자신의 성욕을 위한 전사(戰

±)였다. 욕정의 번뜩이는 칼을 뽑아든 그녀의 발밑에 모든 상대들은 무릎을 꿇어야 했다.

그녀는 이제 성욕으로써 명예를 완성해야 했고, 스스로 끌어올려 놓은 자존을 지키기 위해 더욱 강력한 욕정의 에너지를 끌어들여야 했다.

나문희는 이마에 진땀이 배었다. 더 이상은 직시하기가 힘들었다. 견뎌내기 어려운 일이었다. 자신에게 잠재해 있는 마음 상을 인정하는 것이 쉬운 일이 아님을 절실히 깨달았다.

그녀는 서서히 움직임을 멈추고 눈을 떴다.

이것이 나의 실체란 말인가?

형상으로, 또는 소리로, 때로는 구체적인 행위로 보여졌던 그 모습들이 나의 감춰진 진실이란 말인가? 오, 이건 엄청난 죄악의 덩어리구나. 감출 것 없이 나의 생명력을 당당하게 드러내며 살아왔다고 자부하던 내가 전혀 엉뚱한 모습의 진실을 감추고 있었던 것이 아닌가?

나문희는 명상을 계속할 수가 없었다. 비참한 심정을 안고 간신히 문을 열고 밖으로 나왔다.

아래채에 있을 줄 알았던 천 선생이 마당에 앉아 있는 모습이 보였다.

그녀는 구세주를 만난 기분으로 그에게로 갔다.

"봐낸 것이 있었소?"

천 선생이 그녀를 맞았다.

그녀는 몸짓을 통해 직시했던 자신의 모습들을, 또는 감정들을 숨김없이 얘기했다. 그리곤 그 모습들이 자신의 실체라는 것은 실감했지만, 그러한 자신을 애정을 가지고 끌어안는 마음은 일궈낼 수가 없었다고 했다.

"큰 것을 보아낸 것은 분명하지만, 그러한 자신의 실체를 아직 참으로 긍정하지 못한 것이오. 그 모습들이 모두 자신의 실체임이 긍정되면 그것들을 저절로 끌어안게 되고, 그 끈끈한 습기들을 초월할 수 있지요. 초월한다는 것은 그 습기들의 무모함을 영적으로 인식해서 스스로 탈바꿈하는 것이오."

"제가 어떻게 해야, 그 부정적인 모습들과 하나가 될 수 있겠습니까?"

"모든 인간은 완전한 지혜에 이르기까지는 누구나 비슷한 경계에 머물러 있는 것이오. 모습에 선과 악의 경계가 있을 뿐, 본질은 거의 같은 울타리 안에 머물러 있는 것이라오."

대밭 너머에서 무슨 새인지 찢는 듯 외마디 울음을 울었다. 바람 소리가 그 여운을 곧 쓸어 덮었다.

천 선생은 그 독특한 나직나직한 음성으로 얘기를 이었다.

이차 대전 때 영국 식민지였던 아프리카의 어느 지역에서 있었던 일이오. 새로 부임한 영국군 사령관은 그곳 주민들에게 끔찍한 풍습이 있는 것을 알게 되었소. 그곳 주민들은 가족 중에 누가 죽으면 그 시체를 온 가족이 모여 함께 먹어버렸던 것이오. 그렇다고 그들이 다른 사람들까지 식용으로 했던 식인종은 아니었소. 자신의 가족에 한해서만 시체를 먹는 풍습이 있었던 것이오.

기독교도인 영국군 사령관은 당장 새로운 법률을 만들어 그곳 주민들을 다스리기로 했소. 앞으로 다시 사람의 시체를 먹는 행위가 발견될 때에는 총살형에 처할 것이라는 엄한 법률을 공포했지요.

사령관이 볼 때 아무리 미개인이지만 부모나 형제의 시체를 먹는 것은 자신이 알고 있는 종교적 교리나 어떠한 도덕적 규준으로 보아도 있을 수가 없는 일이었소.

그처럼 엄한 법률이 생겼음에도 불구하고 주민들의 나쁜 풍습은 없어지지 않았소. 오히려 그곳 주민들은 사령관을 자신들의 성스런 의식을 방해하는 악마쯤으로 보았지요.

어느 날 자신의 어머니 시체를 먹다가 발각된 한 원주민 청년을 처형하게 되었소.

처형대에 묶인 원주민 청년에게 집행관은 그의 죄목에 대해서 상세하게 설명을 해줬지만, 그 청년은 도저히 이해할 수 없다는 표정이었소. 자신은 당연히 해야 할 도리를 했다는 떳떳한 태도였소.

집행관이 물었소.

– 너는 인간으로서, 아니 자식으로서, 어떻게 어머니의 시체를 먹을 수가 있는가?

청년이 의아한 표정으로 반문했소.

– 어머니의 시체를 땅에 버리면 벌레나 짐승들이 먹어버릴 텐데 어떻게 사랑하는 어머니의 시신을 그런 벌레들에게 먹히게 할 수 있습니까. 나의 육신을 만들어준 어머니는 나와 하나입니다. 어머니의 육신은 죽었지만, 다시 내 속으로 들어와 우리는 하나가 되는 것입니다. 이것이 왜 죄가 됩니까? 당신들은 가족이 죽으면 땅속에 묻어버린다고 하는데 어떻게 그런 끔찍한 짓을 할 수 있습니까? 사랑하는 가족들을 어떻게 어두운

땅속에 팽개쳐서 벌레들의 먹이로 내준단 말입니까?

그 청년의 분노한 절규에도 불구하고 청년의 총살은 집행되었소.

인간의 정의나 도덕은 이런 것이오. 다만 상대적일 뿐 진실과는 거리가 먼 것이지요.

자연의 섭리에 따르자면 원주민들의 도덕관과 정의가 오히려 진실에 가까운 것이 아니겠소.

사람들이 내세우는 정의나 진리는 상대적인 것이고 가변적일 수밖에 없는 것이오. 진리는 있는 그대로가 진리인 것이오.

문명화되고, 문화가 이성에 의해 체계화될수록 그것은 자연의 법칙에 속하는 진리와는 멀어지게 되오. 우리가 지키고 사는 도덕이나 규범, 정의는 우주 생명 법칙 속에서의 진리의 역사와는 별개인 셈이오.

이념이나 종교 때문에 전쟁을 치르면서 수많은 사람들을 죄의식 없이 죽이는 행위와, 이 원주민들의 행위를 비교해볼 때 자연은 원주민을 진리에 가까운 자리에 세울 것임은 두말할 필요도 없지 않겠소.

나 선생의 실체로 잠재되어 있는 색욕의 에너지가 어떤 모습으로 보여졌건 그냥 그대로가 진실인 것이오. 그것이 선이나 악이 될 수는 없는 것이오.

다만 그 에너지를 사용하고 있는 '나'라는 것이 문제가 될 뿐이지요.

수련 중에 얘기했듯이, 우리 육체 속에는 온갖 습기가 실체로서 잠재되어 있기 때문에 자신의 판에 따라 어느 것을 골라 어떤 모습으로 사용하느냐가 관건이 됩니다.

나 선생은 지금 자신의 실체를 보고 있지만, 자신의 무의식 세계 속에 어떤 자신의 실체가 들어 있는지조차, 또 그 무의식의 실체에 의해 어떻게 자신이 조종되고 있는지조차 모르고 사는 것이 대부분의 삶의 모습인 것이오.

나 선생이 지금 힘들어하는 것은 어떤 절대적인 선과 악이 있다는 분별심을 바탕으로 형성된, 자신의 이성의 벽을 뛰어넘지 못하고 있기 때문인 게요.

일반 사회에서는 이렇게 형성된 이성이 모든 것을 판단하는 기준이 되고 양심의 척도가 되는 것이지만, 그것은 진실과는 이미 다른 영역에서 이루어지는 모습일 뿐이오.

나 선생이 그동안 살아오면서 자신의 삶의 방법이라고 선택했던 예술 행위들도 그 근본을 따라 들어가서 보면 섹스에 대한 에너지를 자신의 분별된 이성을 가지고 약간 모양을 바꿔서 즐겨왔을 뿐인 것이오.

천 선생의 말투에는 언제나 상대편의 마음을 보살피는 자상함이 있었지만 일정한 엄격함을 잊는 일은 없었다.

"말씀이 이해되는 부분도 있지만, 갑자기 제가 판단 능력을 잃은 것처럼 혼돈스럽습니다."

"내 얘기를 자신의 분별심을 가지고 듣지 말고 백회를 열고 마음으로 듣는다고 생각하면, 아, 그렇구나 하면서 와닿을 게요. 여러 가지 습기 중에 나 선생이 특별히 성 에너지에 부딪치게 된 것은 자신이 심어놓은 씨앗의 결과일 뿐이오. 나 선생이 스스로 다른 쪽 에너지보다 그 쪽의 에너지를 선택해서 즐겨왔고, 그것이 자신이라고 새겨놓았던 것이오."

천 선생은 잠시 말을 멈추고 달을 한번 올려다보고는 바닷속 같은 산 아래 풍경에다 시선을 두었다.

나문희는 이해할 수가 없었다.

그녀는 자유분방하게 살아오긴 했지만, 남녀 관계에서 자신이 무절제하다고 생각해본 적이 없었다. 한때 민욱과의 관계가 있었긴 했지만, 그것도 예술 행위의 연장선 위에서 계산된 행동의 한 부분이었지 욕정에 매여 움직였던 것은 아니었다. 그녀는 섹스를 방탕하게 즐겼거나 무분별한 행동을 한 적은 결코 없었다. 오히려 겉보기와는 다른 그녀를 보며 주위에서 결벽증이라고 여길 정도로 남녀 문제에는 초연하다고 자부했다. 그러기에 민욱과의 관계도 어느 순간 아무 미련 없이 훌훌 털 수 있지 않았던가.

그렇기 때문에 그녀는 지금 천 선생의 말에 승복하기 어려웠다.

"나 선생이 명상 중에 보아낸 자신의 실체는 이미 전생에 새겨진 습기들이오. 너무나 강하게 새겨진 습기이기 때문에 금생에 오히려 극단적으로 성(性) 문제에 결벽증을 가지게 된 셈이오. 그것은 또 하나의 자기가 그 습기로 인해 영질(靈質)이 떨어져가는 것을 멈춰야 했기 때문이오. 전생에 그 습기로 인해 큰 고통을 받았던 것에 대한 반작용적인 반응인 셈이지요. 금생에 예술가로서 나 선생이 해온 작업은 그 섹스에 대한 욕망을 선상(善相)으로 풀어놓은 것일 뿐, 같은 경계에 있다고 해야 할 것이오."

"전생이 정말 있는 것입니까?"

그녀는 천 선생이 전생을 들어 얘기하자, 과연 그럴까 싶었다. 평소 인도 힌두교나 불교 사상 또는 일부 동양 사상 속에 내재한 윤회 사상에 접했을 때, 막연히 그러려니 하고 생각해온 터였지만, 그것이 자신의 전생 얘기가 되자 당황스러워졌다.

"어물쩍 피하려고 하지 마시오."

천 선생은 싱긋 웃는 듯했지만 말투는 오히려 단호했다.

"나 선생이 현재 부딪친 경계를 풀어내기 위해선 당장 자신의 전생을 봐내야 할 게요. 사람에 따라 전생을 봐내는 것이 공부에 도움이 될 때가 있지요. 다시 명상에 들도록 해보시오."

나문희는 어리둥절했다. 느닷없이 자신의 전생을 봐내야 한다니 무얼 어떻게 봐내야 하는 것일까?

"자, 올라갑시다."

천 선생이 먼저 자리에서 일어나 암자로 향했다. 나문희는 얼떨떨한 기분으로 그의 뒤를 따랐다.

"여느 때처럼 백회를 열고 큰 생명의 기운과 연결된 파장이 느껴지면, 그 파장과 더불어 자신의 과거로 거슬러 올라간다는 염(念)을 잡으시오. 그리고 그 모든 것을 지켜보는 자기를 놓치지 말고 참된 나는 관조하고 있는 나라는 것을 알고 있으면 되오."

천 선생은 명상에 들기 시작한 나문희의 머리 위에 오른손을 올려놓고 눈을 지그시 감았다. 몇 분 정도 그렇게 그녀의 백회에 기운을 도와주고는 조용히 밖으로 나갔다.

나문희는 천 선생의 도움으로 금세 평안한 기분이 되면서 백회혈이 우주를 향해 열리는 듯한 느낌을 받기 시작했다. 그녀의 존재는 우주를 항해하는 우주선처럼 아득한 시간의 터널을 향해 흘러가고 있었다.

10. 육체는 하늘 문을 여는 징검다리

그대 습기를 보도(寶刀) 삼아 그대 육체를 다스리니 큰 자비의 문이 활짝 열리네.

"사람들이 선생님을 구족 거사라고들 하던데요."

허탄이 천 선생의 잔에 차를 따르며 말했다.

"허허, 그랬소?"

천 선생이 찻잔을 들며 빙긋 웃어 보였다.

"어떤 뜻이 담겨 있는지 알고 싶습니다."

민욱도 호기심이 동하는 듯 거들었다.

"이곳에 여러 해 있다 보니 어느새 그런 이름이 붙었구려."

"특별한 뜻이 있는 모양이지요?"

"말 그대로 구족(狗足)이오. 개다리란 뜻이지."

"개다리요?"

민욱과 허탄은 전혀 뜻밖의 내용에 어이가 없어 서로 마주 보다 웃음을 터뜨렸다.

"그런 특이한 이름을 붙였을 땐 특별한 이유가 있었겠군요."

"내 걸음걸이가 다른 사람보다 얼마큼은 빨라 보였던 모양이오. 마을에서 여기까지는 길이 험한 편이어서 오르내리자면 힘이 들지요. 그런데

요령을 좀 피워서 걷다 보니 남들 한 번 오갈 동안에 서너 번은 오르내릴 수 있는 듯이 보이는 것이오.”

“서너 곱절이나 빠르다는 말씀인데 어떻게 그럴 수가 있습니까? 참. 절에서 듣기로 선생님께서 축지법을 쓰신다고 하던데 정말 축지법을 쓰시는 겁니까?”

두 사람은 감탄을 했다.

“축지법을 쓴다구? 허어….”

천 선생은 고개를 저었다.

“그렇게들 알고 있던걸요. 다른 신통력도 있으시다구요.”

“어느 곳에나 항상 기가 흐르고 있지요. 내가 좀 빨리 걸을 수 있는 것은 이곳의 지기(地氣)와 내 기운을 연결시켜 거기에 빨리 걸으려는 의지를 얹어놓고 걷기 때문에 힘이 훨씬 덜 드는 것뿐이오. 두 분도 나중에 실험을 해보면 금방 알게 될 것이오.”

민욱은 암자에 오르면서 강하게 느꼈던 기운과, 나문희가 힘 안 들이고 암자까지 오를 수 있었던 이유를 알 수 있을 것 같았다.

“그러면 축지법 같은 건 없다고 봐야 할까요?”

“글쎄. 일반적으로 생각하는 것보다 시간을 훨씬 단축시킬 수 있다면 그것도 축지법이라 할 수는 있겠지요. 하지만 선도(仙道) 계통에서 닦는 축지법이 있지요. 그 쪽 수련은 아예 신통력을 닦기 위해 하는 것이니까 우리가 가고 있는 길과는 맥 점이 다르오만.”

“그런데 사람들이 굳이 구족이라고 별호를 지은 까닭은 뭘까요?”

“그게 궁금하다면 설명을 해야지요.”

천 선생은 암자를 오르내릴 때 도복 바지 무릎 아랫 쪽을 각반을 채우듯 묶고 다녔다. 산길을 걷기에는 여느 바지보다 넓은 편인 바짓가랑이가 펄럭이는 것이 거추장스러웠기 때문이었다.

천 선생의 다리가 좀 가늘고 긴 편이어서 그렇게 묶고 나면 얼핏 개다리를 연상시킬 만도 했다. 그런데다 빠른 걸음을 걷는 천 선생 모습을 본 사람들은 더욱 그렇게 느꼈을 것이고, '구족'이라면 '구벽'이라는 이름과도 통하는 데가 있어 그대로 굳어졌으리라고 했다.

"서너 시간 후에 다시 돌아오겠소. 나 선생이 암자에서 나오면 그렇게 얘기 전하시오. 이곳에 오게 된 것도 어떤 인연이 있는 것일 테니 두 분도 아예 이삼일 이곳에서 수련을 하고 돌아가시구려."

천 선생은 차 한 잔을 더 마신 후 볼일이 있는지 밖으로 나갔다.

동이 트고 있었다.

천 선생이 열고 나간 문으로 시퍼런 하늘이 언뜻 비쳤다.

민욱과 허탄은 깊이 잠이 들었다가 천 선생의 기척을 듣고 깼었다. 으레 나문희려니 했다가 부랴부랴 정신을 차리고 겨우 인사를 갖춘 후 허탄이 차를 끓여 대접을 했던 것이다.

두 사람은 나문희가 어떤 경계를 만났기에 저토록 꼬박 밤을 새우며 암자에 틀어박혀 있는지 궁금했다. 밤골에서 두 사람을 다그쳐 이렇게 내려왔을 때는 그녀로서는 상당히 절박한 심정이었으리란 짐작은 되는 바였다.

허탄은 차 도구를 정리해 놓은 다음 가부좌를 틀고 앉았다. 그러나 민욱은 왠지 마음이 들떠 있어 살며시 방문을 열고 마당으로 나갔다.

산중의 새벽 공기가 폐부 깊숙이 싱그럽게 흘러들어왔다. 저절로 기지 개가 켜지며, 아 하는 깊은 신음이 터졌다. 뻐근했던 사지가 풀리고 새로 운 힘이 솟는 듯했다.

아래로 산굽이 따라 흘러내리는 숲의 단풍들이 막 잠에서 깨어나고 있었다. 이곳저곳 골짜기에서는 새벽안개가 햇솜처럼 피어오르고 있었 다. 어제 석양 무렵에 보았던 풍경과는 또다른 감흥이 있었다. 신선한 생 명력의 다가옴이랄까? 민욱은 새삼스레 아름다운 풍경이라고 생각하며 천 선생이 여기에 거처를 마련한 의도가 조금은 전달되는 것 같았다.

그러나 민욱은, 이렇게 사람들과 떨어진 곳에서 고독하게 정진하는 수 도자들의 삶이 어떤 의미를 가지는 것인지 상상하기 어려웠다. 지혜의 완 성이라든가 깨달음이라는 것, 또 우주의 이치를 알아 그것과 하나가 된다 는 것, 그런 것들이 세속에서 살아가는 보편적인 사람들의 삶과 별개로 존재할 수 없는 것이라고 생각했다.

그가 천 선생을 통해 수련을 하면서 특별한 현상을 경험하고 있는 것 은 사실이었다. 그렇다고 민욱이 삶의 모습을 바꿔 구도자의 길로 들어서 리라고 생각해본 적은 없다. 천 선생이 얘기하는 영격의 변화라든가 환골 탈태하는 큰 변화가 생겨 한순간에 세상을 바라보는 인식이 바뀌리라는 것도 자신에게 실감나는 얘기는 아니었다.

천 선생을 만나기 전부터, 아니 정확히는 나문희를 다시 만나기 전부 터, 자신의 예술관을 새로 정립해서 화가로서의 삶에 충실하기 위한 준비 작업을 해온 셈이었지만, 현재 두 사람을 만나서 얻어지는 체험들이 이러한 그의 작업에 어떤 영향을 끼칠지 아직은 알 수 없는 일이었다. 어쩌면 긍정적일 수만은 없다는 생각도 들었다. 오히려 몰랐던 세계를 어설프게 앎으로 해서 혼돈만 일으킬 수도 있는 것이기 때문에 자신이 새로운 체험 속에서도 흥분과 함께 불안함을 느끼는 것일 거라는 생각을 했다.

며칠 전 천 선생은 사람의 자아(自我)가 존재하는 모습에 대해 이런 식의 설명을 했었다.

나라는 존재는 우선 상대에 의해 인식되는 겉으로 드러난 모습을 가진다.

아이들에게는 부모의 모습이고, 직장에서는 과장이나 사장 또는 선생이나 장관일 수도 있는 모습이다. 자신의 이런 겉모습 속에서 이것이 자신인 것처럼 착각하고 살아가는 사람도 의외로 많다. 이러한 삶을 표아(表我)의 삶이라고 하자.

이러한 표아로서의 자신은 상대에 따라 가변적인 모습이다. 그렇기 때문에 여러 모습의 표아를 상대에 맞게 적절하게 쓸 수 있는 정도의 사람일지라도 일반적인 구조 속에서 조화를 이루고 사는 사람은 될 수 있다.

물아(物我)의 삶이 있다. 이 모습의 나는 주관적인 나라고 할 수 있을 것이다.

자신의 욕망이 무엇인지 알고 그 욕망을 달성하기 위해 노력하고 반성할 줄 아는 존재이다. 그렇기 때문에 항상 자신의 모습을 상대에게 잘 보이기 위해 꾸밀 필요가 있고 자신의 약점이나 모자란 부분을 감출 필요가 있다. 속마음은 화가 치밀어 오르고 있어도 그것을 참을 수도 있다.

이렇게 위선할 수 있는 삶을 완성할 수만 있어도 일반적으로 존경받는 사람이 될 수 있을 것이다.

그러나 이 삶도 표아의 삶과 다르지 않게 진정한 자신의 모습일 수가 없다.

사람들은 법이나 어떤 도덕규범이 없다면 저마다 자기 식대로 어떤 행동들을 하고 싶은 것이 있을 것이다. 겉으로 드러내놓지 못하고 있지만, 이렇게 자신의 속에서 구체적인 욕망의 형태로 존재하는 모습을 식아(識我)라고 한다면, 누구에게나 이런 자신만의 형태인 식아가 존재한다.

살아가면서 이렇게 자신의 내부에 존재하는 식아의 모습을 긍정하고 살기만 해도 그 사람의 삶은 상당한 격을 유지할 수 있다. 그러나 대부분 자신의 식을 드러내놓지 못한 만큼 그것을 굳이 다른 모습으로 바꿔 드러내놓게 된다.

항상 나를 잃지 않는 상아(常我)의 삶이 있다.

앞서 말한 식아가 사람마다의 차이를 드러내주는 것이라면 상아는 '식아를 완성시킨 나'라고 할 수 있다. 그러니까 자신이 지니고 있는 표아와 물아와 식아를 알고 그 관계 속에서 자신을 완성시켜나가는 삶을 상아적인 삶이라고 할 수 있다.

이 삶은 상대에 의해 내가 흔들리지 않고 살 수 있는 마음을 어느 정도 얻은 단계라고 볼 수도 있다.

그러나 이러한 삶의 모습도 상대 개념을 벗어날 수는 없는 삶이기 때문에 참으로 구도의 길을 가기 위해선 견아(見我)의 단계까지 올라서야만 할 것이다.

이 견아의 삶 속에서는 자신의 성품을 보아내어, 자신의 삶의 인과(因果)를 다 파악할 수 있기 때문에 의지대로 삶을 살 수 있다. 결국은 운명을 넘어서 그 운명을 조절할 수 있는 삶이 될 수 있는 것이다.

자신의 습기(習氣)가 어떻게 작용하려고 하는지를 미리 알고 있기 때문에 그 습기를 벗어날 수 있는 단계가 되므로 이 단계의 삶에서부터 영격(靈格)이 바뀔 수 있는 것이다.

그 다음 단계의 모습은 구도가 성취되는 깨달음의 세계의 삶일 것이다.

그것은 우주의 법칙성 속에서 참 나를 볼 수 있는, 그리하여 그 자체로 가고 있는 진아(眞我)의 삶일 것이고, 무아(無我)에 이르러 궁극적으로 완전한 우주와의 합일이 이뤄지는 공(空)의 세계가 될 것이다.

천 선생이 설명해준 자아의 단계로 본다면 첫 단계인 표아(表我)의 단계에서조차 착각 속에서 사는 것이 대부분의 삶의 모습일 것이었다.

민욱은 자신의 삶은 어느 단계일까를 생각해보았다. 어쩌면 자신은 참된 자신의 모습을 한 번도 제대로 들여다본 적이 없는, 아예 자신의 실체를 잃어버린 망아(忘我)의 삶을 살아왔는지도 모른다 싶어 쓴웃음을 지었다.

어느새 동쪽 산마루에 해가 솟아 긴 그림자를 드리운 돋을볕이 마당에 가득했다.

민욱이 아무래도 암자 쪽이 궁금해서 돌아서려는데 암자 문이 열리며 나문희의 모습이 보였다. 그녀의 얼굴이 하룻밤 사이 핼쑥해져 갑자기 몇 살은 더 나이 들어 보였다. 언제나 화장기 없는 민낯의 얼굴이었지만 생기와 화사함이 떠난 적이 없었다. 지금은 달랐다. 마당으로 내려서는 그녀는 창백하고 피곤해 보였으며, 초조한 표정이었다.

그녀는 민욱을 보자 메마른 목소리로 천 선생이 방에 계신가를 물었다.

민욱이 천 선생이 남긴 얘기를 전하니깐 그녀는 고개를 끄떡이고는 다시 암자 안으로 들어가버렸다.

도대체 무슨 일이 일어나고 있기에 저렇게 힘들어하고 있는 것인지. 어제 저녁 잠겨 있었던 암자 내부가 궁금하기도 해서 문을 열어볼까 했으나 그녀를 방해해서는 안 될 것 같아 민욱은 발길을 돌리고 말았다.

흰 천에 싸인 불상. 휑한 불단 위에 덩그마니 놓인 그것은 아무런 장식이 없는 암자 속에서 좀 괴기한 기분까지 들게 했다.

아직 점안식을 거치지 않은 불상이기에 공개하지 않는 것이겠지만 마치 시체를 염해놓은 것 같은 모양으로 단단하게 싸여 있어 더 그런 느낌이 들게 하는 것이리라.

"저 물건이 마음 쓰이오?"

세 사람을 앉혀놓고 강의를 하고 나서, 천 선생이 민욱에게 물었다.

"네, 좀 특이한 느낌이 듭니다."

민욱이 대답했다. 다른 두 사람도 같은 느낌을 가졌을 터였다.

"저 물건이 여러분과 제일 먼저 인연을 맺게 되는 것을 보면 전생에 꽤나 큰 연이 있었던 모양이오. 보여줄 것이 있으니 함께 나가봅시다."

천 선생이 자리에서 일어나 손짓을 하면서 밖으로 나섰다.

어느새 중천에 뜬 태양이 이 비밀스런 공간에 온통 따사로운 가을 햇살을 퍼붓고 있었다. 마당에 쏟아지는 햇볕에 눈부셔 하며 민욱은 천 선생 뒤를 따랐다.

나문희는 시종 심각한 표정을 풀지 않고 있어, 민욱은 그녀에게 아침 이후로 한마디 말도 건네지 못했다. 그녀의 심각해 있는 모습이 두 사람까지 무거운 기분에 젖어들게 하였다.

천 선생은 어제 저녁 나문희가 더듬어서 갔던 대밭 사이의 오솔길로 들어섰다. 세 사람을 바위굴로 데려가려는 모양이었다.

민욱과 허탄은 경사가 급한 비탈길을 조심해서 나아가며 새롭게 전개되는 낯선 풍경에 놀랐다.

바위굴은 어젯밤 나문희가 달빛 속에서 보았던 것처럼 음산한 분위기는 아니었다.

굴 입구는 말끔하게 정돈되고 다듬어져 있어 오히려 괴석으로 잘 꾸며놓은 정원의 한 부분같이 느껴질 정도였다. 조금 안으로 들어가자 허리를 굽히고 지나갈 정도의, 위에 창호지가 발린 작은 나무문으로 바깥과 안이 나뉘고 있었다. 문 안으로 들어서자 갑자기 어두워졌으나 금방 굴속의 어둠이 눈에 익게 되었다. 문창호지로 스며드는 광선만으로도 굴 안은 풍경이 제법 뚜렷했다. 한낮이어서 그런지 따로 불이 없어도 책을 읽을 정도는 될 듯했다.

입구와는 달리 천장의 높이가 한 길 반은 족히 되는 것 같았다. 바닥은 넓고 평퍼짐하였다. 대여섯 평 넓이는 됨직한 바위굴은 아늑한 느낌까지 들었다.

"그쪽으로들 앉으시오."

천 선생은 한쪽 바위벽에 잇대어 널찍한 방석처럼 튀어나온 바위 턱 위에 가부좌를 틀고 앉았다. 세 사람에게 작은 툇마루같이 튀어나온 바위 턱을 가리켰다.

천 선생이 자신만의 장소로서 이용해온 곳인 모양이었다.

바위벽에 호롱 하나가 달랑 걸린 것말고는 아무런 집기도 눈에 띄지 않았다.

잠시 동안 눈을 감고 생각에 잠겨 있던 천 선생이 천천히 눈을 떴다.

"이곳은 석포(石浦)라는 도반[25]과 함께 수행을 해온 자리라오."

천 선생은 굴 안을 새삼스레 둘러보면서 얘기를 꺼내놓기 시작했다.

"이십대 시절 산에서 만나 우린 꽤나 의기투합해 용맹 정진을 한다고 했었소. 그 시절 석포는 이 산속에서 굴을 찾아냈고 우린 이곳에 자리를 잡고 함께 수행을 시작했소. 이십여 년 전의 일이오. 그러나 나는 한곳에 오래 머무르지 못하는 성미라 일 년이나 이 년쯤 머물다가 다른 곳으로 자리를 옮기고, 그랬다가는 다시 돌아오곤 했지요. 그렇게 드나드는 것이 습관이 되어 석포가 이곳에 십오 년 머무는 동안 나는 일곱 차례인가를 떠났다가 돌아오곤 했소. 석포는 한 번도 이 산을 떠난 적이 없었지요. 그 시절 이곳은 사람이 거의 찾지 않는 외진 곳이었기 때문에 여느 토굴에서 수행하는 수행자들과는 달리 혹독한 자기 절제가 없이는 일 년 정도라도 이곳에서만 머물러 있는 것은 거의 불가능한 일이었소. 석포의 수행은 나로서는 흉내도 내지 못할 정도로 자신에게 엄격했소. 그는 가혹하다 할 만큼 자신의 육체를 고행의 수단으로 단근질을 하며 수행을 했소."

---

25 도반(道伴) : 수행을 함께 해나가는 벗.

세 사람은 천 선생으로부터 뜻밖의 얘기를 듣기 시작하자 거의 숨소리도 내지 않으면서 그의 음성에 온통 집중했다. 나직이 흘러나오는 천 선생의 목소리는 바위벽의 공명으로 듣기 좋을 만큼 부드러운 울림을 동반했다.

천 선생 도반의 본명은 황석포(黃石浦).

석포는 어려서부터 뛰어난 머리와 능력을 가지고 있었다. 거기다가 선천적으로 다부지게 타고난 체력 때문에 언제나 아이들 위에 군림하듯이 했다. 그가 일부러 그러려고 해서가 아니라 아이들 편에서 스스로 그의 밑으로 굽히고 들기를 원했다.

그러나 석포는 다른 아이들이 자신을 그렇게 대하는 것을 오히려 부담스러워했고, 혼자 있기를 원했다. 그에게는 남달리 직관적으로 상대의 마음을 읽어 내거나 자신의 주변에서 일어나는 일들을 미리 알 수 있는 특별한 능력도 있었다. 언제나 그런 것은 아니었지만, 무언가 그와 연관된 특별한 경우에 그런 능력이 나타나곤 했다.

그리고 그에게서 또 하나 특이한 점은 가끔씩 어떤 상황에 따라 드러나는 끔찍한 폭력적인 잔인성이었다. 국민학교 시절부터 드러나기 시작한 그의 폭력성은 부모와 선생님들이 종내 이해할 수 없었던 특성이었다.

평소의 석포는 집에서건 학교에서건 더할 나위 없는 모범생이고, 나이에 비해 비범하다 할 정도로 언행이 어른스러웠다. 그러나 자신이 옳다고 생각하는 일에 상대가 반대하거나 트집을 잡으면 평소에는 상상할 수 없는 그의 다른 모습이 드러났다.

같은 또래 아이들의 경우 그에게 대드는 것은 스스로 죽기를 각오한 것이나 마찬가지였다. 멋모르고 그랬다고 하더라도 자신에게 반대했던 아이는 몇 차례의 주먹 정도가 아니라, 끝내는 무릎을 꿇고 다시는 그에게 맞서지 않겠다는 맹세와 함께 용서를 빌어야 했다.

특히 그보다 덩지가 더 크고 힘이 세다고 생각되는 상대와 그런 일이 생겼을 때에는 정말 생사를 가르는 일전이 벌어지곤 했다.

같은 반에 그 학년에서 덩지가 제일 큰 친구가 있었다. 학년은 같았지만 나이는 석포보다 두 살이나 많았고 체격이 당당한 아이였다. 그 시절 전쟁이 끝난 지 얼마 안 된 시절이라 제 나이에 학교에 다니지 못한 아이들이 많았다. 특히 시골 학교에는 그런 아이들이 한 반에 서너 명씩은 되었다.

어느 날 석포는 그 덩지 큰 아이와 의견 충돌이 생겼다. 그 의견 충돌의 내용은 석포 처지에서 보면 제 의견이 맞는 것이고 그 덩지 큰 아이의 눈으로 보면 그의 얘기가 맞을 수밖에 없는 문제였다. 그러나 석포에게 그런 상황은 용서될 수 없었다. 그는 자신이 옳다고 생각한 것은 모두에게 옳은 것이기 때문에 누구라도 자신의 의견을 따라야만 했다.

덩지 큰 아이도 끝까지 지려고 하지 않았기 때문에 둘은 방과 후 철둑 넘어 솔밭에서 결투를 벌이기로 했다. 지는 사람은 상대에게 승복하고 용서까지 빌어야 하는 조건을 건 결투였다. 조건은 그렇게 걸었지만 석포에겐 자신이 옳기 때문에 진다는 상황은 있을 수 없는 것이었다.

아이들은 이번 싸움에서만은 결코 석포가 이길 수 없다고 생각했다. 그 아이는 어른들과도 씨름을 할 정도로 대단한 힘을 가진 것을 아이들은 잘 알고 있었다. 석포도 그것을 모르지 않았다.

싸움이 시작되자 아이들이 예상했던 대로 일방적으로 석포가 몰리기 시작했다. 몇 번 나뒹굴고 서너 차례 정타로 얼굴을 얻어맞은 석포는 벌써 코피를 흘리고 있었다. 그러나 석포는 피투성이 얼굴을 아랑곳하지 않고 끈질기게 덩지에게 달라붙었다.

금방 끝날 것 같던 싸움은 얼마간의 시간이 지나도 계속되었다. 이젠 덩지도 눈두덩이 터져 피를 흘렸다. 덩지는 석포에게 졌다는 것을 인정하라고 거듭 말했지만, 그럴 때마다 석포는 묘한 미소를 지어보이며 어림없다는 듯 자세를 가다듬었다.

시간이 좀 더 지나면서부터는 덩지의 움직임이 둔해졌고 오히려 석포한테 맞는 횟수가 늘어나기 시작했다.

아이들은 기가 질렸다. 이렇게 무섭도록 오랜 시간을 끄는 싸움은 처음이었다.

덩지 큰 아이는 이제 지쳐서 서로 비긴 것으로 하고 싶었으나 석포가 받아들일 리 없는 일이었다. 덩지가 지치는 것과는 거꾸로 석포는 오히려 동작이 빨라지면서 거칠게 공격을 해댔다. 석포의 박치기가 결정적으로 덩지의 정면을 강타하자 얼굴을 감싸 쥐고 앞으로 고꾸라지듯 넘어졌다.

석포는 엎드려 있는 그의 앞에 버티고 서서 숨을 몰아쉬며 외쳤다.

"용서를 빌어라. 빌면 용서해주겠다."

덩지는 입 안 가득 고인 피를 뱉어 냈다. 부러진 이가 피에 섞여 튀어나왔다.

"좋아. 내가 졌어."

덩지가 일어서면서 신음처럼 말했다.

"진 건 당연한 것이고, 무릎을 꿇고 용서를 빌어라!"

석포가 다그쳤다. 그러나 덩지는 차마 그렇게까지는 할 수 없었던지 엉거주춤한 자세로 머뭇거렸다. 그러자 석포의 주먹이 그의 턱을 향해 날랐고, 덩지는 다시 고꾸라졌다.

"아, 알았어. 빌게."

덩지는 죄인처럼 석포 앞에 무릎을 꿇고 두 손을 합장하듯 올렸다. 이젠 정말 석포를 두려워하는 빛이 눈에 가득했다.

"용… 서… 해줘. 잘못했어."

그 이후 석포는 동네나 학교에서 아이들에게 절대적인 존재가 되었다.

석포가 지방에서는 명문이라고 알려진 시내의 고등학교에 진학하였고 그의 나이가 본격적인 사춘기라고 할 열여섯 살이 되었을 때 그는 이미 정신적으로 어른이었다. 그러나 그의 예지력(叡智力)과 자기 성찰 능력은 오히려 그 자신을 깊은 회의에 빠져들게 했다.

석포는 나이가 들기 시작하면서 자신의 생각이나 판단이 옳다고 해서 남에게 제 의견만을 고집하는 것은 무리한 짓임을 차츰 알게 되었다. 그러나 그렇다고 해서 그의 행동이 바뀐 것은 아니었다. 여전히 자신에 대한 거부 앞에 참을 수 없었고 타협을 받아들이기 어려웠다.

어린 시절에는 그런 것에 대한 감정을 폭력적인 방법으로 드러내어 제 뜻을 관철시킬 수 있었지만, 이젠 스스로 안으로 삭혀내야 했고, 자신의 관점에서 분명히 옳지 않다고 판단된 것들과도 함께해야 하는 고통을 감내해야만 했다. 더욱이 그의 몸속에 웅크리고 있는, 자신의 지식에 맞서는 것들에 대한 폭력적인 잔인성의 기질은 그를 못 견디게 했다. 엄청난 에너지로 숨겨져 있는 그 폭력적인 잔인성이 발산되지 못함에서 오는 고통은, 결국 그 본질에 대한 생각에 이르게 했다.

그는 자신의 정의를 위해 수호신처럼 자신의 전부를 감싸고 있는 잔인성의 에너지가 어디서 비롯하는 것인지 알아야만 했고, 자신의 직관과 예지력에 의해 판단되는 것들을 두려워하게 되었다.

그를 수용하고 있는 주변의 일상적인 구조가 그의 능력에 의해 판단된 정의나 진실을 이해하지 못한다면, 그 구조 속에서 견디는 방법은 자신을 부정해야만 하는 것이었다. 그러나 자신을 부정하는 것은 자신이 존재하지 않아야 가능한 것이었다.

어느 날 한 스님이 석포의 집을 찾아왔다. 예전부터 인근에 상당한 도력이 있다고 알려진 스님이었는데, 석포네 집안의 먼 친척이 되는 사람이기도 했다.

가족들이 모여 스님에게 인사를 드렸고, 석포도 예의를 갖춰 큰절을 올렸다. 스님은 석포의 얼굴을 주시하더니 그의 아버지에게 무어라고 귀엣말을 했다. 아버지는 석포더러 잠시 나가 있으라고 했다.

석포는 마당으로 나와 하늘을 올려다보며 어떤 예감을 느끼고 있었다. 자신의 운명에 어떤 변화가 오리라는 것을 그 스님과 눈이 마주치는 순간 알 수 있었다. 스님이 온 것은 그의 문제 때문일 터였다.

스님이 떠난 후 그날 저녁 아버지와 어머니는 심각한 얼굴로 석포를 불렀다. 석포를 불러 앉힌 부모는 난감한 표정만 지을 뿐 말문을 열지 못하고 한숨을 쉬었다. 어머니는 안절부절못하다가 고개를 돌리고 코를 풀었다.

"알고 있습니다. 제가 스님한테 가야 한다는 것을."

석포가 먼저 입을 떼자 부모는 아연한 얼굴이 되었다.

"너도 밖에서 얘기를 들었던 모양이구나."

아버지가 더듬거리듯 말했다.

"아닙니다. 그냥 알 수 있었습니다. 언제 떠나면 되겠습니까?"

석포는 이미 마음 준비가 되어 있었다. 부모는 이 아이가 자라면서 남다른 점이 많은 것을 알았지만 그것이 항상 불안으로 남아 있었던 이유를 스님으로부터 얘기를 듣고 나서야 이해할 수 있었다.

"석포야. 너는 다른 공부를 해야 한다는구나. 그건 네가 남들보다 뛰어나서 그런 것이니 상심해선 안 된다. 네가 다른 아이들처럼 평범한 학교에 다니면서 공부를 하게 되면 네게 이롭지 못한 일들이 일어난다는 것이 스님 말씀이다. 스님 밑에서 배우면 너의 능력을 마음껏 쓸 수 있는 공부를 할 수 있다고 하니, 이 아비도 받아들이기로 했다."

아버지는 애써 담담해 하셨지만, 어머니는 넋을 놓고 치맛자락으로 눈물을 훔치고 있었다.

석포에게는 예견된 일이었고, 어떤 짐을 벗어놓듯이 홀가분한 기분이 들었다.

그렇게 석포의 산 생활은 시작되었다.

지리산의 한 자락에 자리 잡은 절이었다. 그를 산으로 불러들인 그 스님 밑에서 행자 노릇을 하며 불경을 공부했다. 그러나 그는 경전 공부보다는 참선에 열중했다. 아직 계를 받지 못한 행자 자격으로 다른 스님들과 같이 선방에 들 수는 없는 처지였지만 스스로 혼자 있는 시간이면 가부좌를 틀고 앉았다.

사실 그는 중학 시절부터 저절로 명상의 세계로 들어가는 법을 터득했고 그 몰입된 세계 속에서 자신의 실체를 보아내기 시작했다. 그것은 전생으로부터 타고난 그의 능력 중 한 가지였을 것이었다.

그 스님 밑에서 공부를 하면서 그의 나이 스무 살이 되었을 때는 경전 해석은 물론 역술에서도 상당한 수준에 올라 있었고, 참선을 통해 자신을 보아낸 마음 경계 또한 깊어 있었다.

스물두 살 되던 해 그를 이끌어주었던 스님이 입적하자 석포는 여섯 해 동안 몸담아 있던 지리산을 떠났다. 그 후 이삼 년 정도 이 산 저 산의 수행인들과 어울리기도 하면서 만행[26]의 시절을 보냈다.

그 무렵쯤에 석포는 자신 속에 잠재해 있는 폭력적인 잔인성의 실체를 본질적으로 파악해낼 수 있는 마음 경계를 얻었다.

천 선생은 얘기를 멈추고 잠깐 생각에 잠기는 듯했다.

민욱은 굴 안에 정적이 흐르자 갑자기 이 작은 공간이 다른 궤도에 진입해 흘러가는 우주선 같다는 생각이 들었다. 그럴지도 모르는 일이었다. 현재 자신이 체험하고 만나는 일들이 이제껏 살아왔던 자신의 세계에서는 전혀 생각할 수 없었던 것들이었다. 그가 상상조차 하지 못했던 사건들이 이제 현실로 다가와 자신을 편승시킨 후 미지의 우주여행을 떠나고

---

26 만행(漫行) : 떠돌아다니는 것을 방편으로 하는 수행. 흔히 절집에서는 겨울에 한곳에 모여 수행하는 동안거(冬安居)나 여름의 하안거(夏安居)를 끝낸 수행자가 다음 철의 안거에 들어가기 전의 시간을 만행으로 보내는 경우가 많다.

있는 셈이었다.

천 선생은 이윽고 다시 입을 열었다.

내가 석포에 대해 처음 관심을 가진 것은, 당시 서로의 공부를 확인하기 위해 일 년에 한두 번 만나는 도반이 있었는데 그 도반으로부터 아주 별난 수행자가 있다는 얘기를 듣고서부터였소. 그 도반의 얘기로는 몇 달을 전혀 음식을 먹지 않고 수행을 하는 거사가 있는데 그가 성취한 경계가 이미 큰스님들의 경계를 넘어섰다고 소문나 있다는 것이었소.

당시 나는 내 공부를 점검해보는 의미에서 큰 도인이라고 알려진 분들을 찾아다니며 한 말씀 듣는 것을 방편으로 삼고 있었던 터라 호기심이 생긴 건 당연한 일이었소. 여러 달을 넘게 곡기(穀氣)를 끊는 일이 정말 가능한 것인지 궁금하기도 했지요. 내 자신 그 시절 이십대의 젊은 열정과 욕심을 앞세워 공부하던 참이라 내가 하는 공부 방법과 비교해 보고 싶기도 했소.

그가 두륜산 근처 어느 외진 곳에 있다는 소문을 듣고 보름 동안 그럴 듯한 계곡과 있을 만한 곳을 뒤졌지만 그가 있는 곳을 알아낼 수가 없었소. 내가 욕심을 앞세웠기 때문에 찾지 못하고 있다는 것을 뒤늦게 알게 된 나는 그날 저녁 깊은 명상에 들어 그와 파장(波長)이 연결되도록 노력했소. 다음날 편안한 마음으로 생각의 파장을 따라 반나절을 헤맨 후 지금 암자가 있는 곳까지 오게 되었소.

그때가 동짓달 문턱이었는데 며칠 전에 내린 폭설로 눈이 무릎까지 차올랐소. 산은 온통 눈천지여서 막상 산 위에 섰을 때에는 그를 찾는다는 생각도 깜박 잊어버린 채 설경에 취해 있었소.

참 이상한 기분이었지요. 이곳에 이르러 설경을 돌아보며 이제 그를 만날 수 있다는 생각이 저절로 들었던 것이오. 나는 그 자리에서 눈을 쓸어버리고 명상에 들었소. 명상에 들어 있는 동안 그의 기운을 바로 옆에서 느낄 수가 있었지요. 그는 나를 거부하는 것이 아니라 조화를 이루는 파장으로 와 닿았소.

나는 아주 흐뭇한 기분으로 명상을 끝내고 자리에서 일어섰지요. 주변을 둘러보니 사람 발자국이 보입니다. 그 발자국을 따라가기 시작했소.

굴속에서 그를 발견했을 때 그는 지금 내가 앉아 있는 이 자리에서 깊은 명상에 들어 있었소. 머리는 거의 어깨에 닿을 정도로 길었고, 수염도 언제 깎았는지 모를 정도였소. 동굴 속의 원시인을 떠올리면 되오. 그는 내가 들어오는 기척을 알았을 텐데도 미동도 하지 않는 것으로 보아 삼매(三昧)에 들어 있는 듯했소.

나도 조용히 한쪽에 자리를 잡고 앉아 같이 명상에 들었고, 꼬박 하룻밤을 지낸 후 그가 자리에서 일어나는 기척을 느끼고 나도 명상에서 나와 눈을 떴지요. 그렇게 우리의 첫 대면이 시작된 것이오.

굴속에는 생활 용품이라곤 아무것도 없었소. 그가 깔고 앉은 짚방석 하나와 옆에 놓인 분소의[27] 한 벌이 전부였지요. 그가 완전히 곡기를 끊고 있다는 것이 증명된 셈이오.

수행자에게 먹는 문제는 번거로운 일 중의 하나이기 때문에 석포처

---

27 분소의(糞掃衣) : 세속 사람이 버린 헌옷을 주워다 빨아서 지은 가사(袈裟). 헌 옷의 조각조각을 모아 기워서 만든 옷이므로 납의(衲衣)라고도 한다. 비구가 이 옷을 입는 것은 탐심을 여의기 위한 것이다.

럼 먹지 않고 지낼 수 있다는 것은 같은 수행자로서 여간 부러운 일이
아니오.

세속의 인연을 끊고 산으로 들어온 수행자들에겐 식욕과 색욕을 극복
하는 일이 전제가 됐을 때 윗 경계의 수행이 가능한 것이오. 인간에게 본
능적으로 깃들어 있는 오욕(五慾) 중에 물욕과 명예욕은 세속의 인연을
끊는 순간 어느 정도 다스려지는 부분이지만, 이 식욕과 색욕은 끈질기게
따라다니며 수행을 방해하는 물건이지요."

"선생님, 질문을 드려도 되겠습니까?"

천 선생이 잠시 말을 멈추는 사이에 허탄이 마치 국민학생처럼 손을
번쩍 들었다. 천 선생은 무슨 얘긴지 해보란 듯 고개를 끄덕였다.

"수행인들이 여러 모습으로 고행하는 것은 이해됩니다만, 몇 개월이
넘도록 아무것도 먹지 않을 수 있다는 건 도저히 믿기 어렵습니다. 어떻
게 그런 일이 가능한지 이치를 알고 싶습니다."

천 선생은 다시 고개를 끄덕였다.

그의 설명이 시작되었다.

일반적으로 인간의 지각(知覺)은 다섯 가지 감각과 생각에 의해 무엇
인가를 판단할 수 있는 것이오. 그것이 이성(理性)이 우리에게 해줄 수 있
는 전부인 셈이지요. 그러나 드러나 있는 현상 세계의 이면에는 우리가
있는 줄조차도 모르고 사는 본체(本體)의 무한한 생명력의 세계가 있는
것이오. 그 절대적인 진리의 세계는 우리 사고의 추리 능력으로는 알 수
가 없는 세계지요. 이것이 인간 지식의 한계인 게요.

인간의 지식이란 감각적인 지각에 바탕을 둔 것이며, 삼라만상의 실재(實在)는 지각된 것이며, 우리가 존재한다고 생각하고 있는 것은 단지 지각이나 또는 환각에 지나지 않는 것이오. 우리는 그렇게 구조가 되어 있기 때문에 인간이 안다고 하는 세계는 벽에 비쳐진 그림자를 보는 것 같아서 절대적인 진리의 모양은 알 수가 없는 것이오. 우리가 무엇을 하든지 언제나 뒤에 남는 것은 가지(可知)의 세계의 찌꺼기일 뿐인 셈이오. 이것이 인간 지성의 한계이며, 인간의 정신 상황의 전부인 셈이오.

많은 철학자와 과학자들이 인간 지식의 구조 장치와 법칙을 알려고 끊임없이 탐구해왔지만 유감스럽게도 그들은 근본의 답을 찾을 수가 없는 것이오.

석포가 먹지 않고 몇 개월을 지낼 수 있었다는 것도 지식으로 판단하려고 할 때는 답을 얻을 수 없을지도 모르오. 그러나 구태여 지식으로 이해시키기 위해서라면 이렇게 설명해볼 수도 있을 게요.

모든 움직이는 생명을 가진 것들은 지기(地氣)의 기운을 가지고 살게 되어 있소. 여기서 지기란 곡식이나 열매, 그러니까 식물을 통해 가시적으로 물질화된 기(氣)의 모든 형태를 말함이오. 그렇게 동물에게 지기를 제공하는 식물들은 바로 태양 에너지와 땅의 기운을 조화시켜 자신의 생명을 유지하면서 지기를 제공해주는 역할을 하는 셈이지요. 식물은 엽록소라는 장치를 통해 태양의 기를 다른 형태의 기로 옮겨놓아 다른 생명들에게 제공하게 되는 것이오. 그러니까 결국 지구상의 모든 생명은 태양의 에너지로 생명을 유지할 수 있게 되는 것이지요.

지기를 통해 먹는 행위를 거치지 않고도 살 수 있다는 것은 인도의 요기들이나, 또 고도의 정신 수련을 하는 수행자들로 해서 웬만큼 알려져 있지요. 세상에 소개된 경우도 이미 많이 있소.

이들은 어떤 영적 체험이나 고도의 수련을 통해, 바로 태양 에너지를 직접 육체 속에서 자신의 에너지로 바꿔 쓸 수 있는 능력을 갖게 된 것이라 보면 될 게요. 그러니까 식물처럼 태양의 빛을 통해 전해지는 기를 곧바로 자신의 기운으로 쓸 수 있는 구조가 몸속에 생겼다고 볼 수 있지요.

특별한 경우겠지만 석포도 이미 그런 능력을 갖추어 있었을 것이라고 생각할 수 있을 게요. 이해하실 수 있겠소?

천 선생은 빙그레 웃으며 허탄을 보았다.

"아, 네. 믿기 어려운 사실이지만 어느 정도 이해는 됩니다."

허탄은 진지한 표정으로 머리를 숙였다.

천 선생의 이야기는 다시 길게 이어졌다.

석포가 성취한 경계는 높았소. 당시 나로서는 그가 이미 큰 지혜를 얻었다고 생각했었소. 석포보다는 내 나이가 세 살 위였지만 그와 함께 동굴 수행을 시작하면서 나는 자연스럽게 그를 스승처럼 여기게 되었소.

언젠가 그에게 이젠 사람들을 만나 자신이 도달한 우주의 이치를 펼칠 때도 되지 않았냐고 물은 적이 있었지요. 그러나 그의 대답은 단호한 것이었소. 그는 금생(今生)에는 사람들의 무리에 어울리는 삶은 살지 않으리라고 했소. 그 자신이 큰 이치를 깨달았다고 할지라도 결국 자신에게 크게 잠재해 있는 습기의 뿌리는 금생에 완전히 없어질 수가 없기 때문이라는 것이었지요. 여러 생을 거치는 동안 옳은 것을 위해서는 자신의

폭력성과 잔인성도 합리화해왔던 습기가 이번 생에서는 끝나야 한다는 것이었소,

깨달았다고 할지라도 자신의 습기의 모양대로 남을 가르칠 때 참 자비에 이르게 할 수 있는 가르침이 되지 못할 뿐더러, 가르침을 받는 이들에게도 또 다른 폭력성과 잔인성의 인자를 심어주게 된다는 것이었소.

진정한 깨달음이라는 것, 우주와의 진정한 합일이 이루어지는 것은 가르침의 방편조차도 완전한 자비의 모습으로 연결되어야 가능하다는 것이 그의 생각이었소.

상대를 깨우치게 하기 위해서는 잔인한 방편도 필요하다고 생각했던 자신에게 깊이 뿌리박혀 있는 잔인성의 습기를 완전히 없애는 것이 자신이 이번 생에 이루어야 할 과제라는 것이었소.

지혜는 조건 없이, 어느 곳 어느 누구에게도 자비를 가지고 전해야만 궁극의 진리에 다다를 수 있음을 그는 자신의 습기를 통해 통철하게 봐냈던 것이오.

참자비와 일체가 되지 못한 지혜로 이루어지는 가르침은 오히려 가르침을 받는 이에게 참지혜로 가는 길을 착각하도록 오도할 위험이 있다는 것이 그의 신념이기도 했던 것이오.

어느 날 석포는 오늘 자신이 명상에 들기 시작하면 오랫동안 자리에서 일어나지 않을 것이니 그리 알라고 했소. 그날 아침 숲에서 한 시간 정도 경행(輕行)을 마치고 굴 안으로 들어온 그는 결가부좌 자세로 조용히 명상에 들어갔소.

나는 그가 아마도 열흘이나 보름쯤 용맹정진하려나 보다 했소. 일주일

씩 또는 열흘씩을 한 자리에서 꼼짝 않고 명상에 드는 모습을 여러 번 봐 왔었기 때문에 이번에도 그러려니 했지요. 그런데 보름이 지나고 한 달이 차가는데도 그는 미동도 하지 않고 마치 화석이 되어버린 것처럼 움직이 지 않는 것이었소.

나는 하루에 두 번씩 바깥으로 나가 행선(行禪)을 하면서 몸을 풀곤 했 는데 그는 눈 한 번 뜨지 않고 명상에 들어 있었소. 그런 그를 보면서 나 는 내 근기(根機)가 얕음을 여러 번 부끄러워하기도 했소.

한 달이 지나도록 일어날 기색을 하지 않자 나는 그가 어떤 결심을 했 다는 것을 그때서야 눈치챌 수가 있었소. 이미 그는 이번 생의 자기의 것 들을 거두어들이고 마지막 자신의 습기를 제거하기 위한 작업에 들어갔 던 것이오.

나는 조용히 그의 모습을 관찰하기 시작했소. 두세 달이 지났을 때도 그의 신체에 어떤 변화가 보이지는 않았지요. 호흡 소리나 움직임은 전 혀 없었으나 혈색도 여전하고 다른 변화가 없는 것으로 보아 아직 목숨 이 붙어 있음을 확인할 수는 있었소. 그러나 육체의 기운은 아직 작용하 고 있지만 그의 영혼은 이미 이쪽 세상을 떠난 것이 분명했소.

어느 날 그의 육체 옆에서 명상을 하고 있던 나는 그가 어느 곳에선가 영적 파장을 보내주고 있음을 느낄 수 있었소. 그날 나는 그의 육체의 기 능이 완전히 정지했음을 알았소.

화석처럼 결가부좌 자세로 굳어버린 그의 시신 옆에서 나는 두 달 동 안을 자주 삼매에 들면서 그의 가르침을 받을 수 있었소. 삼매 속에서 영 의 세계로부터 파장으로 전해오는 그의 가르침은 내가 그동안 수행 중에 한계로 느껴졌던 부분들을 명쾌하게 풀어주고 있었소. 그 두 달, 그와의 영적 교류가 이어졌던 그 기간은 이십여 년의 나의 수행 생활 속에서 찾아 헤맸던 모든 것을 한 묶음으로 엮어 하나의 답으로 찾아낼 수 있게 한 소중한 시간이었소.

그렇게 두 달을 새로운 깨달음의 환희 속에서 꿈결처럼 보낸 나는 그의 시체를 어떻게 처리해야 할까 하는 생각을 그때서야 하게 되었소.

그런데 참 신기한 일이었지요. 육체의 기능이 완전히 멎은 지가 두 달이 넘었는데도 시체가 부패하는 현상이 없었던 것이오. 다만 시체는 습기가 증발되면서 말라 들어가고 있었을 뿐 전혀 썩는 현상을 보이지 않는 것이었소.

나는 그의 시체가 썩지 않고 그냥 미라처럼 말라 들어가는 것을 보고 이것도 그가 전해주는 어떤 뜻일 거라는 생각이 들었소.

수행자들 중에 그런 모습을 남겨놓고 열반에 드는 경우가 가끔 있었지요. 특히 육체의 신통력을 방편으로 삼아 수행하는 요기들 중에 그런 경우가 흔히 있다는 것은 알려진 사실이오.

내가 한때 만행으로 수행할 때 대만을 간 적이 있었소. 대북시 교외에 자항사(慈航寺)라는 절이 있는데, 그 절은 등신불[28]을 모신 절로 알려진 곳이었지요.

그 절에 자항이라는 스님이 수행을 하고 있었는데 도력이 높았던 스님이었던가 보오. 그 스님이 열반에 들기 전에 유언하기를 내가 죽은 후

---

28 등신불(等身佛) : 일반적으로는 몸의 크기만 한 불상을 말하지만, 실제 수행자가 깨달은 후 좌탈(坐脫)한 육신을 그대로 불상으로 만들어 놓은 것을 이른다.

시체를 커다란 항아리에 담아놓았다가 오 년이 지난 뒤에 꺼내보아라. 그 때 시체가 썩지 않고 그대로 있으면 내 시신을 등신불로 만들어 항상 너 희들이 볼 수 있는 곳에 놓도록 하라고 했다는 것이오. 그래서 그의 제자 들이 시키는 대로 시체를 처리해서 오 년 지나 항아리를 열어보니 유언 대로 시체는 썩지 않고 그대로 건조되어 있어서, 그 시신 위에 개금(改金) 처리를 해 등신불로 모셔놓게 됐다는 것이었소.

그 스님은 자신의 겉껍질인 육체를 통해 당시 신심이 약했던 제자들 에게 한 방편으로 그런 모습을 보여주었던 것일 게요.

어쨌든 그렇게 수행자들이 육체라는 껍질을 이용해 자신의 죽음까지 도 방편으로 쓰는 경우는 흔히 있는 일이오.

나는 석포의 시신을 자항사(慈航寺)의 등신불처럼 처리하기로 결심했 소. 그의 죽음이 뜻하는 바를 그가 남겨놓은 껍질을 통해 인연 닿는 이들 에게 전해주는 것이 공부에 도움을 주는 것이라고 확신했지요.

오로지 그가 도달하고자 하는 깨달음을 위해 한 삶을 마무리한 석포가 그의 남은 육체를 통해 설법을 해주는 것이라는 생각이 들었던 게요. 그가 생전에 대중(大衆)을 위해 설법을 한 적은 없지만, 그가 남겨놓은 그의 육 체를 통해 앞으로 그가 많은 설법을 하리라는 것을 나는 느낄 수 있었소. 그가 이 같은 방법을 택한 것은, 이것이 자신의 습기를 묻히지 않고 어떤 지혜를 전할 수 있는 유일한 방법이었다고 생각했기 때문일 수 있소.

해를 넘겨 시신이 완전히 건조했을 때 시신을 등신불로 만들기 위한 작업을 시작했던 것이오.

그렇게 그가 남겨놓은 육체를 등신불로 완성시킨 후 그 등신불을 모셔놓을 암자를 짓기 시작했소.

"석포암이 그렇게 지어진 것이군요. 그리고 불단에 놓인 것은 등신불이고."

민욱이 긴 꿈에서 깨어나 잠꼬대하듯 중얼거렸다.

"그렇다오. 나는 일 년 동안을 암자를 짓는 데 열중했지요. 암자를 짓느라고 산 아래 사람들과 왕래도 하게 되었고."

"구족 거사라는 별호도 그때 지어졌군요."

"그랬던가 보오."

"암자도 지어졌고 거처도 마련됐는데 선생님께서 아직까지 이 동굴에서 수행하시는 이유를 알고 싶습니다."

"그것도 애착일 게요. 아직 나는 석포라는 벽을 뛰어넘지 못하고, 어쩌면 그의 도움을 원하고 있는 것일 게요. 이젠 이 굴집은 여기 오신 세 사람과도 인연이 맺어진 셈이오. 자, 일어나서 암자로 가봅시다. 석포 거사와 여러분과의 정식 만남이 있어야 할 게요."

천 선생은 합장을 하고 나서 몸을 일으켰다.

세 사람도 천 선생을 향해 합장을 하며 절을 했다.

천 선생이 일어나 두 남자와 함께 밖으로 나갔다. 나문희는 뒤처진 채 천 선생이 앉았던 자리를 응시하고 있었다. 석포라는 사람의 환영이 떠오를 듯했다. 그토록 치열하게 도(道)의 길을 가는 사람들. 그 처절한 현장.

한나절까지 화창했던 하늘이 어느새 흐려 있었다. 어디서 몰려온 구름일까? 싸늘한 바람까지 일고 있었다. 암자 안이 좀 어둑하게 느껴져 천 선생은 호롱불을 밝혀 양쪽 기둥에 걸어 놓았다.

세 사람은 경건한 마음이 되어 두 손을 모으고 천에 싸인 상(像) 앞에 조용히 섰다. 천 선생은 향 한 대를 피워 앞에 놓인 향로에 꽂고 불단 위로 올라가 천을 풀어내기 시작했다.

금빛으로 개금된 상이 드러났다.

전체적으로 뼈가 드러나 있는 모습이어서 언뜻 인도의 간다라 시대 고행상을 연상케 했으나 얼굴은 살아 있는 사람의 표정 그대로였다. 감고 있는 눈이 좀 퀭하게 들어가 있었다. 그 눈에서 명상에 든 생전의 그의 모습의 절절함이 진하게 느껴졌다. 세 사람은 향을 한 대씩 피워 올리고 석포 거사의 상을 향해 삼배(三拜)를 올렸다.

천 선생은 가부좌를 틀고 명상에 들기 시작했다. 밖에서 빗방울 떨어지는 소리가 들렸다. 때아닌 가을비가 내리고 있었다.

11. 육체는 그대의 유일한 도구

하늘 소리 들으며 그대 육체가 한 자루의 붓이 될 때 그대는 우주의 큰 생명을 그려낸다.

후두둑. 빗방울이 차창을 때렸다. 어제 갰던 날씨가, 가을답지 않게 오늘 아침부터 또 흐리는가 싶더니 기어코 다시 비를 뿌렸다.

빗방울이 제법 전방의 시야를 어지럽히자 허탄과 교대하여 핸들을 잡은 민욱이 윈도 브러시를 틀었다. 잠시 뿌옇게 흐려졌던 시야가 다시 트이며 고속도로로 진입하는 톨게이트가 보이기 시작했다.

민욱은 석포암에서 보낸 사흘의 시간이 꿈같이 느껴졌다. 오랜 세월 인생을 치열하게 살다가, 끝내는 그 세월을 달관의 심정으로 바라볼 수 있는 마음자리를 찾아내어 되돌아보는 것처럼, 불과 몇 시간 전에 떠나온 석포암에서의 시간이 그렇게 느껴지는 것은 충격과 경이로움, 혼란스러움과 감격스러움, 그리고 감사함과 존경심… 이런 벅찬 감정들로 점철된 시간이었기 때문일 것이다.

나문희는 등받이에 깊숙이 기대 앉아 고개를 약간 젖히고 눈을 감고 있다. 그녀 또한 석포암에서의 시간들을 되새기고 있으리라. 사흘 전 밤골을 떠날 때 그녀답지 않게 초조와 불안으로 그림자 졌던 얼굴은 평온과 여유를 회복하고 있었다.

허탄은 조수석에 앉아 눈을 감고 있다가는 가끔 노트에 메모를 하곤 했다. 석포암에서의 경험이 어떤 시상(詩想)으로 떠오르는 것을 메모하는 것인지, 그의 메모 습관은 이 새로운 세계의 체험 과정에서도 여전했다.

세 사람은 솔메 마을을 벗어나면서 거의 대화 없이 자기 생각들에 빠져 있었지만, 무거운 침묵이 아니라 무언가 서로 그냥 통하고 있는 기운 같은 것이 느껴졌다. 마음은 어느 때보다도 가벼워 자동차 엔진 소리마저도 음악 소리처럼 부드럽게 와 닿았다.

"나 선생님, 주무세요?"

침묵을 깨고 민욱이 백미러로 그녀를 바라보았다. 나문희가 눈을 뜨고 대답 대신 눈썹을 움직여 보였다.

"암자에서 있었던 일 여쭤 봐도 되겠습니까?"

민욱은 여전히 백미러 속에서 그녀를 보며 말했다. 그녀의 얼굴이 가볍게 끄덕였다.

"밤 새워 명상에 들었던 날, 천 선생께서 전생을 봐내야 한다고 하셨다는데, 그날 밤 정말 명상을 통해 전생을 보셨습니까?"

민욱은 천 선생을 통해 새로운 세계를 접하면서 생각하지 못했던 여러 체험을 하고 있는 셈이지만, 전생에 대한 얘기는 계속 의문으로 남았다. 지금의 내가 아닌, 다른 모습으로 다른 시대에 살았던 나를 어떻게 상상할 수 있을까? 나는 과거에도 있었고 미래에도 있을 것이다. 도무지 가슴에 와닿지 않는 이야기였다. 어떤 실감을 가질 수 없었다. 실감이 없을 뿐만 아니라 이치적으로도 이해하기 어려웠다.

민욱의 물음에 나문희는 미소를 지었을 뿐 쉽게 입을 열지 않았다.

"전 아직도 전생이 있다거나 전생을 볼 수 있다는 것이 믿기지 않거든요. 현실과 너무 동떨어진 얘기로 들려요. 정말 나 선생님이 전생을 보았을까, 궁금한 것입니다."

민욱이 미소만 짓고 있는 그녀에게 대답을 재촉했다.

"아무리 그럴듯하게 설명해도 본인이 체험하지 않은 일이라면 실감할 수 없다는 건 알잖아? 내가 전생을 보았거나 다른 무엇을 체험했거나 내 얘기가 민욱 씨에게 도움이 될 것 같지 않은걸."

나문희가 가볍게 웃으며 말했다.

"어. 그래도 전 나 선생님의 얘기라면 백 퍼센트 믿잖아요? 얘기해주기 아까우니까 괜히 빼시는군요?"

"실은 말이야. 얘기하기 아깝다기보다 이걸 말로 꺼내놓으면 정말 옛날이야기나 동화보다 더 설득력 없이 들릴 것 같아. 왜냐하면 그 느낌, 명상 속의 그 실감을 생생하게 재현할 수 없기 때문이야. 그 실감을 버리면 이건 그야말로 믿을 수 없는 환각 같은 것이 되어버릴 거야. 그러니 내 전생은 나 혼자의 비밀로 간직하도록 용서해주시길."

나문희는 애교스럽게 웃었다. 그러나 이내 웃음을 거두고 진지한 눈빛이 된 그녀는 상체를 좀더 운전석 쪽으로 기울이며 자세를 고쳐 잡았다.

"사실 우리가 조금만 지혜의 눈을 뜨고 가까운 주변만 살펴보아도 웬만한 답은 쉽게 찾을 수가 있는 것 같아."

"…"

"이 꽃만 봐도 그렇지. 물론 이런 얘기도 체험에서 오는 실감이 바탕이 되어주니까 할 수 있는 것이겠지만."

나문희는 솔메 마을을 지나올 때 길 옆에 흐드러지게 피어 있던 들국화 몇 송이를 꺾어 재킷 윗주머니에 꽂았었다. 그 꽃 한 송이를 뽑아 들었다.

"이 꽃이 지난 가을 씨로 떨어져 땅속에 묻혀 있다가 겨울을 지난 후 새싹으로 돋아났다는 사실을 의심할 사람은 없겠지. 그건 우리가 눈으로 보고 확인할 수 있는 사실이니깐. 그러나 이 꽃 입장에서, 자신의 현재 모습을 보고 나는 어떻게 해서 생긴 존재인가 하고 생각한다고 봤을 때, 이 꽃이 지난해 씨앗 이전의 세계를 기억해내지 못한다고 해서 그 씨앗 이전에 꽃으로 존재했었던 시간과 공간이 없었던 건 분명 아닐 거란 말이야. 이렇게 간단하고 명료한 이치를 왜 우리가 의심해야 하느냐 이거지."

"글쎄… 사람의 존재를 그렇게 간단하게 꽃에 비유해서 얘기할 수 있는 건지 모르겠군요."

민욱은 그녀의 설명에 만족하지 못한다는 표정이었다.

"자신이 모르는 것에 관해 끊임없이 의문을 갖는 것은 지혜에 접근하기 위한 좋은 태도지만, 민욱 씨처럼 한번 새겨진 고정 관념을 깨는 데 인색한 사람은 공부해서 좋은 성적 올리기 힘들어요. 모쪼록 공부하는 입장에서는 일단 긍정하고 나서 그 다음에 검증을 해보는 것이 법이라고 천 선생님께서도 말씀하셨잖아? 민욱 씨는 자신의 고정 관념을 깨뜨리는 연습을 많이 해야 할 것 같아. 긍정하는 마음으로 의문을 가지는 것은 전혀 시작부터 다른 것이니까."

나문희는 짐짓 나무라는 어조를 지었다.

"아니, 제 고정 관념의 벽이 그럴 정도예요?"

민욱이 실망스럽다는 듯 고개를 갸웃했다.

"글쎄. 본인이 명상을 통해 자신을 점검해보면 알 테고… 그보다는 내가 좀 더 잘난 체해 보고 싶으니까 내 설명을 계속 더 들어보시기를."

나문희는 자신의 생각을 정리하려는 투로 설명을 계속했다.

"사람마다 각기 개성을 가지고 태어나고, 능력 또한 천차만별인데 이렇게 제각각 타고난 습관과 능력들은 어떻게 해서 사람에게 잠재되는 것일까? 현대 과학은 이렇게 설명하고 있지. 염색체라는 구조 속에 한 인간을 형성하기 위한 모든 정보가 입력되어 있기 때문에, 모태 속에서 한 생명이 태동하는 순간부터 염색체에 입력된 정보에 의해 한 인간이 형성되기 시작하는 것이라고, 그렇다면 염색체에 입력된 정보는 어디에서 온 것일까? 부모라는 매개체를 통해 전해지는 이 염색체 속의 정보의 근원은 어디일까? 내 결론은 그 입력되어 있는 정보가 바로 습기(習氣)로 남아 있는 전생의 흔적인 셈이라는 거지. 굳이 이런 식으로 가닥을 잡는 것은, 흔히 지식 계층의 사람들에게는 그럴듯한 설명이 될지 몰라도 사실 진실하고는 좀 거리가 있는, 말 그대로 가닥잡기일 뿐이야. 우리가 참으로 의문을 가져야 할 부분은, 이런 뜬구름 잡는 의문이 아니라 어떻게 현재 이렇게 실체로 존재하는 내 모습을 통해 존재 의미를 영적인 차원에서 풀어나가느냐 하는 걸 거야. 그럴 수 있을 때 우린 확신을 가지고, 있는 자리에서 있는 모양을 가지고 구도(求道)의 몸짓을 해낼 수 있을 거야. 난 이제 그것만은 확신할 수 있어. 그런 의미에서 우린 선택받은 자 중에 하나일 거라구. 그렇지 않아?"

나문희는 석포암에서의 풍경을 떠올리는 듯, 손에 든 꽃을 그윽이 바라보았다.

"나 선생님 말씀 듣고 나니 부끄러운 생각이 드는군요."

민욱이 좀 풀이 죽은 투였다.

"나도 잘난 체한 것 같아 부끄러워. 그러나 부끄러워하는 건 좋은 에너지. 왜 언젠가 천 선생님이 말씀하셨을 거야. 우리가 부끄러운 감정이 생겼을 때 그 감정을 긍정적으로 받아들이면 오히려 즐거움으로, 더 나가서는 환희심으로도 발전시킬 수 있지만, 부정적으로 그 감정을 처리하게 되면 수치심으로 떨어지게 된다고. 그래서 공부하는 사람은 항상 자신에게 일어나는 모든 일을 긍정할 수 있는 마음자리를 놓치지 않을 때 영격을 높여갈 수 있다고 말야."

"잘 알겠습니다. 제 이 돌같이 굳어버린 고정 관념을 밤골에 도착하는 대로 박살을 낼 테니 두고 보십쇼."

민욱이 좀 쑥스러운지 농담조로 말하자 허탄까지 합세해서 두 사람이 아무렴, 하고 동시에 외치는 바람에 셋이 한바탕 웃음을 터뜨렸다. 빗줄기가 그렇게 거칠지는 않았지만 마치 장마비처럼 추적추적 차창에 흩뿌려졌다. 차창 안쪽으로 뿌옇게 습기가 끼는 통에 민욱은 자주 히터를 가동시켜 바람을 차창으로 보내야 했다.

나문희는 다시 등받이에 깊숙이 기대앉으며 눈을 감았다.

그날 밤의 체험은 고통스럽기도 했지만 그녀로서는 한 꺼풀 벗어버리고 새로 태어난 체험이었다. 어린 시절 나뭇가지에 죽은 듯이 매달렸던 벌레가 껍질을 벗어버리고, 한 마리 찬란한 나비의 생명으로 태어나는 것을 보면서 가졌던 가슴 벅찬 감동이 되살아났다. 자신도 그렇게 날 수 있으리라고, 막연하게 가졌던 믿음이 현실로 일어난 것 같은 느낌이기도 했다.

천 선생으로부터 백회혈을 통해 기운을 받은 후 과거로 거슬러 올라가는 파장을 잡고 명상에 든 그녀는 두려운 정적 속으로 끝없이 침잠하였다. 그런 정적의 시간이 얼마쯤이었을까? 어느 순간 마치 되감기는 빠른 속도의 화면처럼 자신의 살아온 모습들이 보이기 시작했다. 한순간에 지나가는 모습들이었지만 순간순간 생생하게 과거의 것들이 인식되고 되짚어지며 그 모든 사건과 복잡한 감정들이 일순에 그냥 알아지고 있었다.

어린 시절의 모습들로 거슬러 올라가자 전혀 기억할 수 없었던 많은 일들이 그때의 느낌 그대로 전해지기도 했다.

참으로 신기한 일이었다.

어머니의 품에 안겨 젖을 빠는 자신의 모습이 보였을 때, 첫돌이 되기도 전의 모습이었지만 그때의 감정과 생각까지도 아주 섬세하게 기억되는 것이다. 그리고 어머니가 부르는 나지막한 노랫소리도 들렸다. 그 노래의 가사까지도 생생하게 떠올랐다. 열 달 된 아이가 흐뭇하게 젖을 빨며 여러 가지 생각도 하고 있었다.

그녀는 믿을 수 없는 기억들을 이만큼에 물러서서 계속 지켜보았다. 따뜻하고 더할 나위 없는 안락함, 부드러움과 평온으로만 가득한 세계. 그녀는 어머니의 태내에서, 바람 한 점 없는 따뜻한 봄날 수정같이 맑은 호수 위에서 작은 배를 타고 노를 젓는 기분으로 유영하고 있었다. 그 안락한 여유로움이란 온 우주가 자신을 위해 축복의 노래를 불러주고 흔들그네를 밀어주는 것 같았다.

어느 순간인가 혼란스러움의 기운이 온통 뒤범벅이 되는 듯했다. 그러더니 호화스러운 모습을 갖춘 한 여인의 삶이 파노라마처럼 보이기 시작했다.

인도의 어느 궁전 같은 곳인가 하면, 처음 보는 낯선 풍경 속에서 많은 남자들과의 만남을 가지며 온갖 애증의 뿌리를 뻗치기도 하고, 타고난 미색을 이용하여 거머쥔 권세를 오욕을 만족시키기 위한 수단으로 사용하기도 했다. 특히 그녀는 육체의 향락을 위해서라면 수단과 방법을 가리지 않고 자신이 원하는 대로 욕심을 채웠다.

그러나 그녀는 스스로의 쾌락을 찾아 즐기면서도 다른 사람들에게 그 쾌락을 나눠줄 줄도 알았다. 혼자서만 즐기는 것이 아니라 그녀를 중심으로 모두 함께 생명의 환희로움을 육체를 통해 즐길 수 있도록 배려를 하는 아량이 있었다. 그녀를 둘러싼 모든 것들이 자신과 더불어 즐거워야만 하는 것이라고 그녀는 믿고 있었다. 그녀의 그러한 삶은 상대를 즐겁게 하고 자신도 즐거웠지만, 그녀의 깊은 내면 의식의 한편에서는 참된 생명의 법칙에 순응하고 있지 못함이 죄의식으로 쌓여가고 있기도 했다. 그것은 다른 차원으로의 삶을 원하는 또 하나의 자신이 그렇게 웅크린 모습으로 그녀 속에 존재하고 있기 때문이었다. 그런 모습의 삶을 되풀이하면서 그녀는 이질적인 두 개의 자신을 잠재의식 속에 키워가고 있는 것이었다.

나문희는 명상 속에서 보이고 느껴지는 것들이 몇 번의 전생 속에서 자신이 살아왔던 삶이란 것을 알 수가 있었다. 쾌락을 좇아서 불꽃 속으로 날아드는 부나비처럼 욕망의 불을 찾아 살아왔던 자신의 수많은 모습들이 사진첩 속에 나열된 과거의 단상들처럼 드러나 보였다. 언제 어떤 연유로 그런 삶의 모습들이 새겨졌는지는 몰라도, 그 보이는 모습들은 자신에게 깊이 새겨진 색심(色心)의 에너지와 연관된 전생의 모습들일 것이었다.

그랬을 것이다. 그렇게 육체를 통해 쾌락을 추구했지만, 한편으로 다른 차원에 대한 동경이 그런 자신을 죄의식으로 느끼게 했고, 그 죄의식이 쾌락을 향한 욕망의 에너지를 잠재의식 속에 깊이 끌어내려놓은 모습으로 태어난 것이 이번 생의 자신일 것이었다.

세 사람이 민욱의 작업실에 도착했을 때 밤골의 날씨는 아랫녘과는 달리 개어 있었다. 마을을 둘러싼 밤나무 숲에 낙엽이 지는 참이어서 두륜산에서 보았던 가을의 정취는 이미 이곳에선 지나가버렸지만, 돈울산을 바라보며 느끼는 밤골의 공기는 언제나 상쾌했다. 감미롭도록 곱게 물들었던 돈울산이 회갈색 색조를 띠고 어느새 초겨울의 모습으로 서 있었다.

민욱은 작업실을 관리해주는 동네의 김 씨로부터 몇 통의 전화 내용이 적힌 메모지를 받았다.

작품 일로 화랑에서 온 한 통을 제외하곤 모두 서울로 돌아간 송수련한테서 온 전화였다. 무슨 급한 일이 있는지 오는 대로 곧 연락을 바란다는 메모였다. 어제 하오의 것이 마지막 메모였다.

세 번씩이나 전화를 했던 것으로 보아 꽤 긴요한 일인 것 같았다.

나문희가 그녀의 아파트로 전화를 했으나 신호만 계속 울릴 뿐이었다.

"무슨 일일까?"

나문희가 좀 걱정스런 표정을 지었다.

"다시 연락이 오겠죠."

민욱이 커피포트가 끓는 소리를 듣고 코드를 빼며 그녀를 안심시켰다.

"여간해서 전화를 하는 체질이 아닌 앤데… 오늘 일요일이니 강의 나갈 일도 없을 게구. 어딜 갔을까?"

나문희는 아무래도 친구의 일이 걱정되는 모양이었다.

"허탄 씨, 오늘 서울 올라간다고 했지?"

"그럴 참이에요. 천 선생님 오시는 날 내려올까 해요."

"나도 가봐야 할까 봐. 애가 무슨 일이 있는 게 분명해."

"기다리면 다시 전화하겠죠. 자, 그리웠던 커피 맛 좀 봅시다."

민욱이 끓는 물을 분말 커피가 담긴 잔에 따랐다. 고소한 커피향이 하얗게 피어오르는 김을 통해 코끝에서 감미로웠다. 녹차의 담백하고 은은한 맛보다는 민욱에겐 아직 이렇게 강렬한 커피향이 더 친숙했다.

"오는 도중에 나 선생님의 설명 잘 들었습니다만 또 하나 의문이 있어요."

커피 한 모금을 음미하듯 천천히 마시고 나서 민욱이 나문희를 보았다.

"어제 천 선생님 말씀 중에 앞으로 석포암은 '있는 자리에서 있는 그대로를 볼 수 있게 하는 도량'이 될 것이고, 저희들 또한 현재의 모습을 가지고 지혜의 문을 열었을 때 우주와 일체가 되는 경계도 얻을 수가 있다고 하셨거든요. 들을 때는 어렴풋이 뜻을 알 것 같았는데 지금은 혼란스러워요. 무슨 뜻인지, 내가 구체적으로 어떻게 해야 한다는 것인지. 막연하단 말씀예요."

"말 그대로 받아들이면 되지 싶어. 민욱 씨가 가지고 있는 현재 모습 그대로가 가장 적절한 구도(求道)의 수단이라는 말씀이 아닐까?"

"현재의 내 모습이 가장 적절한 구도의 수단이라면?"

민욱이 고개를 갸우뚱했다.

현재의 내 모습?

인간 도민욱의 현재 모습?

민욱이 처음 화가가 되기로 결심했을 때, 모든 해답이 예술 속에 있다고 확신하였다. 그림을 통해 예술가의 삶을 살면서 자신의 정신적 세계를 천착해나가면 궁극에는 종교적 차원의 문제들도 예술 속에서 해결할 수 있으리라고 믿어졌다. 그런데 과연 그러했던가?

그는 지금 한 사람의 화가로서 어느 정도 자신의 영역을 구축했다고 평가받기에 이르렀지만, 그러나 이것이 아니었다. 그가 찾고자 했던 세계는 이런 것이 아니었다. 실은 일찍부터 눈치채지 않았던가? 예술이란 것의 한계가 무엇인지, 동시에 그가 가진 것도 예술밖에 없다는 한계도 절실하게 느꼈다.

그런데 현재의 내 모습에서 궁극의 길을 찾으라고 천 선생은 말하고 있는 것이다.

"밤골에 도착하는 대로 고정 관념의 덩어리를 박살내겠다더니 아직 그대로 끌어안고 있는 것 같은데?"

나문희가 놀리듯 말했다.

"아하, 그렇게 되는 거예요? 알겠습니다. 오늘 저녁엔 기필코 박살을 내고 말 테니 두고 보십쇼."

민욱이 주먹까지 불끈 쥐며 장난기 있는 표정으로 입을 꾹 다물어 보였다.

"이미 부도가 났지만 아는 사이에 한번 믿어보죠 뭐."

허탄이 나문희를 쳐다보며 웃었다.

허탄과 나문희는 돋울산 밑에 이내가 낄 무렵 서울로 올라갔다. 나문희는 천 선생이 올 때까지 작업실에 머물러 수련할 계획이었으나 송수련과 계속 통화가 되지 않자 집으로 찾아가봐야겠다며 허탄의 차로 함께 올라갔다.

민욱은 오랜만에 혼자만의 시간과 공간을 갖게 된 셈이었다.

간단하게 저녁을 때운 민욱은 작업실 주변을 거닐었다. 셋이 어울려 있던 동안의 절제되어 있던 감각의 올이 풀리듯 하면서 민욱은 석포암에 서 있었던 일들이 다시 새록새록 떠올랐다.

천 선생이 석포 거사의 등신불을 보여줬을 때 민욱은 하마터면 소리를 지를 뻔했다.

무서웠다. 건조된 시신 위에 여러 겹 건칠[29]을 하고 개금을 입혔기 때문에 실제의 시신과는 차이가 있을 것임에도 민욱은 몸서리가 쳐질 정도로 끔찍한 살기를 느꼈다.

등신불의 어떤 모습이 살기를 느끼게 했는지 꼭 집어서 말하기는 어려웠다. 가까이서 찬찬히 들여다보았을 때에는 살기가 느껴질 만한 모습은 찾을 수 없었다. 곧게 허리를 편 채 결가부좌를 한 자세에서 두 손은 단전 아래 가지런하게 포개져 있고, 얼굴은 표정이 없는 것 같지만 자세히 보면 깊은 명상 속에서 모든 감정을 지운 담담함, 그런 평안을 느끼게

---

29 건칠(乾漆) : 옻나무의 즙으로 만든 액을 여러 겹 발라서 두께를 입히는 작업. 영구성이 있고 부패를 막는다.

하고 있었다.

천 선생은 처음에는 시신을 다비하려고 했었다고 한다. 그런데 시체를 옮기려고 해도 마치 그가 앉아 있던 바위와 하나가 되어버린 듯 꼼짝 않았다고 한다. 시신을 옮기는 것은 거의 여섯 달이 지나서야 가능했다. 천 선생이 석포 거사가 다비를 원치 않음을 깨달은 뒤의 일이었다.

석포 거사는 자신 속에 내재해 있는 폭력성과 잔인성의 깊은 습기를 제거하기 위해서 그 잔인성의 에너지를 스스로에게 돌려 끝내는 삶 전체를 자신의 잔인성을 이용한 자신과의 싸움으로 마무리한 셈이었다. 그의 육체는 그 싸움의 현장이었고, 그 싸움의 결과였다. 한 영혼이 지고의 영성(靈性)을 찾아내기 위해 치러냈던 전장(戰場)이 등신불로 남아 있는 셈이었다.

등신불을 대면하는 순간 와 닿았던 살기는 그 전장에 남아 있는 잔인성의 흔적 때문일까? 아니면 민욱 자신 속에 잠재해 있는 살생습(殺生習)의 에너지가 그 치열했던 전장의 파장과 연결되어 스스로 일으켜낸 것일까?

민욱은 뜨락을 거닐며 석포 거사의 등신불이 마치 자신의 내면에 가부좌를 틀고 앉아있는 느낌을 가지기 시작했다.

그 느낌은 아직은 이해할 수 없지만 석포 거사의 메시지가 자신의 내면에서 수신되고 있기 때문일 것이라고 민욱은 생각했다. 민욱은 백회혈이 열리는 느낌을 받았다. 의지를 가지고 백회에 집중을 하지 않고 있는데 저절로 백회가 열리고 있는 것이다. 수련이 시작된 이후 집중하지 않은 상태에서 이렇게 백회가 열리는 현상은 처음이었다.

밤골의 기운이 느껴졌고, 돈울천의 기운이 느껴졌고, 또 돈울산의 기운이 온몸으로 느껴졌다. 그 기운을 느끼며 민욱은 자신의 잠재의식 깊은 곳에서 어떤 에너지가 꿈틀거리는 것을 알 수 있었다.

민욱은 참으로 오랜만에 작업실로 들어가고 싶은 충동이 일었다.

몇 달째 오일 냄새가 사라져버린 작업실은 이제 그의 공간이 아니었다. 그가 그토록 부둥켜안으려고 애를 썼던 그 방은 타인들의 방일 따름이었다.

작업실 한쪽 구석에 뭉크[30]가 웅숭그리고 앉아 멀뚱한 눈을 뜨고 있다.

또 한구석엔 잭슨 폴록[31]이 뇌성마비 환자처럼 흐느적거리고 있다.

저쪽 구석에선 로젠버그[32]가 볼썽사나운 물건을 드러내놓고 방뇨를 하고 있다.

이쪽 구석에선 달리[33]가 흰자위를 잔뜩 보이며 눈을 치켜뜬 채 발작 직전에 있다.

---

30 뭉크(Edvard Munck, 1863-1944) : 표현주의의 선구자적 역할을 한 화가. 인간의 심리를 죽음에 접근시켜, 신비적이며 환상적이지만 주로 어둡고 부정적인 면을 표현하였다.

31 잭슨 폴록(Jakson Pollock, 1912-1956) : 미국인 화가로서 액션페인팅의 대표적인 화가. 그는 화면을 수평으로 두고 상하좌우의 구별 없이, 그린다는 의식을 배제한 상태에서 행동의 흔적을 남겨 밀도 있는 화면 공간을 만들어냈다.

32 로젠버그(Robert Rauschenberg, 1924-2008) : 일상적인 오브제나 기성 제품을 그대로 작가의 의식의 표현으로 사용해 예술계에 충격을 주었던 팝 아트 계열의 작가. 반 예술적 활동이나 일상의 오브제 자체를 그대로 창조 행위로 내세운다는 것에 큰 의미를 부여했다.

33 달리(Salvadore Dali, 1904-1987) : 스페인 화가로서 정신적인 면에서 프로이트의 영향을 받아 인간의 잠재 의식의 세계를 초현실주의적인 기법으로 형상화시킨 현대의 대표적인 슈르레알리즘 화가이며, 조각도 많이 남겼다.

천장에 팝[34]이 누더기처럼 붙어 있다.

청바지를 입은 불량하게 보이는 청년이 한쪽 손에 망치를 들고 한쪽 손엔 홀바인 물감을 묻힌 붓을 들고 창문을 기웃거린다. 허름한 밀짚모자 밑으로 귓바퀴에 꽂힌 스케치용 연필이 보인다.

민욱은 작업실 문을 열고 벽에 있는 스위치를 켰다. 그리곤 눈을 감고 열린 백회혈을 통해 호흡을 가다듬었다.

뭉크가 힐끔힐끔 곁눈질을 하며 물러선다.

잭슨 폴록이 흔들거리는 사지를 팽개치듯 철퍼덕 주저앉는다.

로젠버그가 못다 쓴 물건을 집어넣고 웅크린 채 뒷문으로 빠져나간다.

달리가 구겨진 콧수염을 움켜쥐고 기어나간다.

누더기처럼 붙어 있던 팝이 너풀너풀 휴지 조각처럼 바람결에 날아간다.

불량해 보이는 청년이 자기 얼굴에 얼룩덜룩 붓질을 하면서 창문 밖으로 뛰어내린다.

민욱은 눈을 떴다.

몇 달째 손을 안 댄 100호 캔버스가 텅 빈 광장처럼 작업실 가운데 펼

---

34 팝 : 팝 아트(Pop Art). 1950년대 영국에서 시작된 미술 운동이었지만, 본격적으로 미술의 한 양식으로 자리잡게 된 것은 미국 작가들에 의해서였다. 일상의 이미지나 기성의 물체들을 미술 작품으로 전환시켜 새로운 시각으로 현실을 보게끔 유도했다. 화면에 나타나는 이미지는 구상적이지만 회화적 사고 그 자체는 다분히 추상적인 면이 있다. 대표적인 작가로 로젠버그, 재스퍼 존스, 앤디 워홀, 리히텐슈타인 등이 있다.

처져 있다.

민욱은 백회로 빨려 들어오는 강렬한 기운이 그의 내면 깊은 곳에 가라앉아 있는 어떤 에너지를 끌어올리고 있음을 감지한다.

분노 같기도 하고 열정 같기도 한, 아니면 맹렬한 광기 같기도 한.

그 에너지를 몸짓으로 풀어내야 할 것이지만 민욱은 잠시 어찌할 바를 모르고 경련하듯 떨기 시작했다.

무엇을 망설이는가? 무엇을 두려워하고 있는가?

스스로 되뇌면서 버티던 그는 이윽고 그 엄청난 에너지를 온몸으로 흘려보내려고 안간힘을 쓰면서 백회의 기운을 캔버스에 연결시켰다.

민욱의 몸이 움직이기 시작했다.

너울거리던 두 손이 붓을 움켜쥐고 물감을 듬뿍 찍어 캔버스에 발랐다. 그의 두 손은 물감통에서 연신 물감을 찍어 캔버스로 가져갔고, 캔버스 위에서 춤을 추듯 움직였다.

민욱은 그런 자신의 모습을 이만큼에 물러서서 보듯 지켜보기 시작했다.

물감통과 캔버스 사이를 오가며 움직이는 그는 모노드라마 주인공의 진지함을 가지고 자신의 감추어진 모습들을 깊은 잠재의식의 우물에서 길어 올리고 있다. 길어 올려진 것들은 캔버스 위에서 색으로, 선으로, 형상으로, 드럼 치듯 움직이는 붓끝을 통해 흘러나갔다. 그것들은 비틀리고 왜곡된 것이고, 추하고 더러운 것이며, 부끄러운 것이며, 인간으로서는 가져서는 안 된다고 생각했던 포악함과 잔인함이며, 비굴함이고 어리석음의 찌꺼기들이다. 이것은 자신의 것이 아니라고 부정했던 것들이고 비웃으며 손가락질하던 것들이다.

민욱의 이마에서 송글송글 땀이 솟는다. 그의 눈동자는 캔버스에 머물러 있지 않고 어디를 보고 있는지 알 수 없는 깊이에 초점이 잡혀 있다.

어두워진 창으로 달이 떠오르고 있었다. 석포암에서 바라보며 큰 생명의 메시지를 느꼈던 달이 민욱의 작업실 창에서 떠오르고 있는 것이다.

민욱은 거의 새벽녘이 되어서야 몸짓을 끝내고 잠자리에 들었다. 그는 둥실둥실 무한의 바다를 향해 잠 속으로 흘러들어 갔다.

민욱이 눈을 뜬 것은 계속 울리는 전화벨 소리 때문이었다. 깊은 잠 속에서 처음엔 귀뚜라미 소리라고 생각했는데 끊임없이 울리는 소리는 결국 그를 깨웠다.

허탄의 전화였다.

"잠들었었나? 지금 몇 신 줄 알아? 한낮이라구. 정신 차리고 내 말 좀 들어봐. 기가 막힌 일이 일어났어. 내가 말이야. 간밤에 시를 열 편이나 썼어. 도저히 믿기지가 않을 거야. 원고지루다 수십 장이 넘어. 어쨌는 줄 알아? 여보세요. 듣고 있는 거야? 응, 그러니깐 내 얘기 좀 들어봐. 이건 기적이야. 뭐? 정신이 없다고? 아, 그래 정신 차리구 있어. 찬물을 한 바가지 뒤집어쓰라고. 알았어. 아냐, 조금 있다가 다시 전화할께."

허탄은 잔뜩 들떠 있었다. 흥분해서 소리를 지르다시피 하고 있었다. 민욱은 깊은 잠에서 막 빠져나온 탓으로 그가 무슨 얘길 하는지 벙벙했다. 그래서 정신 차린 뒤에 이쪽에서 전화하마 하고 수화기를 내려놓았다.

허탄의 말대로 찬물 세수라도 해야 할 것 같았다. 일어서려니 다리가 휘청했다.

하루 저녁에 시를 열 편 썼다? 그건 정말 대단한 일임에 분명했다. 민욱은 허탄이 시 한 편을 쓰느라고 얼마나 고심하고 힘들어하는지 잘 알고 있었다. 허탄은 유난히 시간을 들여 끙끙대며 시를 썼다.

시 한 편을 가지고 한 달도 더 끄는 경우가 허다했다. 초고를 다듬는 데에 걸리는 시간은 그만두더라도 한 편의 시상을 애벌로 옮겨놓는 데에만 그렇게 시간이 걸렸다. 허탄의 경우 시작(詩作)은 늘 그렇게 힘든 일이었다. 원고지 수십 장 분량이라면 그냥 옮겨 쓰는 일이라도 하룻밤에 끝내기가 벅찬 일일 텐데 산문도 아닌 시를 그렇게 써냈다니, 놀라운 일임에 틀림없었다.

정신을 차리고 난 민욱은 허탄에게 다이얼을 돌렸다.

허탄은 흥분이 좀 가라앉아 있었다. 그러나 목소리는 자신감으로 넘쳤다.

"명상에 들어갔거든, 열 시쯤이었을 거야. 석포암에서부터 계속 어떤 충동 같은 것이 있긴 했었지. 무언가 드러내놓아야 할 에너지 같은 것이 꿈틀거리고 있는 느낌이었어. 명상 속에서 나는 시를 쓰고 싶다는 생각을 하고 있었지. 불현듯 떠오른 생각이었어. 내부에서 꿈틀거리는 이 에너지를 몸짓이 아니라 시로써 풀어보고 싶다는 생각을 했던 거야. 시간이 얼마쯤 지났는지는 모르겠는데 어느 순간 나도 모르게 백회를 통한 기의 흐름이 몸 전체로 흐르더니 오른쪽 손으로 특별한 어떤 느낌이 오기 시작했어. 직감적으로 그것이 무엇을 뜻하는 것인지 알 수가 있었지. 난 가부좌를 풀고 책상으로 가서 종이를 펼쳤지. 수련할 때처럼 지켜보는 나를 놓치지 않고 있었어. 정말 신기했어. 만년필을 쥔 손이 글을 써 내려가기 시작했는데 내 의지와는 별개로 저절로 빈칸을 메꿔나가는 기분이었어. 분명히 그랬다구. 무엇을 써야겠다는 생각을 하는 것도 아니었는데 마치 영매가 자동 기술을 하는 것처럼 글을 써 내려갔다고. 새벽까지 꼬박 앉아서 그렇게 글을 써 내려갔던 거야. 글쓰기가 멈춰진 후 너무 희한한 일이 내게 일어난 것이라 한참 동안은 내가 무엇을 했는지도 모르고 멍해 있었지. 처음엔 내가 하는 행동 하나하나를 지켜보는 마음을 붙들고 있었는데 어느 순간 쓰는 일에 취해버렸던 것 같아. 어쨌거나 정신을 가다듬고 쓴 글을 읽어보았어. 거의 그대로 시가 되어 있는 것이었어. 내가 애써 초고를 써놓았을 때보다 오히려 군더더기가 없어 조금만 정리하면 될 정도로 글이 되어 있더라니깐. 처음 부분만 읽어볼 테니 한번 들어봐, 지난밤 써진 그대로의 글이니깐."

허탄은 잠시 뒤에 송화기에 대고 시를 읽기 시작했다. 신바람이 나서 낭송을 하듯 큰 목소리로 읊었다. 제목도 저절로 떠오른 것이라고 했다. 그가 읽어준 시의 첫 부분은 이러했다.

하늘 소리

벽(壁)입니다.
그대의 벽입니다.
공허(空虛)함이 두려워 끌어당긴 회색의 벽입니다.
억겁(億劫)으로부터 둘러진 숨바꼭질하는 벽입니다.

무명(無明)의 터널 속에서 쌓고 또 쌓아올린 습기(習氣)의 벽입니다.

육처(六處)에 닿아 그것으로 있게끔 한 존재(存在)의 벽입니다.

더듬더듬.

더듬더듬.

벽이 있음으로 해서 어둠이 생겼다는 걸 그대는 알 수가 없었습니다.

벽은 그대를 인식케 하는 유일의 신(神)이었습니다.

벽에는 문자(文字)가 있습니다.

벽에는 주술(呪術)로서의 기호(記號)가 있습니다.

벽에는 오색으로 피어오르는 곰팡이가 있습니다.

벽에는 역사가 새겨놓은 기록이 있습니다.

벽에는 거미줄이 있어 꽃무늬 거미가 흔들흔들 춤을 춥니다.

벽은 그대의 스승이고 그대 의미(意味)의 전부였습니다.

벽 높은 곳에 뚫린 작은 구멍 하나.

그것은 그대의 신앙이었습니다.

구멍 속으로 힐끗힐끗 별빛 한 점

때로는 가로 걸린 초승달이 그대의 유일한 지혜로 남았습니다.

어느 날 구멍으로 들어온 빛살 기둥이 벽 속의 그대를 영광스럽게 했습니다.

그대가 움직일 때마다 빛살 기둥 속에서 금빛 찬란한 생명들이 춤을 췄습니다.

흥에 겨워 옷을 벗어들고 홀홀 털어버리면

빛살 기둥은 자욱한 금빛 기둥이 되어 그대를 황홀케 합니다.

구멍의 빛살은 그대와 더불어 영광이었습니다.

벽은 바다를 보여줍니다.

그대는 바다에서 시를 쓰고 싶어 했습니다.

가뭇없이 아득한 수평선이며,

그 위에 피어오르는 은빛 뭉게구름이며,

그 비릿한 원시적인 파도의 으르렁거림이며,

촉촉이 젖은 짭짜름한 바람이며,

그 원시의 소리와 풍경들은

강한 흡인력으로 그대를 안으로부터 끌어냅니다.

그리하여 본능적인 설레임과

그것들과 어우러진 감동만이 눈부신 갈매기를 따라

환상처럼 너울거립니다.

바다는 그대를 가설무대 위에서

춤을 추게 합니다.

그것이 그대의 회색벽 속의 삶이었고 그대 삶의 즐거움이었습니다.

그러나

선택받은 그대는

정수리로부터 축복의 문이 열려

그대의 육체가 하늘의 소리 들었을 때

아득한 태고로부터 하늘 소리는

높이 떠오른 솔개의 날갯짓으로 맴돌다가

하늘 문 여는 그대를 향해

우주의 생명으로 내려와 앉습니다.

회색의 벽 속에서 그대의 진리는

새로운 것을 위하여 허무는 일을 했고

아직 파괴되지 않은 것을 찾아

들짐승처럼 헤매었습니다.

하늘 소리를 들은 그대여

회색의 벽은 솔개의 날갯짓 속에 사라지고

이제야 촛불 하나 켜놓고

바다의 환상에서 벗어나

생명의 시를 쓰는 법을 배웁니다.

죽음을 통하여 영원한 생명을 엿보고

끝없는 침잠(沈潛)의 세계로 내려갈 줄 알아,

끊임없이 죽어갈 줄 아는 지혜를 얻습니다.

그대의 욕망이 주먹을 쥐면

손 안에 든 공기가 사라지듯 그렇게 생명은 사라지는 것을.

그대가 가야 할 궁극의 길은

바깥에서 끌어들이는 것이 아니라

안쪽에서 밀어내기, 항상 밀어내깁니다.

그대의 정수리로부터 들어온 우주의 생명은

무한한 공허,

지극한 고요.

그 영원성 속에서 형상이 일고, 빛깔이 생겨

신비하고 또 신비한 노래를 합니다.

하루하루가 창조의 새벽이고

하루하루가 유일하며

신은 그대의 생명 자체입니다.

그대의 육신은 솟대가 되어

정수리로 내려 꽂히는

솔개의 바람 소리 하늘의 생명 소리

가부좌를 튼 그대의 손바닥 위에

한 잔의 차로 고여 옵니다.

한 잔의 찻잔 속에 속삭임이 들려옵니다.

그대가 자유를 얻고 싶다면

그를 따르십시오.

그가 갓난애가 되면 함께 갓난애가 되고

그가 방종하면 함께 방종하고

그가 화를 내면 함께 화를 내고

그가 슬퍼하면 함께 슬퍼하고.

그러나 그대는 이만큼에 서서

그대의 육신이 하늘 소리에 속해 있음을 압니다.

12. 있는 자리에서 있는 그대로를 볼 수 있다면

그대의 노랫소리 삼라만상 두루 퍼진다.

나문희한테서 전화가 왔다. 송수련이 몸에 이상이 생겨 신경정신과에 입원해 있다고 했다. 다른 데는 아무런 문제가 없는데 말을 하려고 해도 제대로 목소리가 나오지 않는다는 것이었다. 때로는 입이 벌어진 채로 한참 동안을 다물 수가 없다고 했다.

병원에서는 아직 원인을 못 찾고 있다고 했다. 명상을 하는 도중 그런 일이 생겼다고 했다니 의사는 심신이 허약한 사람이 고도의 정신 작용을 한 것이 심리적인 부담이 되어 일어난 현상 같다는 잠정적인 결론만 우선 내려놓고 있다는 것이었다.

나문희는 천 선생이 올라오는 대로 연락을 해달라며 전화를 끊었다.

민욱은 오전에 두 시간의 명상을 마치고 돈울천을 거닐었다. 초겨울의 연한 쪽빛 하늘 아래 돈울천은 맑은 물을 소담하게 안고 길게 누워 흘렀다. 고기비늘 같은 잔물결이 일렁임에 따라 이끼 낀 자갈에서 초록 물감이 엷게 번져나는 듯해서, 멀리 보이는 돈울천은 깨끗한 화선지에 초록 물감으로 부드럽게 붓질을 해놓은 것 같았다.

민욱은 통나무 다리 앞에서 운동화를 벗어들고 맨발로 돈울천에 발을 담겄다. 가장자리에 무리 지어 놀던 송사리 떼들이 부산하게 흩어져 달아났다.

발이 시렸지만 발바닥에 닿는 작은 자갈들의 달가닥거리는 움직임이 마음을 한결 아늑하게 해주었다. 여름에 투망질을 하며 몇 번 물에 들어가 본 후 오랜만에 돈울천에 발을 담그는 셈이었다.

무릎까지 바지를 걷어 올리고 얕은 쪽을 골라 건넌 후 민욱은 다시 양말과 운동화를 챙겨 신고 자작나무 숲으로 향했다.

잎을 떨구고 희끗희끗한 줄기들로 남은 자작나무 숲은 외로운 영혼들끼리 모여서 서성이고 있는 것처럼 느껴졌다. 그 뒤쪽 울창한 청솔 숲과는 달리 자작나무 숲에는 항상 고즈넉한 분위기가 감돌고 있었다.

민욱은 자작나무 숲을 지나며 천 선생의 얘기를 떠올렸다.

우리가 사는 세계에서는 모든 존재가 끼리끼리 법칙에 따라 모여 살게 되어 있소. 자신의 존재를 확인하기 위해선 상대가 있어야만 하기 때문이오. 언제나 자신이 보낸 파장을 되받아줄 상대가 필요한 것이지요.

그렇기 때문에 미워하면 미워하는 대로, 사랑하면 사랑하는 대로 서로가 필요하게 되는 것이 상대 세계의 법칙이오. 사람의 만남이 어떤 식으로 이루어졌건 이 법칙을 벗어날 수 없지요. 우리 몇몇이 모여 이렇게 공부의 연을 맺게 된 것도 이 끼리끼리의 법칙성 속에서 맺어진 셈인 것이겠고.

우리는 이 법칙성에 순응하면서 홀로 될 때에 지혜의 눈을 뜰 수 있는 것이라오.

천 선생의 말은 언제나 아주 쉽게 이해되는 듯 하지만 조금 깊이 생각해 들어가기 시작하면 스스로의 한계에 부딪쳐 그 말의 참뜻이 무엇일까 하는 의문을 가지게 되었다. 머리로 분별해서 얻을 부분은 작고 온몸으로 부딪치고 느껴야 하는 부분이 크기 때문일까?

민욱은 지금도 그의 말을 떠올리며 법칙성에 순응하면서 홀로 되는 것이 어떤 상태를 가리키는 것인지 생각해보고 있었다.

사람들이 모여서 살아가는 구조가 끼리끼리의 법칙성 속에서 이뤄진다는 것은 어렵지 않게 수긍되는 대목이었다. 자작나무 숲이 있고, 소나무 숲이 있고, 마을이 있고, 국가가 있다는 것 모두가 이 법칙성 속에서의 모습들이리라.

민욱은 자작나무 숲을 벗어나 벼랑바위 위쪽으로 올라가 자리를 잡고 앉았다.

돌울천 건너 추수 끝난 논배미들이 눈에 들어온다. 아이들 끼워 맞추기 그림판처럼 아기자기하게 펼쳐져 있다. 그 너머 양 떼들이 서로 몸을 비비고 모여 있듯이 밤골 마을이 자리 잡고 있다. 마을 가운데쯤에서 가르마 같은 길이 민욱의 작업실 마당까지 이어져 있는 것이 먼 풍경화처럼 보인다.

벼랑바위 아래에서 뻗어 오른 자작나무 가지가 민욱의 머리 위에서 건들거렸다. 민욱은 가지 하나를 당겨 꺾었다. 진한 나무 향기가 코끝을 찡하게 했다.

민욱은 간밤에 작업실에서 일어났던 일을 생각한다. 몇 달 동안 빈 광장처럼 펼쳐져 있던 캔버스와 잔뜩 풀어놓았던 물감 통들. 남의 것이 되어버린 것 같았던 화구(畫具)들. 어젯밤 그것들과 더불어 한 덩어리가 된 기운으로 몸짓을 일으켰다. 타인의 것들이었던 그 화구들이 민욱의 내부에 숨겨져 있던 것들을 뒤져내어 캔버스 위에다 옮겨놓았다.

육체는 마술 보자기였다. 있는 줄조차도 몰랐던 것들이 육체라는 보자기 속에 겹겹이 숨겨져 있었다.

백회로 연결된 기운과 더불어 몸짓을 통해 그림을 그리는 행위는 단순히 하나의 완성된 그림을 보기 위한 것이 아니라 실체를 찾는 명상의 행위임을 민욱은 알 수 있었다.

큰 생명의 기운과 연결된 상태에서 자신을 지켜보고 있는 한에는 모든 행위가 명상인 것이다. 그리하여 바깥쪽에서 끌어내는 것이 아니라 안쪽에서 밀어내기를 하는 것이다. 주관적인 희망과 공포와 편견 때문에 사물에 대해 왜곡되었던 견해를 떨쳐버리고, 상대성의 영역을 벗어나, 있는 그대로의 모습에서 안으로부터 밀어내는 것이다.

허탄도 같은 체험을 하고 있었던 것이다.

거의 같은 시간에 두 사람은 자신의 실체를 찾는 방법이 자신들이 이제는 한계에 다다랐다고 포기하고 절망까지 했던 방법 속에 숨겨져 있음을 깨달은 셈이었다.

그런데 송수련은 무슨 일을 겪고 있는 것일까? 신경정신과를 찾을 정도라고 하니….

마을 동구 밖에 택시 한 대가 들어오는 것이 보였다. 마을까지 택시를 타고 들어오는 사람 중에는 민욱을 찾아오는 손님이 많았다.

누군가가 택시에서 내린다. 거리가 멀어서 누구라는 것은 알아내기가 어렵다. 마을을 지나 작업실로 이어진 언덕길로 접어드는 모습이 가물가물 보인다. 순간 민욱은 그가 천 선생임을 알 수 있다. 형체가 불분명하지만 휘적거리는 걸음걸이가 천 선생을 느끼게 한다.

예상보다 이틀을 앞당겨 온 셈이다. 송수련에게 무슨 일이 생겼음을 알고 계신 것일까?

민욱은 벼랑바위에서 내려와 부지런히 작업실로 향했다. 빨리 나문희에게 전화를 해야 할 것이었다.

송수련은 몹시 당황해 하고 있다. 말을 하려고 하면 발음이 뜻대로 되지 않거나 입 모양까지도 비틀리는 증상이 나타나곤 했다. 그녀는 자신의 의사를 전달하기가 답답한 듯 볼펜을 꺼내 필화(筆話)를 하기 시작했다.

─사흘 전 아침에 일어나니 입이 벌어진 채 다물어지지 않았다. 아무리 애를 써도 열린 입을 다물 수가 없었다. 서너 시간 만에 겨우 입이 다물어졌는데, 말을 하려고 하면 발음이 제멋대로 변하면서 의지대로 언어를 구사할 수가 없다. 그리곤 다시 입이 벌어져 한참 동안을 다물 수 없게 만들곤 했다. 마치 마음속에 누군가가 들어앉아 있어 자신이 무언가 하려는 의지와는 반대로 잡아당기고 방해하는 느낌이다. 억지로 말을 하려고 노력하면 노력할수록 속에서 뒤틀고 방해하는 힘도 더 크게 느껴져 감당할 수가 없다.

천 선생은 그녀를 수련장 가운데로 나와 서게 했다.

그녀는 가톨릭 신자였기 때문에 명상 중에 항상 성모 마리아의 상(像)을 백회에 얹듯이 하고 거기에 집중하는 방편을 쓰고 있었다.

"성모 마리아의 상을 잡고 백회에 집중하시오. 성모는 선과 악을 초월해서 인간의 모든 것을 감싸 안을 수 있는 절대 자비의 현신인 것이오. 그것은 우주의 큰 생명을 대변하는 정한 기운의 형상이고 우리를 참 지혜로 이끌어갈 수 있는 큰 생명의 에너지인 것이오. 성모의 기운을 백회로부터 받아 온몸으로 흘려보내시오. 그리고 그러한 자신을 또 하나의 자기가 지켜보도록 하시오."

천 선생이 그녀의 앞에서 두 손을 머리 위로 내밀어 백회에 기운을 도와주면서 말했다.

그녀는 괴로운 듯 얼굴을 일그러뜨렸다. 두 팔은 경련이 일면서 떨리기 시작했다.

"아… 안… 돼… 요…. 서… 성모… 마… 리아가, 성… 모 마… 리아모… 모습이… 벼… 변해요."

그녀가 단말마(斷末魔)처럼 더듬거리며 소리를 질렀다.

"어떤 모습으로 보이건 관계치 마시오. 모든 형상과 감정은 자신의 지성 구조가 분별해서 만들어놓은 허상일 뿐인 것이오. 송 선생은 지금 둘로 분리된 자신과 다투고 있는 것이오. 다투면 다투는 대로 놔두시오. 그것들은 내 자신의 모습처럼 보일 뿐 내가 아닌 것이오. 현재의 이 현상을 지켜보고 있는 마음만이 참된 내 자신인 게요. 자, 모든 현상에서 오는 에너지들을 온몸으로 흘려보낸다는 생각으로만 집중하시오. 성모는 무엇에 의해 변하거나 해침을 받을 수 있는 존재가 아니오. 성모는 큰 생명 그 자체인 것이오."

경련하듯이 떨리던 몸짓이 조금씩 부드럽게 풀리면서 그녀가 움직이기 시작했다. 그러나 그녀의 동작은 어색했고 기운의 흐름이 순간순간 맺히듯이 거칠게 비틀거렸다. 무용가인 그녀의 부드러운 동작은 전혀 찾아볼 수 없었다. 그녀의 표정은 험악할 정도로 일그러져 있었다.

수련장 안을 두 바퀴쯤 술 취한 사람처럼 돌고 난 그녀가 갑자기 짐승의 울음소리 같은 괴성을 지르며 마룻바닥에 벌렁 자빠져버렸다. 그리곤 간질 환자처럼 격렬하게 몸을 허우적거렸다. 그 허우적거림은 거의 발광으로 이어져 그녀의 몸뚱이가 마룻바닥에서 펄떡펄떡 물고기처럼 튀어오르기 시작했다.

그런 모습을 잠시 동안 지켜보고 있던 천 선생은 민욱에게 그녀의 두 다리를 붙들게 하고 허탄과 나문희에게 두 팔을 붙들도록 했다.

"빙의(憑依) 현상이오."

천 선생은 중얼거리듯 말하고 나서 두 다리와 팔을 꼼짝 못 하게 붙들린 채 헐떡이는 그녀의 중단전 부위에다 손끝을 갖다 대었다.

"직시하시오. 송 선생은 지금 송 선생 자신을 누구보다도 잘 알고 있소. 지금 둘로 분리되어 있는 자신을 그대로 인정하시오. 둘로 분리된 내가 각각 서로를 인정하지 않기 때문에 나는 하나가 될 수 없는 것이오. 성모의 생명력으로 존재하는 모습도 나이고, 아미타불의 생명력으로 존재하는 모습도 나인 것이오. 내 자신이 그 두 모습이 하나인 것을 모르기 때문에 스스로 갈라놓고 다투고 있을 뿐인 게요. 지켜보는 마음으로 이 얘기를 받아들이고 두 모습을 끌어안으시오."

천 선생은 그녀의 발작이 조금 진정되자 중단전에 대었던 손끝을 다시 그녀의 양미간 상단전 부분에다 대었다. 그녀는 버둥거리는 발작은 그쳤지만 눈을 꼭 감은 채 아주 거칠게 호흡을 했다.

"이제 둘로 나뉜 송 선생 모습을 똑똑히 볼 수 있을 것이오. 어느 한쪽도 나와 떨어질 수가 없는 내 자신이 지어놓은 모습일 뿐이오. 자, 이제 일어나서 춤을 추시오. 내 스스로가 왜 나를 둘로 분리시켜놓았는지를 보아내야 하는 거요. 춤 속에서 송 선생은 스스로 답을 찾아낼 수 있을 게요. 백회의 문을 열어놓고 서서히 자신을 지켜보면서 일어서시오."

천 선생이 세 사람에게 붙들고 있던 그녀의 사지를 풀어주라고 손짓했다. 그녀는 한결 가라앉은 호흡을 서서히 가다듬으면서 누운 자세로부터 아주 부드럽게 몸을 일으키며 움직이기 시작했다.

송수련은 현대 무용을 하는 춤꾼이었지만 지금 추는 춤은 지금까지 보여줬던 그녀의 춤과는 전혀 다른 모습의 움직임이었다.

그녀가 현재 세 사람과 함께 기를 이용한 몸짓이라는 것을 방편으로 해서 잠재되어 있는 실체들을 봐내는 과정의 공부를 하고 있는 것이지만, 천 선생이 굳이 그녀의 몸짓에 춤이라는 표현을 쓴 것은 다른 의미가 있을 것이었다. 그녀의 직업이 춤을 추는 일이지만 지금 그녀는 다른 차원에서 끌어내어지는 동작을 가지고 자신을 직시하고 있을 것이었다.

송수련의 춤을 보고 있던 세 사람은 그녀의 움직임 속에서 아주 이상한 현상을 느끼기 시작했다. 그녀의 춤 동작은 분명 한 명이 보여주고 있는 동작들이지만 마치 두 사람의 춤을 동시에 보고 있는 느낌을 갖게 되는 것이었다. 순간순간 분명히 두 사람의 모습으로 보이는 듯 착각을 일으킬 정도로 그녀의 춤은 야릇한 느낌으로 세 사람을 당황케 했다.

"우리는 항상 선택을 해나갑니다. 우리의 삶 자체가 선택의 연속이지요. 상대 세계에서의 존재는 이 선택의 행위를 거부할 수 없는 것이오. 우리가 선택을 하지 못하고 망설일 때 우리는 자신도 모르게 두 개의 모습으로 분열하게 되는 것이오. 포기한다는 것은 다른 한쪽을 선택한다는 것과 다르지 않아요. 그렇기 때문에 우리는 부정적으로 포기하는 것이 아니라 긍정적으로 항상 바른 쪽을 선택해나갈 때 자신의 참모습과 만나는 지름길을 찾게 되는 것이오. 자, 이제 둘로 나뉜 자신이 모두 자신임이 긍정되었다면, 그 두 자신을 화합시키시오. 함께 어우러짐으로써 두 모습이 결국 하나임을 확인하시오. 그리하여 한 모습으로의 선택을 하시오."

천 선생이 춤을 추고 있는 그녀의 곁에서 나직하게 그러나 힘이 느껴지는 음성으로 말했다.

그녀의 일그러졌던 표정은 어느새 미소까지 머금은 표정으로 바뀌어 있었다.

그녀의 춤이 보여주는 율동도 이중적인 구조를 가지고 보는 이들을 당황케 했던 조금 전의 모습과는 달리 조화로움 속에서, 정리된 리듬에 의하여 보는 이들까지도 그 리듬 속으로 끌어들이는 듯했다.

"이제 송 선생은 선택을 했소. 두 모습의 자신이, 분별심에 의해 만들어 놓은 허상임을 깨닫게 되었소. 송 선생은 지켜볼 수 있는 자신의 마음을 선택한 것이오. 그렇기 때문에 이젠 자신의 지성 구조가 어떤 분별심을 일으켜 허상의 모습을 보여주더라도 아 그렇구나, 하고 볼 수 있는 자신의 마음을 선택한 것이오. 자, 서서히 기운을 다스리고 춤을 멈추도록 하시오."

천 선생이 그녀의 이마를 살짝 건드리자 그녀는 춤사위를 추스르듯 아주 부드럽게 몸짓을 멈추고 한동안 눈을 감고 서 있다가 천천히 눈을 떴다.

그녀의 활짝 펴진 얼굴을 보고 세 사람은 자신도 모르게 박수를 쳤다.

병원에서 간신히 설득시켜 저녁 무렵 밤골에 도착했을 때의 그녀는 마치 실성한 사람처럼 눈동자의 초점까지 흐려진 채 참담한 모습을 하고 있었다. 그러던 그녀가 한 사위의 춤을 추고 난 후 본래의 자신으로 돌아와 언제 그랬냐는 듯 활짝 웃음을 짓고 있는 것이다.

"이제 알겠소?"

천 선생이 미소를 지으며 그녀를 바라보았다.

"네. 알 수 있었습니다."

드디어 그녀의 입이 떨어진 것이다.

"말해보시오. 춤 속에서 봐냈던 것을."

"성모 마리아는 어려서부터 제 생활 속의 일부처럼 친숙한 존재였습니다. 구체적으로 어떻게 제 정신 속에 자리 잡고 있었는지는 인식하지 못했지만, 부모한테서 또 주위 환경에서 받은 영향으로 성모 마리아는 내게 떠나서는 안 되는 존재라고 제 잠재의식 속에 새겨져 왔던 셈입니다. 그런데 천 선생님을 만나 명상을 통한 몸짓 수련이 시작되면서 제 내면 의식 속에 아미타불의 상이 새롭게 자리잡기 시작했습니다. 이치적으로 와닿았기 때문에 제 의지의 한 부분이 이쪽의 형상을 받아들이기 시작했던 겁니다. 그러나 성모 마리아의 존재를 부정하는 일은 있을 수 없는 일이었습니다. 그것은 배반이라고 생각했기 때문에 한쪽에서는 아미타불을 부정하기 시작했고, 한쪽에서는 성모 마리아를 부정하기 시작했습니다."

송수련은 잠시 말을 쉬고 생각에 잠겨 있다가 다시 말을 이었다.

"이렇게 제 잠재의식 속에서 두 모습의 내가 다투기 시작하자 제 의지는 방향을 잃고 제 자신을 죄의식에 빠지게 했습니다. 그 죄의식은 육체에 현상으로 드러나 성모 마리아를 부르는 제 입을 열지 못하게 했고 아미타불을 앉히려는 제 의지를 죄의식이 끌어내려 제 정신 구조 자체가 혼돈을 일으키게 했습니다. 그 잠재의식의 두 작용들이 육체를 통해 입을 비틀리게 했고 몸의 정상적인 움직임을 방해했습니다. 문제는 죄의식이었습니다. 몸짓을 통해 춤을 추며 그 실상들을 보게 되면서 둘로 분리된 자신의 모습을 인정할 수 있게 되자 성모 마리아와 아미타불의 모습이 마치 마주 서서 함께 춤을 추듯 다가왔습니다. 너무 생생하고 또렷한 모습이어서 실제 육체화된 모습처럼 느껴졌습니다."

그 생생한 모습이 손으로 만져지듯 그녀는 부르르 몸을 떨었다.

"처음엔 따로따로 두 모습이 보이더니 때로는 성모 마리아와 아미타불이 겹쳐지면서 녹아들 듯, 두 개의 상이 성모 마리아의 모습이 되었다가 아미타불의 모습으로 바뀌곤 하는 것이었습니다. 춤의 흐름 속에서 그것은 모두 내 모습의 현신이라는 것을 느낄 수 있었고, 성모 마리아와 아미타불이 둘이 아닌 한 모습의 다른 이름이라는 것이 이해되었습니다. 내 스스로가 두 개의 허상을 만들어놓고 자신을 분리시켜놓았던 겁니다. 이제야 모든 것을 확연하게 알게 되었습니다. 그것을 실감으로 알게 되는 순간 백회로부터 맑은 기운이 들어오면서 온몸이 풀려가는 것을 느낄 수 있었습니다. 구름 위에서 춤을 추는 기분이 이런 것일까요? 생전 처음 경험하는 기분이었습니다."

송수련이 마치 학생처럼 또렷또렷하게 발음을 가다듬으며 말했다. 며칠 만에 다시 정상적으로 말을 할 수 있게 된 것이 여간 기쁘지 않은 모양이었다.

"잘 풀어내셨소. 직시해서 자신의 실체를 봐내는 것이 쉬운 일이 아니오. 특히 의식이 분열된 상태에서 육체의 이상으로 연결될 정도에선 더욱 그렇소. 송 선생의 경우가 좀 더 심각해지면 정신분열증이 되는 것이고, 흔히 귀신이 씌었다고 하는 병 증세로 나타나게 되는 것이오. 빙의(憑依)란 다른 영이 한 사람의 육체에 기생하기 시작하면서 일으키는 현상도 있지만, 송 선생의 경우는 스스로를 분열시켜 자신을 이중 구조로 만들어가는 과정에 있었던 것이오. 빙의 상태가 된 환자를 타력(他力)에 의해서 치료하게 되면 일시적으로 증상을 멈추게는 할 수 있지만, 그 힘이 미치지 못할 때에는 떨어졌던 영이 다시 들어오게 되어 있소. 그렇기 때문에 이런 현상을 겪는 환자들은 스스로가 실체를 봐내지 못하면 정상으로 회복하기가 힘들게 되는 것이오."

"병원에 그냥 있었으면 치료가 어려웠을까요?"

민욱이 중간에 물었다.

"현대 의학은 약물의 힘이나 어떤 충격 요법에 의해 악화된 증세를 일시적으로 가라앉힐 순 있으나 근본적인 치료는 할 수가 없는 한계를 가졌다고 봐야 할 게요. 결국은 착각을 일으킨 사람 스스로가 깨닫기 전엔 이런 상태를 벗어날 수는 없는 셈이오. 송 선생의 경우 확실하게 자신을 봐내서 그 실체를 깨달았기 때문에 같은 문제로 고통을 당하는 일은 없으리라고 보오. 잘 해내셨소."

이튿날 민욱은 천 선생에게 자신이 몸짓을 통해 그린 그림을 보였다.

민욱의 그림을 찬찬히 훑어보더니 천 선생은 고개를 끄덕였다.

"그렇소. 우린 자신이 갖추고 있는 현재의 모습 속에서 각자의 깨달음의 길로 가야 하오. 궁극적인 목적은 완전한 지혜의 문으로 들어서는 데 있지만, 그곳을 향해 가는 길은 이미 각자의 모습 속에 있소. 나 선생은 나 선생의 방법으로, 민욱 군은 민욱 군의 방법으로 완성을 시켜 나가야 하는 것이오. 초월이란 한순간에 이뤄지는 것이 아니라 각성된 의식으로 자신의 모든 것을 직시해나가는 과정에서 다가오지요. 그리는 행위가 자신의 실체를 보는 몸짓으로 이어졌을 때 그 행위는 곧 명상이고 구도(求道)의 걸음걸이임을 느낄 수 있었을 것이오."

천 선생 옆에서 같이 그림을 보고 있던 허탄이 의외의 그림이란 표정을 하고 있었다.

"이 그림을 사람들에게 보여주는 것이 어떤 의미가 있겠습니까?"

민욱은 그것이 궁금했다. 그린다는 의식이 없는 상태에서 그린 그림이다. 허탄이 자동 기술 같은 현상으로 시를 써내려갔듯이 자신도 몸짓 속에서 무엇이 그려지는지조차 의식하지 못한 상태에서 그렸다. 그렸다기보다 '드러난 그림'이라고 해야 옳을지 모른다. 그러므로 이런 그림을 발표하는 것이 과연 어떤 의미를 갖는 것인지 알고 싶었다.

"그것을 걱정해야 할 이유가 어디 있겠소. 발표하고 싶으면 그냥 발표하면 되지 거기에서 어떤 의미를 찾을 이유는 없지요. 발표할 필요가 생겼으면 발표하는 것이지요. 발표하는 일 자체가 자신의 몸짓이 된다면 그대로가 명상의 연속인 셈이고, 또 그림을 보는 이들은 보는 일이 그들의 몫일 뿐, 거기에 어떤 의미란 없는 것이오. 사람들이 의미를 찾는 것은 자신의 실체를 찾지 못했을 때 자신을 속이기 위한 수단으로 필요하기 때문이오."

"저로서야 명상의 수단으로, 제 실체를 보기 위한 몸짓으로 드러난 형상의 그림이지만, 다른 사람에게는 이 그림이 그 파장으로 연결될 수는 없지 않은가 하는 생각입니다."

"이 그림을 통해 남을 생각해야 할 이유가 있단 말이오? 발표를 하는 것은 몸담고 있는 사회 구조를 초월할 수 없기 때문에 순응하는 모습일 뿐이오. 그것이 민욱 군의 업(業)이고, 또한 시작의 디딤돌이 될 수 있는 시점인 것이오. 상대의 몫을 걱정하는 어리석음이 항상 자신을 고통스럽게 만들지요. 그 걱정은 결국 자신을 상하게 하는 좋지 않은 에너지가 될 뿐이오."

천 선생은 민욱의 어깨를 가볍게 두드려주고 작업실을 나갔다.

천 선생이 나가자 허탄이 호들갑을 떨었다.

"야, 이건 대단한 작품이야. 걸작이라구. 천 선생님 말씀이야 구구절절 옳은 말씀이지만 이 그림은 작품으로서도 대단한 것임에 틀림없어. 평론가들도 이 작품을 보면 깜짝 놀랄 거야. 그들이 이 그림에 담긴 메시지를 어떻게 받아들일지는 그야말로 그들 몫이지만, 무어라 설명할 수 없이 강한 충격으로 전해질 건 분명해. 우리가 몸짓을 통해 시를 쓰고 그림을 그릴 수 있다는 것은 너무 신기하고 신바람 나는 일 아니구 뭐야."

캔버스 앞으로 다가섰다 뒤로 물러섰다 하면서 신이 나 있는 허탄의 들뜬 음성을 들으며 민욱은 곰곰이 생각에 잠겼다.

십이월의 마지막 토요일, 지난밤에 내린 눈으로 돈울산은 마치 홀연히 나타난 흰옷 입은 신령처럼 새벽하늘을 이고 이만큼에 성큼 다가와 있었다.

매주 토요일 모이기로 했으나 어제 아침부터 희끗희끗 눈발이 비치기 시작하자 허탄의 차편으로 나문희는 물론 송수련과 서명주까지도 어제 오후에 미리 내려왔다. 혹시 길이 막힐까 걱정되어서 그랬기도 했지만 눈 내리는 풍경을 즐길 양으로 허탄이 부추긴 셈이었다.

천 선생이 해 뜨기 전에 행선(行禪)을 하는 기분으로 돈울산에 오를 것이라고 하자 세 여자는 아이들처럼 발까지 구르며 좋아했다.

맑고 찬 공기가 가슴 속까지 투명하게 만들어주는 새벽이었다. 모두 두둑하게 방한복으로 무장한 후 천 선생을 따라 돈울산을 향해 출발했다.

눈부신 은빛 세계에서 돈울천이 유일한 생명처럼 혼자 깨어나 꿈틀거리며 흐르고 있었다. 통나무 다리를 건너 자작나무 숲으로 향할 것이라 생각했던 민욱은 천 선생이 그쪽 길을 두고 오른쪽으로 방향을 틀자 의외라는 생각을 했다. 그 방향으로는 정상으로 오르는 길이 없기 때문이었다.

"선생님, 거기로는 꼭대기까지 갈 수 없습니다."

민욱은 천 선생이 역시 돈울산을 잘 모르는 것이라고 생각했다.

"가는 곳이 모두 길이라오."

천 선생은 빙긋 웃으며 민욱을 돌아보았다. 그리곤 계속 휘적휘적 발걸음을 옮겼다.

새로운 등산로라도 개척해놓은 것일까? 민욱은 갸웃하며 부지런히 그의 뒤를 따랐다. 가다 보니 잠깐 오리나무 숲이 이어졌고 이내 상수리나무 숲이 나왔다. 눈을 덮어쓴 무성한 숲은 마치 하얀 그물을 쳐놓은 것처럼 하늘을 가리고 있었다.

푸드득!

산비둘기 한 쌍이 날아올랐다. 산비둘기가 앉았던 가지에서 눈이 쏟아져 내리자 옆에 있던 가지까지 와르르 눈을 뿌리며 새벽을 깨웠다.

여섯 사람의 눈 밟는 소리가 악기를 연주하듯 화음을 이루며 새벽 숲의 적막을 흔들자 돈울산도 기지개를 켜는 듯 여기저기서 조심스럽게 눈을 털어내는 소리가 들렸다.

민욱이 수없이 오르내린 돈울산이었지만 천 선생이 앞서 가고 있는 방향은 전혀 알지 못하는 코스였다. 완만하면서도 아기자기하게 숲을 누비며 오를 수 있는 코스였기에 민욱은 천 선생이 언제 이런 길을 찾아냈는지 놀라울 따름이었다.

숲을 벗어나자 바위벽이 나왔다. 중턱쯤 올라온 것 같았다. 바위벽 밑에서 천 선생은 걸음을 멈추고 뒤따라오는 다섯 사람을 기다렸다.

"자, 이곳에 샘이 있으니 목이 마른 사람은 한 모금 하시오."

몇 개의 황소 등 같은 바위가 중첩된 바위벽 밑 움푹 파인 곳에 샘이 있었다. 돈울산 중턱에 샘이 있다는 건 뜻밖이었다. 민욱은 산을 오르내리며 제법 구석구석 산을 누빈 셈인데 이 돈울산 중턱에서 샘을 찾아냈다는 건 정말 예상치 못한 일이었다.

돈울산은 민욱에게는 보여주지 않고 있던 보석 같은 샘을 천 선생에게 보여준 것이었다. 민욱은 마치 돈울산에 배반이라도 당한 것처럼 서운한 느낌이 들었다. 천 선생에 대한 질투심이기도 했다.

그런 감정이 일어나는 자신이 갑자기 아주 작게 느껴지면서 피식 웃음이 나와 민욱은 먼 데 하늘로 시선을 옮겼다.

붉게 물들기 시작한 동쪽 하늘 끝에서 태양이 떠오르고 있었다.

태양은 어느새 쑤욱 올라와 은빛으로 펼쳐진 누리에 눈부신 생명력을 쏟아부었다.

"이리들 와보시오."

천 선생이 모두를 샘가로 불렀다.

눈 속에 수정처럼 투명하게 고여 있는 샘물로 아침 햇살이 스며들었다. 샘물에서 되비친 빛이 샘가의 바위벽에 불그레한 반사광으로 머무르고 있었다.

"이 빛을 가만히 보고 있어보시오."

천 선생이 바위벽에 비친 불그레한 반사광을 가리켰다.

불그레하기만 했던 반사광의 색깔이 서서히 변하기 시작하더니 금세 고운 무지개빛 작은 화면을 펼쳐 보이기 시작했다.

무슨 일인가 하고 숨을 죽이고 지켜보던 민욱의 일행은 손바닥 크기로 곱게 펼쳐진 무지개를 보고는 저절로 탄성을 질렀다. 신기한 풍경이었다.

투명하게 고여 있는 샘물이 아침 햇살을 받아 프리즘 기능을 하고 있는 셈이었다.

"이렇게 여러 가지 색으로 바위벽에 곱게 비쳐진 무지개의 본질이 태양인 것처럼, 나라고 생각하는 우리 모습의 본질은 우주의 큰 생명력에 속해 있소. 우리는 무지개처럼 드러나 있는 각자의 모습을 도구 삼아 큰 생명의 에너지와 하나가 되어가는 연습을 하는 것이오. 이것이 우리가 누려야 하는 삶인 셈이오."

천 선생은 벌써부터 이 샘을 알고 있었고, 아침 햇살 속에서 피어나는 무지개를 그들에게 보여주고 싶었던 모양이었다.

바위벽에 비쳐진 무지개 빛깔이 점점 선명해지는 동안에 돈울산이 완전히 잠에서 깨어나고 있었다.

에필로그

민욱은 작업실 벽에 기대놓은 캔버스들을 둘러본다. 어제 들여온 새 캔버스들이다. 문이 있는 한쪽 벽을 제외하고는 세 면의 벽에다 줄줄이 세워놓았다. 백 호 크기, 이백 호 크기. 오백 호 크기도 있다. 아직 인적이 닿지 않은 새벽의 눈 내린 벌판처럼 투명한 푸름을 띠고 펼쳐져 있다.

민욱은 그 하얀 미개지(未開地)를 바라보면서 조용히 눈을 감았다.

어제 아침 나문희는 석포암으로 떠났다. 당분간 그곳에 머물러 있으면서 명상을 하겠노라고 했다. 어쩌면 여러 달이 걸릴지도 모른다고 했다. 그녀는 봄에 갖기로 한 발표회도 취소했다. 언제로 연기하겠다는 계획도 없이 그냥 취소해버렸다.

석포암으로 떠나는 그녀의 얼굴은 이제 더는 흔들리지 않을 평온을 찾은 듯했다.

민욱은 눈을 떴다.

앞에 놓인 탁자 위에 김 씨가 갖다놓은 우편물들이 쌓여 있다.

전시회 팜플렛과 고지서들, 그것들 중에 등기 속달로 보내진 꾸러미 하나를 집어 들고 민욱은 천천히 포장을 뜯었다. 허탄이 보내온 시집이었다.

–『네 정수리에 하늘 문이 열릴 때』

아무 그림도 없는 흰색 바탕의 표지 위에 고딕체의 활자가 발자국처럼 찍혀 있다.

어제 허탄은 하루라도 빨리 보여주고 싶어 토요일까지 기다리지 않고 속달 우편으로 보냈노라고 전화를 했다.

불과 한 달 만에 탈고한 시집이었다.

그 시집이 허탄 자신에게나 그 시를 읽게 될 독자들에게나 어떤 의미로 전해지는 그것은 각자의 몫일 것이었다.

제목을 들여다보는 동안, 전화로 잠을 깨워 시를 읽어주던 허탄의 상기된 목소리가 떠올랐다. 민욱은 시집을 펼치려다 말고 그대로 탁자 위에 내려놓았다. 가슴 충일하게 차오르는 어떤 느낌을 들여다보며 다시 눈을 감았다.

개금된 석포 거사의 등신불이 떠올랐다. 그리고 동굴 속에서 가부좌를 틀고 삼매에 들어 있는 천 선생의 모습이 떠올랐다. 암자에 앉아 있는 나문희의 모습도 보였다. 석포암을 둘러싸고 있는 대숲이 내는 바람 소리도 들렸다. 그 모습들이 한데 어우러지면서 돋울산의 모습으로 변해갔다. 천 선생이 보여주었던 돋울산의 샘물이 무지개를 하늘 전체에다 펼쳐 보이고 있었다. 하늘에 펼쳐진 무지개 위에서 나문희와 허탄, 송수련, 서명주가 몸짓 춤을 추고 있었다. 그들의 머리 위에 하늘의 문이 열리고 있었다.

민욱은 백회가 열리는 것을 느끼면서 몸을 일으켰다. 그리곤 캔버스로 둘러싸여 있는 작업실 가운데서 천천히 몸을 움직이기 시작했다. 그의 양쪽 손에 쥐어진 커다란 붓이 몸짓과 더불어 너울거리기 시작했다.

유월 중순, 돋을산이 신록으로 한껏 여름을 부르기 시작할 무렵 민욱은 서울의 한 화랑에서 전시회를 열었다.

전시회에 내놓은 작품들은 모두 자신의 살생업(殺生業)을 기공 몸짓을 통해 풀어낸 부산물들이었는데, 그림을 보는 사람들의 반응은 여러 가지였다. 어느 젊은 평론가는 미술 잡지에 이런 평을 남겼다.

－야수파적 색감과 자유분방한 붓질로 표현된 이 특이한 작품들은 감상자로 하여금 원초적 생명의 에너지를 느끼게 한다. 표현 양식에서는 기존의 표현주의 양식을 바탕으로 아방가르드적 냄새를 풍기고 있기는 하지만, 화면 앞에 서 있다 보면 어느새 어떤 구체적인 상념에 사로잡히게 되면서 신비한 분위기의 작품 세계로 이끌려 들어가는 전혀 생소한 체험을 하게 된다.

어느 동료 화가는 이건 정신분열증 환자가 그리지 않았다면, 마리화나 같은 것을 피우고 환각 상태에서 무작위적으로 그려내지 않고는 도저히 표현될 수 없는 것들이라며 민욱을 수상한 눈으로 보기도 했다.

또 안면 있는 어느 여류 시인은 그림 앞에 서면 어떤 전율 같은 것이 내면에서부터 일어나는 것을 느끼게 되는데, 그 느낌이 이 그림과 어떤 식으로 상관되고 있는 것인지는 알 수가 없다고 했다. 작품을 자세히 보면 알 듯 모를 듯한 형태들과 원색조의 무분별한 붓놀림의 어우러짐 같기만 한데 그냥 바라보고 있으면 엄청난 에너지가 자신의 잠들어 있는 어느 부분을 전율로써 깨워 일으킨다는 것이었다. 그러나 그 느낌들을 어떻게 구체적으로 설명할 방법은 자기에게 없으며, 자신은 그냥 특이한 감정을 경험하고 있다는 생각뿐이라고 했다.

민욱으로서는 백회를 통한 기(氣)의 흐름에 자신을 얹어 잠재해 있는 살생업을 그림을 통해 풀어놓은 것이지만, 그림을 보는 이들은 스스로 의식하지 못하는 상태에서 자신의 업습(業習)을 가지고 마주할 것이기 때문에 그 사이에서 생기는 파장(波長)은 각자의 몫일 것이었다. 그러나 그들이 스스로 의식하건 못하건 민욱이 드러내놓은 살생의 에너지들이 그들 잠재의식에 연결되어 어떤 작용을 하고 있음은 틀림없을 것이다.

사실 민욱은 이번 전시회의 예술적 평가나 화단에서의 성공 여부가 중요하지 않았다. 그 자신이 이번 전시회가 어떤 의미를 가지는지 확연히 직시하고 있기 때문이었다.

민욱이 그런 화단이나 평론가들의 평가에 개의치 않더라도, 그쪽 세계의 사람들은 자신들의 몫으로서 이런저런 자 재기를 할 것이다. 그러나 그림을 통해 전해진 에너지들은 인연된 모든 이들에게 또한 각자의 몫으로 작용하고 있음을 민욱은 믿고 있다. 그 에너지는 그들에게 내면으로 눈을 뜨게 하는 에너지로 작용할 것이라는 것이 민욱이 자신의 그림에 의미를 두고 있는 부분이기도 하다.

이제 민욱은 큰 생명의 기와 자신의 기를 연결시켜 자신을 구성하고 있는 많은 것들 중의 한 부분을 드러내 보인 셈이다. 앞으로 그가 몸짓을 통해 그림에다 드러내놓을 것은 어찌 보면 무한하다고 할 수 있다. 자신에게 잠재한 모든 업습(業習)을 다 드러내는 것은 이번 생애에 그가 이룰 수는 없는 경계임을 전제로 한다면 말이다. 그러나 분명한 것은 민욱이 자신의 업습을 직시한 상태에서 드러내놓으면 내놓을수록, 그의 영질(靈質)과 영격(靈格)은 어느새 차원을 달리할 것이라는 사실이다.

이제 민욱에게 그림을 그리는 것은 곧 기공(氣功)의 몸짓이요, 몸짓 명상이며, 구도(求道)의 몸짓일 수도 있는 것이다.

이러한 결과는 시를 쓰고 있는 허탄도 마찬가지일 것이며, 춤을 추는 송수련도 같은 경계로 자신의 춤 세계를 포용할 것임이 분명할 것이다.

송수련의 경우 일반적으로 알려진 몇몇 춤꾼들이 시도하고 있는 '생춤'이라든가 '기춤'이라고 하는 춤과도 이미 질과 격을 달리하면서 참으로 자신의 실체를 찾아가는 구도의 춤을 출 것이다.

백회를 열고 큰 생명의 기운과 연결된 상태에서 우리의 육체 속에 잠재한 십악업의 경계를 하나씩 춤으로 풀어낸다면, 그 몸짓은 자신의 실체를 직시해나가는 수단인 동시에 그 몸짓을 보는 사람들 또한 엄청난 업풀이의 체험을 하게 할 수 있으리라.

다섯 사람은 이제 자신의 육체 속에 감춰져 있는 큰 생명의 비밀을 찾아가기 위한 첫 단계의 독도법(讀圖法)을 익힌 셈이다.

수많은 경전이 있고, 참으로 다양한 진리에 이르기 위한 수련법들이 있다. 그러나 모든 경전을 지식으로 다 알고 있다고 하더라도 자신의 육신(肉身)과 기신(氣身)을 통하여 실감으로 체득하지 않는 한, 한 발자국도 진리에 접근할 수 없다는 사실 또한 진리다. 그런 의미에서 민욱을 비롯한 다섯 사람은 지식을 뛰어넘어 진리에 이르는 첫 발자국을 내디딘 것이다.

두 달 동안 석포암에서 꼼짝 않던 나문희가 전시회가 끝나기 하루 전 전시장으로 민욱을 찾아왔다.

약간 여윈 듯했지만 여전히 밝고 자신감 넘치는 모습이었다. 다만 눈빛이 좀 더 깊어진 느낌을 주는 것이 변화라면 변화였다.

그날 저녁 이젠 도반(道伴)이 된 다섯 사람이 모처럼 모였다. 나문희가 오랜만에 온 데다 민욱의 전시회가 성황 속에 끝나게 된 것을 축하할 겸 해서 일찌감치 밤골로 내려가 민욱의 작업실에서 파티를 열기로 했다.

조촐하게 음식을 차리고 맥주도 곁들인 파티였으나 화제는 자연스럽게 수련 얘기가 중심이 되었다.

모두들 그동안 어떤 변화가 있었으며, 수련을 통한 체험을 현실 생활에 어떻게 응용할 수 있었는지를 허심탄회하게 털어놓았다.

먼저 허탄이 이렇게 얘기했다.

요즈음 나는 저녁 때 두 시간 정도 몸짓 명상을 하고, 아침 일과가 시작되기 전 새벽에 일어나 한 시간 정도 좌선을 통해 관법(觀法)을 하고 있습니다. 아침 명상이 시작되면서 백회가 열려 기운의 흐름을 감지하게 되면, 하루 종일 그런 느낌이 이어집니다. 그래서 무슨 일을 하거나 큰 생명의 기운을 느끼면서 행동할 수 있습니다.

그러다 보니 내 잠재의식에서 어떤 습기가 작용하려고 할 때 그 작용이 행동으로 표면화되기 전에 느낌으로 그것을 알게 됩니다. 예전 같으면 당연히 화를 낼 일이라든가 감정을 드러낼 일들을 어느 정도 미리 조절하여 다스릴 수 있게 된 셈입니다. 내 자신의 근기의 한계치를 넘어서면 그대로 겉으로 드러내고 말지만, 상당 부분을 통제할 수 있게 된 것만 해도 엄청난 변화가 아닐 수 없습니다. 나보다는 오히려 주위 사람들이 더 변화를 인정하고 신기해 할 정도입니다.

그리고 무엇보다 시를 쓰는 일에 엄청난 변화가 생겼습니다. 그렇게 힘들게 시를 써야 했던 내 스타일이 완전히 바뀌어, 이젠 어느 주제만 선택해서 염(念)을 잡고 기공의 몸짓으로 풀듯이 상념의 세계를 풀어내면 거짓말처럼 시 귀가 흘러나와 원고지에 옮겨놓게 됩니다.

과거엔 잘 쓰겠다는 욕심과, 힘들여 써야만 그럴듯한 시가 될 것이라는 스스로 새겨놓은 고정 관념의 식(識)에 막혀 본래 잠재해 있는 내 것들을 쉽게 꺼내 쓸 수 없었다는 것을 알게 되었습니다.

이젠 내 잠재의식과 심층 의식 깊은 곳에 고여 있는 언어들까지 의지의 두레박줄만 드리우면 원하는 대로 길어 올릴 수 있는 것입니다. 기를 통한 몸짓으로 말입니다.

이렇게 쓴 시는 내 자신의 적나라한 모습들이기 때문에 내가 선택해서 발표할 수 있는 것은 발표하면 되는 것이지요.

발표를 하든 하지 않든 그것은 내가 시를 직업으로 하는 사람으로서 적절하게 다뤄나가면 될 부분이지만, 이젠 시를 쓰는 행위가 곧 나를 직시해서 실체를 하나하나 봐내는 수련의 방법이 될 수 있다는 사실이 제겐 중요합니다.

허탄의 얘기가 끝나자 서명주가 자신의 얘기를 시작했다. 그동안의 수련에서 다섯 사람 중에 가장 자기표현이 적고 소극적인 태도이기도 했기 때문에 민욱은 더 관심을 가지고 그녀의 말을 들었다.

대체로 우리가 비슷한 경계를 체험하고 있기 때문에 다른 사람들과 크게 다를 것은 없지만, 내게 우선 큰 변화는 모든 것을 바라보는 시각과 가치관이 달라졌다는 거죠. 우선 문화 비평가로서의 내가 어떤 기준에 의해 어떤 시각으로 비평을 해야 할지가 명백해졌다는 사실입니다. 그동안 여러 부문의 비평적 글을 쓰면서 뚜렷한 기준을 세우기보다는 그때그때 감정의 흐름에 얹어 글을 써왔던 셈이라, 직업 삼아 글을 쓰면서도 긍지나 보람을 뚜렷이 가지기도 어려웠죠.

그러나 이젠 큰 생명의 이치에 어느 정도 접근해 있느냐에 따라 대상을 분류합니다. 대상을 보는 확실한 기준이 생긴 것이죠. 내 삶 자체가 뚜렷한 의미성과 가치 기준을 가지지 못했었기 때문에, 기공 몸짓을 통한 수련의 체험들은 내 인생을 새롭게 태어나게 한 운명의 커다란 변환이었다고 봐야 할 것 같군요.

지금 수련의 첫 단계에 들어선 데에 불과하다고 하지만, 이 첫 단계의 에너지는 나 같은 수련자 개인에게는 우주적 개벽이나 다름없다고 여겨집니다.

내 주변을 보면 서구의 정서로 양식화된 종교를 믿지만 실질적인 영적 진보를 얻지 못하고 정신적으로 방황하는 사람들이 많더군요. 큰 생명의 기운과 자신을 연결하는 우리의 수련 방법은, 종교와는 차원이 다른 것이지만, 그 같은 종교인들에게도 어떤 해결의 실마리를 줄 수 있지 않을까 생각됩니다.

송수련은 한 달 뒤에 춤 발표회를 연다고 했다. 나문희가 어떤 틀에 박힌 양식에 매이지 않겠다는 뜻에서 자신의 육체를 표현 수단의 하나로 이용하는 전위적인 행위 예술의 모습이라면, 송수련은 줄곧 춤이라는 양식 속에서 자신의 세계를 표현해왔다. 그런 전형적인 현대 춤꾼인 송수련이 열 달 남짓 기공 몸짓 수련을 체험한 후 자신의 예술 행위를 해석하는 눈에 어떤 변화가 생겼는지, 또 기공 몸짓을 춤 속에 어떻게 연결시켜 수용하고 있는지 궁금한 일이었다. 그리고 그런 춤이 관객들에겐 어떤 반응을 얻을지 자못 기대되는 바가 큰 것이었다.

그녀는 이렇게 얘기했다.

무심히 일으키는 손짓 하나 눈 깜박임 하나가 모두 잠재된 내 습기에 의해 드러나는 모습인 것을 하루가 다르게 실감해가고 있어요. 움직임 하나하나가 어떤 의미를 가지는지 행동과 동시에 읽혀지기에, 하루 생활 중 많은 부분을 의지에 의해 깨어 있는 삶으로 살아갈 수 있게 되었어요. 지금까지의 삶이 거의 무의식적인 삶, 내가 무엇을 하고 있는지 전혀 직시하지 못하고 살아온 것이었다면, 이젠 적어도 내가 내 삶의 확실한 주체가 되어 의지적인 삶을 살 수 있으리라는 확신이 듭니다.

더욱이 기공 몸짓으로 내 춤 세계가 바뀌었죠. 기공 몸짓은 춤 자체가 명상 행위로 이어지도록 만들었습니다. 이제 춤은 무엇을 표현하는 것이 아니라 큰 생명과 연결되어 있는 나의 실체를 한 가닥 봐나가는 명상 그 자체인 것이죠.

그래서 무대에서 춤을 추는 행위가 관객들과 함께 명상의 체험을 함께 하는 행위가 되지 않을까, 그런 기대랄까 믿음이랄까가 생겨요. 물론 관객들은 자신들이 명상을 하고 있다는 의식을 가지지 못한 상태겠지만, 춤 속에서 내 자신이 얼마만큼 큰 생명의 기운과 강하게 연결되어 내 실체의 한 모습을 드러내놓느냐에 달렸을 것 같아요. 관객들은 의식하지 못하는 가운데 내 기운에 따라 어느덧 자신들의 기운의 움직임을 느끼게 되리라는 것이죠.

바로 이 대목에서 내 춤 행위가 새로운 의미를 가지게 되었다고 생각해요. 아주 기분이 좋은 거죠. 이것이 더불어 사는 구조 속에서 내가 할 수 있는 베풀며 사는 삶이란 것을 새삼 깨닫게 된 셈이라고 할까요.

다른 사람들의 얘기에 골똘하게 귀 기울이고 있던 나문희가 활짝 웃음 띤 얼굴로 말문을 열었다.

세 분의 말씀을 듣는 동안 새삼 도반이라는 것이 얼마나 소중한지 생각하게 되는군요.

지난 두 달 석포암에서 기공 몸짓과 더불어 명상을 하는 동안에 확신할 수 있었어요. 우리 공부의 중요성에 대한 확신. 맑고 큰 지혜의 기운이 모여 있는 처처에 도인들을 중심으로 눈 푸른 구도자들이 큰 생명의 기운과 더불어 있구나, 하는 확신. 그리고 이 같은 구도의 에너지가 있는 한 지구상의 인류도 끊임없이 영적 진화를 해나가게 될 것이라는 확신.

그러면서 천 선생님과 등신불의 모습으로 엄연히 우리를 제도해주고 있는 석포 거사의 기운이, 우리 다섯 사람을 통해 앞으로 많은 이들과 더불어 도반의 인연을 맺게 할 것이라는 예감도 들었어요.

이곳 밤골과 석포암은 지식이란 두꺼운 껍질 속에서 웅크리고 있는 이들에게 큰 생명의 지혜와 만날 수 있는 껍질 깨기의 기운을 줄 것이고, 바른 길을 찾지 못해 지친 다리를 이끌고 있는 구도자들에게 지혜의 샘물을 마시게 하는 진리의 터가 되리라고 봅니다.

이것은 천 선생님께서 그 뜻을 이곳에다 두셨기 때문에 가능한 것이지요. 우리는 이 터에 고인 기운을 우리의 정(精)과 기(氣)와 신(神)을 바르게 눈 뜨게 하는 에너지로 쓰는 동시에 많은 이들에게 도반의 연을 맺는 에너지로도 써야 할 것입니다.

그래서 나는 지금까지 가지고 살아왔던 내 모습을 가지고 인연 닿는 사람들과 더불어 구도의 몸짓을 끝없이 해나가려고 해요. 여기 모인 우리 모두 똑같은 마음이죠.

악연으로였건 선연으로였건 현재 내게 갖춰진 모습 속에서 바른 길을 찾지 못하면 어디에고 길은 없다는 것을 그동안의 수련에서 충분히 실감했어요. 올 가을쯤에 새로운 각오로 몸짓 발표회를 가질 계획이에요. 나 문희도 몰랐던 나문희, 그 실상을 남김없이 드러내게 되리라고 믿어요.

자, 우리 건배해요. 석포암과 밤골의 기운이 처처에, 그리고 삼라만상 두루두루 퍼져나갈 것을 확신하며, 그리고 민욱 씨의 전시회가 성공적으로 끝났음을 축하하며.

나문희가 맥주잔을 들고 건배를 제의하자 모두 잔을 들었다. 건배를 외치며 함빡 웃었다.

돈울산의 화려한 신록 위로 석양의 황금빛 햇살이 축복처럼 쏟아지고 있었다.

*

자, 이쯤에서 소설로서의 글을 마치기로 하고 필자의 직접적인 목소리로 몇 마디를 곁들여야 할 것 같다.

기공 몸짓이라는 수련 방법의 입문에 해당하는 과정을 예술가 다섯 사람을 등장시켜 얘기해 보았다.

글을 쓰기 시작할 때에는 한 권 분량 속에 많은 얘기를 담을 수 있으리라고 보았는데 막상 글을 쓰다 보니, 수련의 첫 단계에서 한 권을 마무리할 수밖에 없었다. 되도록 구체적인 기술(記述)이 되어야만 독자의 이해를 도울 수 있겠다는 생각이 들었기 때문이다. 따라서 다음 단계의 이야기는 언젠가 또 한 권의 책으로 묶여 나올지도 모르겠다.

이번 소설에서 다섯 사람이 보여주고 있는 경계는 수련의 단계로 볼 때 무의식 속에 잠재해 있는 자신의 욕망을 직시하기 시작하는 경계라고 볼 수 있을 것이다.

나문희의 경우는 자신을 드러내는 훈련을 스스로 창출해낸 예술 형태인 몸짓을 통해 자연스럽게 표현해온 셈이지만, 그 몸짓이 무엇을 의미하는지 영적인 눈으로 직시할 수 없었기 때문에, 바르게 영질을 높여가는 에너지로, 또는 영격을 바꿔나갈 수 있는 에너지로 쓸 수가 없었던 것이다.

태어날 때부터 전생에서 얻어진 능력이 지혜로 연결되지 않을 때는 자칫 금생에 그 능력으로 하여 업을 짓고, 그 때문에 오히려 영격이 더 떨어지게 될 수 있다. 말하자면 지혜가 없는 능력은 오히려 자신의 몸을 베는 칼이 될 수 있는 것이다.

이번 소설에서 나문희는 자신의 에너지를 직시할 수 있는 능력을 얻은 인물로 등장하였다. 그럼으로써 그녀가 가진 능력은 다른 사람들에 비해 더 큰 에너지로 작용할 것이다.

필자로서는 나문희를 비롯하여 이번 소설에 등장한 다섯 사람이 자신의 실체를 직시하기 시작한 시점에서 앞으로 각자의 모습을 가지고 현실

속에서 부딪히는 여러 문제들을 어떻게 풀어나가며, 과연 한 사람의 평범한 인생이 구도자로서 어느 경계까지 올라갈 수 있는지를 계속 추적해보고 싶은 욕심이다.

1994년 어느 봄날

몸짓 – 명상, 혹은 몸짓 – 유희?

진형준 · 문학평론가

줄리아 로버츠 주연으로 영화화된 소설 『먹고 기도하고 사랑하라』를 쓴 엘리자베스 길버트가 꽤 오래전에 TED 강의에 나와 들려준 내용이 아주 흥미로웠다. 강의의 요점은 어찌 보면 대단히 충격적이다. 세계적인 베스트셀러가 된 자신의 그 작품이 '엘리자베스 길버트' 개인의 창작품이 아니라는 것이다. 그렇다면 그 작품은 과연 누구의 작품이란 말인가?

그녀의 말에 의하면 그 작품의 진정한 작가는 자신을 찾아온 외부의 정령(精靈)이다. 그녀는 그 정령을 지니라고 불렀다. 작가로서 자신이 한 일이란 그 정령이 자신을 찾아왔을 때 그 정령을 맞이할 준비를 해놓은 채 그 정령이 자신의 몸을 빌려 글을 쓸 수 있게 해준 것뿐이라는 것이다. 그녀는 그 현상이 자신에게만 일어난 예외적인 현상이 아니라 고대로부터 많은 예술가들이 실제로 경험한 일이라고 말했고, 지금도 주변에서 자주 일어나는 일이라고 말했다. 그러면서 그녀는 자신과 가까운 어느 시인이 실제로 겪은 일을 예로 들었다.

어느 시인이 산책 중에 지니가 찾아왔다. 하지만 불행히도 그에게는 필기도구가 없었다. 지니를 맞이할 준비가 안 되어 있던 것이다. 그는 지니가 적당한 다른 사람, 혹은 몸을 찾아 떠나기 전에 시를 받아적기 위해 황급히 집으로 돌아왔다. 그런데 그가 집에 도착해서 필기구를 준비했을 때 지니는 막 그의 몸에서 빠져나가는 중이었다. 그는 떠나려는 지니의 끄트머리를 붙잡고 자기 앞으로 끌어당기며 시를 받아적었다. 그 결과가 어떻게 되었을까? 믿거나 말거나 시를 끝에서부터 거꾸로 썼다는 것이다. 믿기 어려운 그녀의 강의를 듣고 수많은 청중이 모두 일어나 기립박수를 했던 장면이 지금도 눈에 선하다.

그런 신비스러운 체험을 우리는 영감(靈感)이 찾아왔다고 말하기도 하고 신들렸다고 말하기도 한다. 그러고 보면 그런 신들린 경험을 토로한 예술가들은 제법 많다. 작품을 창작한 후, '오, 이 작품을 정녕 제가 썼단 ─만들었단─ 말입니까?'라고 자기 작품 앞에서 경이를 느낀 예술가를 우리는 많이 알고 있다.

'그대 몸짓 속의 그대'라는 부제를 달고 있는 조각가 강대철의 두 번째 소설『몸짓 명상』은 한마디로 바로 그런 신비체험을 그린 소설이다. 다음의 두 인용문을 보자.

민욱은 백회로 빨려 들어오는 강렬한 기운이 그의 내면 깊은 곳에 가라앉아 있는 어떤 에너지를 끌어올리고 있음을 감지한다.

(…)

민욱의 몸이 움직이기 시작했다.

너울거리던 두 손이 붓을 움켜쥐고 물감을 듬뿍 찍어 캔버스에 발랐다. 그의 두 손은 물감통에서 연신 물감을 찍어 캔버스로 가져갔고, 캔버스 위에서 춤을 추듯 움직였다.

민욱은 그런 자신의 모습을 이만큼 물러서서 보듯 지켜보기 시작했다. 물감통과 캔버스 사이를 오가며 움직이는 그는 모노드라마 주인공의 진지함을 가지고 자신의 감추어진 모습들을 깊은 잠재의식의 우물에서 길어 올리고 있다. 길어 올려진 것들은 캔버스 위에서 색으로, 선으로, 형상으로, 드럼 치듯 움직이는 붓끝을 통해 흘러나갔다. (…) 이것은 자신의 것이 아니라고 부정했던 것들이고 비웃으며 손가락질하던 것들이다.

민욱의 이마에서 송글송글 땀이 솟는다. 그의 눈동자는 캔버스에 머물러 있지 않고 어디를 보고 있는지 알 수 없는 깊이에 초점이 잡혀 있다.

(…)

민욱은 거의 새벽녘이 되어서야 몸짓을 끝내고 잠자리에 들었다. 그는 둥실둥실 무한의 바다를 향해 잠 속으로 흘러들어 갔다.
(267~268쪽)

정말 신기했어. 만년필을 쥔 손이 글을 써 내려가기 시작했는데 내 의지와는 별개로 저절로 빈칸을 메꿔나가는 기분이었어. 분명히 그랬다구. 무엇을 써야겠다는 생각을 하는 것도 아니었는데 마치 영매가 자동 기술을 하는 것처럼 글을 써 내려갔다고. 새벽까지 꼬박 앉아서 그렇게 글을 써 내려갔던 거야. 글쓰기가 멈춰진 후 너무 희한한 일이 내게 일어난 것이라 한참 동안은 내가 무엇을 했는지도 모르고 멍해 있었지. 처음엔 내가 하는 행동 하나하나를 지켜보는 마음을 붙들고 있었는데 어느 순간 쓰는 일에 취해버렸던 것 같아. 어쨌거나 정신을 가다듬고 쓴 글을 읽어보았어. 거의 그대로 시가 되어 있는 것이었어. 내가 애써 초고를 써놓았을 때보다 오히려 군더더기가 없어 조금만 정리하면 될 정도로 글이 되어 있더라니깐. 처음 부분만 읽어볼 테니 한번 들어봐, 지난밤 써진 그대로의 글이니깐." (270쪽)

인용문 중 위의 문단은 화가인 민욱의 체험에 대한 서술이고 아래쪽 문단은 시인인 허탄의 체험에 대한 서술이다. 첫 번째 인용문에서 화폭에 그림을 그리는 주체는 민욱 자신이 아니다. 민욱은 그림을 그리는 또 다른 자신의 모습, '감추어진 모습들을 깊은 잠재의식의 우물에서 길어 올리고 있는' 또 다른 자신의 모습을 이만큼 물러서서 보듯 지켜본다. 그림을 그리는 주체가 '나'는 '나'이되, '나'가 아닌 것이다. 시인인 허탄의 체험은 엘리자베스 길버트의 체험과 아예 똑같다. 그는 '무엇을 써야겠다는 생각을 하는 것도 아니었는데 마치 영매가 자동 기술을 하는 것처럼 글을 써 내려' 간다. 두 경우 모두 작품 창작의 주체는 '나'가 아니라 '나' 밖의 '그 누구'이다.

어떻게 그런 일이 가능했을까? '나' 밖의 '그 누구'는 도대체 누구란 말인가? 혹시 민욱과 허탄은, 작가가 서문에서 썼듯 예술가라는 한 개인이 '우주의 큰 생명의 에너지와 하나'가 되는 체험을 보여주고 있는 것이 아닐까? 그런 체험은 어떻게 할 수 있는 것일까? 그런 체험을 할 수 있는 준비는 어떻게 해야 할 수 있을까?

『몸짓 명상』은 조각가 강대철이 1980년에 첫 소설『끝』을 쓴 지 14년 만에 쓴 작품이다. 나는『끝』의 해설에서 이 소설은 '예술가로 재탄생하기 위한 결별의 소실이고 죽음의 소설'이라고 썼다. 그 소설에서 그는 삶의 본질과 관련 없는 작품을 양산하는 기존 화단과 결별하고, 진정한 예술가로 재탄생하기 위해 기꺼이 상징적 죽음—완전히 잊힌 존재가 되는 것—을 맞이한다. 그가 그런 상징적 죽음을 맞이한 것은 자신이 직접 발견한 삶의 의미, 구체적으로 체험한 삶의 의미를 담고 있는 작품을 창작하기 위해서이다. 다시 말하지만 그것은 진정한 예술가로 재탄생하기 위한 결별이고 죽음이다.

『끝』에서 작가가 추구한 그런 진정한 예술가의 모습은 자아를 찾아가는 모습으로 보아도 된다. 그런데『끝』을 쓴 지 14년 만에 쓴『몸짓 명상』에서 진정한 예술가란 '나'의 참모습을 찾는 존재가 아니라 '나'를 버리고 완전히 망각하는 존재가 된다. 나를 찾아가다가 나를 버리다니 무슨 일이 벌어진 것일까? 그것을 융이라면 아마 개성화 과정(individuation)이라고 말하거나 자아(ego)가 자기(self)로 확대되는 과정이라고 말했을 것이고, 불교식으로 말한다면 아마 진아(眞我)를 찾아가는 과정이라고 할 수 있을지도 모른다. 그런 의미에서 '나'를 버리고 망각하는 것은 말 그대로 나를 버리는 것이 아니라 내가 무한히 확장되는 것을 의미한다. 하지만 그런 개념이나 의미 규정은 별로 중요하지 않다. 중요한 것은 '어떻게 그런 변신이 가능했는가?' 하는 것이다.『끝』에서 '나'를 찾기 위해 스스로 고치 속에 고립되었던 존재가 어떻게 그런 변신을 이룩할 수 있었던 것일까?『몸짓 명상』은 바로 그런 변신의 여정에 대한 기록이다. 조각가 강대철은 창작을 하면서 그런 변신을 경험했고 그 변신의 여정을 기록으로 남기기 위해, 또한, 창작의 의미를 끊임없이 되묻기 위해 이 소설을 썼다.

여기서 그 여정을 자세히 살펴보는 것은 부질없는 짓이다. 그의 소설 내용이 바로 그 여정 자체이기 때문이다. 우리로서는 그 여정의 핵심에 존재하는 두 단어, 바로 '몸짓'과 '명상'이 무엇을 의미하는지 작가의 말을 빌어 간단히 살펴보는 것만으로 족할 것이다.

우선 "'명상'이란 무엇인가?"라는 질문부터 던져보자. 그에 대한 답은 작품 속에서 예술가들을 새롭게 태어나게 해준, 우리에게 익숙한 용어로는 스승이라고 부를 수 있는 천구벽을 통해 잘 표현되어 있다.

> "우주의 법칙성 안에서 큰 생명의 에너지가 사람들의 영혼을 진화시키기 위하여 끊임없이 작용하고 있지요. 도인들이란 저급한 차원에 있는 영혼들에게 영적 진화에 도움이 되도록 큰 생명의 에너지를 연결시켜주는 사람들일 것이오. 인류의 역사가 겉으로 드러난 모습에서 여러 변화를 거치며 현재에 이르고 있지만, 지식적으로 드러나 있는 인류의 역사와, 우주의 법칙성 안에서 이뤄지고 있는 큰 생명의 역사는 전혀 다른 차원에서 진행되고 있는 것이라오. 영적 세계에서 큰 생명의 역사에 동참하는 사람들의 에너지가 있기 때문에 적어도 인류는 존재할 수가 있는 것이오. 이 사실은 영적인 동참자가 아닌 사람에게는 황당한 얘기로 들릴 것이지만, 있는 그대로의 사실이라오." (102쪽)

작가가 주석에서 밝히고 있듯이 '큰 생명'이란 우주를 주관하는 기운

또는 그 에너지를 뜻한다. 작가는 그 큰 생명을 신(神), 혹은 절대자(絕對者)라는 개념과 연관시킬 수도 있다고 덧붙인다. 우리가 작품을 읽고 분명히 알 수 있는 일이지만, 이 작품의 내용은 작가가 실질적으로 체험한 것들이다. 짐작컨대 작가 강대철은 천구벽에 상응하는 인물을 실제로 만나 가르침을 받았을 것이다. 그런 가르침을 받는 순간 작가 강대철은 예술가로서의 자신을 끊임없이 사로잡고 있던 화두를 다시 떠올렸을 것이며 예술가로서 자신이 걸어온 길이 결코 허망한 길이 아니었다고 무릎을 쳤을지도 모른다. 예술이 종교적 차원까지 승화될 수 있다는 것을 확인하고, 확신했는지도 모른다. 강대철은 그의 첫 소설 『끝』의 머리말에서 '예술이란 구도의 길이나, 존재에 대한 근원의 문제에 접근하는 길이며 또한 그 본질에 닿을 수 있는 길 중에 하나일 수 있다'는 믿음을 간직하고 있었다고 이미 밝히고 있지 않은가?

그러나 젊은 시절의 그 믿음은 명상을 통해 그가 깨달은 것과는 근본적으로 다르다. 젊은 시절의 그 믿음이 어느 정도 관념적이라면 명상을 통한 깨달음은 개별적이고 구체적이다. 다음의 문장을 보라.

그것은 민욱이 이십대 시절에 그림을 통해 종교적인 차원의 문제를 해결해보려고 했던 것과는 다른 접근이었다. 그 시절엔 예술 행위 자체가 종교적인 차원과 바로 연결될 수 있을 것이라고 착각했었다. 그 착각은 결국 그에게 화가로서 첫 번째 좌절감을 안겨준 셈이었지만, 나중에 민욱은 그 기억 속에서 작은 지혜를 얻을 수 있었다. 곧 종교적 차원에서밖에 다룰 수 없다고 여겨졌던 생명의 문제를, 그가 볼 수 있는 시각 안에서 자신의 예술 세계로 풀어가는 합리적인 방법을 생각해 낼 수 있었던 것이다.

그는 그 방법을 명상에 적용해보려고 했다. 명상의 세계를, 지식적으로 접근이 되었든 체험을 통해 접근이 되었든, 그 과정을 그대로 서술적으로 드러내놓는 방법이었다. 자신이 모르고 있는 어떤 엄청난 세계를 표현해보려고 끙끙거려야 할 이유가 없었다. 애쓰고 끙끙거려서 찾아지는 문제가 아니라는 것을 뒤늦게 깨닫게 된 셈이었다. 그래서 민욱은 관심이 가는 대로 접근을 하기 시작했다. (93쪽)

무엇이 달라졌는가? 젊은 시절의 그는 자신이 머리에 품고 있는 어떤 엄청난 세계를 작품으로 표현하기 위해 말 그대로 '끙끙거렸다.' 생명의 본질이라는 거창한 종교적 주제를 작품으로 표현할 수 있어야 창작의 의미가 있다는 생각에 사로잡혀 있었다. 예술가로서 품을 수 있는 가장 원대한 포부를 품고 있던 셈이다. 감당할 수 없는 포부를 품고 창작을 하려니 좌절을 겪는 것은 당연하다. 그런데 명상의 의미를 알고 난 다음, 구체적으로 명상을 체험하고 난 다음 그렇게 끙끙거릴 필요가 없어졌다. 위의 인용문에는 '관심이 가는 대로 접근을 하기 시작했다.'라는 간단한 문장으로 표현하고 있지만, 그 뜻은 아주 깊다. 간단히 줄여 말한다면 그가 추구한 구원, 구도의 길이 추상적인 목표의 탈을 벗고―아마 철학자라면 현상학적이라고 말할지도 모르지만―개별화 구체화 되는 것을 의미한다.

천구벽이 말한 '큰 생명의 에너지'는 말 그대로 어마어마하고 무시무시한 모습으로 모든 사람에게 그 실체를 드러내지 않는다. 그 단어가 보여주는 대로 어마어마한 모습으로 모든 사람 위에 군림하지 않는다. 그 '큰 생명의 에너지'는 각 개인의 구체적 행위와 '몸짓'을 통해 조용히 구현될 뿐이다. 종교적인 용어로 표현한다면 '초월'의 경험은 오로지 개인적일 뿐이라는 것과 그 의미가 같다. 명상을 통해 작가가 깨달은 것이 바로 그것이다. 따라서 '관심이 가는 대로 접근하기 시작했다.'라는 표현은 초월적인 것의 구체성, 실존성, 개별성을 깨달았다는 것을 뜻한다. 그것은 예술가의 길을 택하면서 원래 품었던 원대한 꿈을 버리는 것을 뜻하는 것이 아니라, 오히려 그 꿈이 심화되고 구체화되었음을 뜻한다.

그 초월적인 것의 구체성, 실존성, 개별성을 가능하게 해주는 것, 구체적이고 개별적인 행위를 통해 '큰 생명의 에너지'를 받아들이고 '큰 생명의 에너지'의 힘을 구현하는 것이 가능하게 해주는 것이 바로 '몸짓'이다. 몸짓은 '큰 생명의 에너지'를 발견하게 해주는 수단이나 도구가 아니다. 명상을 통한 몸짓은 '큰 생명의 에너지'의 구현 그 자체요 그것을 가능하게 해주는 마술보자기가 된다. 그림을 그리는 행위는 그런 몸짓이면서 동시에 명상 행위 자체가 된다.

> 육체는 마술 보자기였다. 있는 줄조차도 몰랐던 것들이 육체라는 보자기 속에 겹겹이 숨겨져 있었다.
> 백회로 연결된 기운과 더불어 몸짓을 통해 그림을 그리는 행위는 단순히 하나의 완성된 그림을 보기 위한 것이 아니라 실체를 찾는 명상의 행위임을 민욱은 알 수 있었다.
> 큰 생명의 기운과 연결된 상태에서 자신을 지켜보고 있는 한에는 모

든 행위가 명상인 것이다. (279쪽)

큰 생명의 기운과 연결된 상태에서 자신을 지켜보고 있는 한에는 모든 행위가 명상이 된다? 그렇다면 몸짓－명상에 유리한 특별한 예술 장르가 있을 리 없다. 각자 자신의 방법에 따라 몸짓－명상을 하면 된다.

이제 민욱에게 그림을 그리는 것은 곧 기공(氣功)의 몸짓이요, 몸짓 명상이며, 구도(求道)의 몸짓일 수도 있는 것이다.
이러한 결과는 시를 쓰고 있는 허탄도 마찬가지일 것이며, 춤을 추는 송 수련도 같은 경계로 자신의 춤 세계를 포용할 것임이 분명할 것이다.
(…)
다섯 사람은 이제 자신의 육체 속에 감춰져 있는 큰 생명의 비밀을 찾아가기 위한 첫 단계의 독도법(讀圖法)을 익힌 셈이다. (298쪽)

그림을 그리고, 시를 쓰고, 춤을 추는 행위가 그 자체 모두 몸짓－명상이 될 수 있다는 것은 무슨 의미일까? 몸짓－명상을 하는 그 몸이 우주와 교신하는 존재가 되고 나의 몸짓은 우주의 몸짓이 되는 순간을 맞이했다는 것을 말한다. 말하자면 대우주(macrocosmos)와 소우주(microcosmos)가 하나가 되는 순간이다. 따라서 예술 행위는 그 자체 몸으로 명상을 하는 것이 되며 그 몸짓－명상 속에서 대우주와 소우주가 하나가 되는 순간을 체험하는 것을 의미한다. 대우주와 소우주가 합일을 이룬다! 그것은 바로 지고의 행복을 맛보는 순간을 의미하지 않을까?

나는 묘하게도 『몸짓 명상』에 등장하는 예술가들의 모습에서 구도의 길을 나선 수도승처럼 엄숙한 모습을 떠올리기보다는 너무나 천진하고 순진한 아이의 모습을 본다. 구도라는 화두를 장난감처럼, 이 세상에서 가장 소중한 장난감처럼 가지고 노는 어린아이의 모습을 본다.

그렇다. '큰 생명의 비밀을 찾아가기 위한 첫 단계의 독도법'을 익히고 그 길을 찾아 나선 작품 속의 예술가들은, 그들이 예술가들이기에, 엄숙한 존재가 아니라 어린아이처럼 천진하고 순수한 존재들이다. 바슐라르가 말했던가? 유년기는 '진정한 원형이며 단순한 행복의 원형'이라고. 유년기란 우주의 시초이자 끝이라고. 그렇다면 몸짓 – 명상을 통해 우주의 '큰 생명'과 하나가 되는 길로 들어선 『몸짓 명상』의 예술가들은 그 유년기라는 '천진성의 학교'로 들어가 마음껏 우주적 몽상과 상상력의 길로 접어든 존재들이 아닐까? '몸짓 – 명상'이란 그런 즐거운 유희이고 몽상이 아닐까?

우리 한번 장흥의 자그마한 언덕에서 그가 그 '몸짓 – 명상'을 통해 이룩한 것들을 한번 가 보아야 한다. 그러면 우리는 우리의 짐작이 맞았다는 것을 확인하고 저절로 이런 탄성을 발하게 될 것이다.

'오, 이 작품이 정녕 한 개인의 작품이란 말입니까? 즐거운 손길, 행복한 몽상에 젖은 손길이 아니라면 어떻게 이런 작품을 조각할 수 있단 말입니까?'

그렇다. 그 작품은 결코 강대철 개인의 작품이 아니다. 그의 표현대로 '끙끙거리며' 만든 작품이 아니다. 그 작품은 큰 생명의 비밀을 찾아가기 위한 독도법을 익힌 그가 우주의 '큰 생명의 에너지'와 하나가 되어, 그런

지고의 행복의 순간에, 너무나 즐겁게, 유희하듯 창조해 낸, 지극히 개인적이면서 동시에 지극히 우주적인 작품이다. 내가 감히 말하지만, 지상에 존재했던 모든 예술가의 영혼 내에 존재하던 이미지, 이제껏 가시화된 적이 없던 이미지가 마치 처음으로 그 모습을 드러낸 것만 같다. 우리는 그 '끔찍한 작품'들 앞에서, 감동을 받으면서 동시에 '그 누군가'의 지극히 행복한 손길을 느끼게 되리라.

몸짓 명상

그대 몸짓 속의 그대

펴낸날	초판 1쇄 2022년 9월 29일

지은이	강대철
펴낸이	심만수
펴낸곳	㈜살림출판사
출판등록	1989년 11월 1일 제9-210호

주소	경기도 파주시 광인사길 30
전화	031-955-1350
팩스	031-624-1356
홈페이지	http://www.sallimbooks.com
이메일	book@sallimbooks.com

ISBN	978-89-522-4673-8 03810

※ 값은 뒤표지에 있습니다.
※ 잘못 만들어진 책은 구입하신 서점에서 바꾸어 드립니다.